FELICITAS KORN

DREI LEBEN LANG

ROMAN

KAMPA

Für den Blick hinter die Verlagskulissen:
www.kampaverlag.ch / newsletter

KAMPA POCKET
DIE ERSTE KLIMANEUTRALE TASCHENBUCHREIHE
Gedruckt auf säurefreiem und chlorfrei gebleichtem Papier
zur Unterstützung verantwortungsvoller Waldnutzung,
zertifiziert durch das Forest Stewardship Council. Der
Umschlag enthält kein Plastik. Kampa Pockets werden
klimaneutral gedruckt, kampaverlag.ch / nachhaltig informiert über das unterstützte CO_2-Kompensationsprojekt.

Veröffentlicht im Februar 2024 als Kampa Pocket
Copyright © 2019 by Kampa Verlag AG, Zürich
Covergestaltung: Lara Flues, Kampa Verlag
Covermotiv: © Adams Carvalho
Satz: Tristan Walkhoefer, Leipzig
Gesetzt aus der Stempel Garamond LT / 240125
Druck und Bindung: GGP Media GmbH, Pößneck
Auch als E-Book erhältlich
ISBN 978 3 311 15093 0

www.kampaverlag.ch

Nicht den Tod sollte man fürchten,
sondern dass man nie beginnen wird zu leben.

Marc Aurel

Prolog

An die grellen Lampen hat er sich längst gewöhnt. Ja, sie üben inzwischen eine gewisse Beruhigung auf ihn aus.

Seit Jahren geht das nun schon so. Erst kommt die Dunkelheit, dann das Licht, und immer hofft Loosi aufs Paradies. Doch jedes Mal ist es nur die ernüchternde Neonröhre einer Krankenhausbeleuchtung.

Die der Uniklinik mag er am liebsten. Sonnengleich blenden die summenden Dinger hier von der Zimmerdecke. Darin ist Loosi mittlerweile Experte. Im Lichtreigen. Wie im Nichtfühlen. Sein Gefährte: Zaranoff. Aber ohne den gewohnten Pegel fällt das heute schwer.

Sie haben ihm den Magen ausgepumpt. Wieder ist er im Krankenwagen aufgewacht. Wieder haben sie ihn mit Blaulicht durch die Stadt gefahren. Danach das übliche Prozedere. Jetzt fallen ihm in immer kürzeren Abständen die Augen zu. Bilder und Wörter blitzen auf, vor allem solche, die er längst vergessen hatte oder seit Ewigkeiten zu vergessen sucht oder spätestens heute endlich vergessen will. Für keins davon lohnt es, nicht zu saufen, aber weil das gerade nicht geht, versucht Loosi, die Mitte zu finden. Von rechts nach links, von oben nach unten, mit gleichem Abstand zu allen Seiten die Mitte suchen, bloß nicht denken. Wenn er denkt, fühlt er, wenn er fühlt, Schmerz. Also besser die Mitte, die Mitte von was? Vergangenheit, Zukunft, Denken, die Mitte der Röhre, das war es, das Zentrum des Lichts, bis die Tür aufgerissen wird und ihn ins erlösende Jetzt zurückkatapultiert.

»Ich sehe Ihre zu siebzig Prozent zerstörte Leber bereits zum vierten Mal.«

Der Arzt pfeffert ihm Bilder in den Schoß.

»Ich gucke sie mir kein fünftes Mal mehr an, weil es kein fünftes Mal mehr geben wird. Sie ahnen nicht im Ansatz, was für ein Glück Sie hatten, dass man Sie rechtzeitig gefunden hat.«

Um seinen Standpunkt deutlich zu machen, schlägt der Arzt mit einer Wucht auf das oberste Bild, als gäbe er Loosi eine schallende Ohrfeige, und Loosi kann ihn verstehen. Hat der Arme doch vor wahrscheinlich dreißig Jahren feierlich seinen Eid geschworen, dass er um jeden Preis Leben rettet, und nun wird ihm wiederholt ein Loser gebracht, der nicht zu retten ist, ja der sich die Diagnose selbst kein fünftes Mal anhören will. Seit Jahren sind die schwarzen Flecke vertraute Freunde, Loosi kennt sie alle, und er sieht keinen Grund, sich weiter mit ihnen zu beschäftigen. Er schaut dem Arzt einfach nur ins Gesicht, ein Pager piepst, und die Fata Morgana in Weiß eilt so schnell aus dem Zimmer, wie sie erschienen war, während ihre Worte ihr nachwehen:

»Wenn Sie nicht sofort aufhören zu trinken, gebe ich Ihnen höchstens noch zwei Monate.«

So lange noch?

I.

Der Mund des fremden Mannes öffnet und schließt sich wie eine freundliche Auster. Michi folgt jeder seiner Lippenbewegungen, versucht, seine Codes zu entschlüsseln, aber was herauskommt, macht keinen Sinn.

»Um sechs Uhr gibt es Frühstück, um dreizehn Uhr Mittagessen, um achtzehn Uhr Abendessen, ab einundzwanzig Uhr ist Bettruhe.«

Schock, haben die Polizisten geflüstert, Trauma und so, und Michi hat getan, als verstünde er alles, er ist schließlich fast fünfzehn, aber in Wahrheit versteht er nichts. Die Wörter, die einzelnen, kennt er, aber zusammengenommen strömen sie einfach nur durch seinen Gehörgang, klopfen irgendwo an, keiner macht auf, und schwups, weg sind sie.

Wieso sitzt er überhaupt hier? Auf dieser Couch? In diesem kackbraunen Büro?

Er traut sich kaum, zu Xandra zu gucken. Ihr kleiner Körper schüttelt sich etwas weniger unter den Tränen als noch am Bahnhof. Sie sitzt unverändert am anderen Ende der Couch. Sie weint schon die gesamten zwei Tage. Er selbst ist seitdem still. Keine Regung. Kein Wort. Als hätte man ihn anästhesiert. Trauma und so. Theoretisch könnte er seine Hand ausstrecken und Xandras nehmen, vielleicht würde sie das trösten. Aber die Hand gehorcht ihm nicht. Er hat es schon ein paarmal probiert. Er würde wenigstens gern seufzen, aber auch das gelingt ihm nicht. Also beginnt er, die Streifen auf der Hose des Mannes zu zählen, der sich als Herr Schneider vorgestellt und erklärt hat, dass ein Vormund der Elternersatz vor dem Gesetz ist. Wenn man keine Eltern mehr hat.

Zweiundzwanzig Streifen zählt Michi auf der Vorderseite. Also bis zu den Nähten an der Seite. Das heißt vierundvierzig Streifen rundherum. Vierundvierzig, wie das Alter von Papa. Beide Hosenbeine zusammen also fast das Alter von Papa plus Mama. Der Mann trägt Socken in dem gleichen Hellbraun wie sein Pullover. Es passt gut zu seinem bereits ergrauten Haar. Hoppla, die Auster bewegt sich nicht mehr. Und der Mann guckt ihn erwartungsvoll an. Hat er was verpasst?

Schnell guckt Michi zu Xandra. Auch sie hat den Blick gehoben und schaut den Mann mit ihren roten Augen an. Wenn er sich nur konzentrieren könnte. Blut in die Hände kneten. Gedanken greifen. Er ist ihr großer Bruder, verdammt.

»Wie lange bleiben wir hier?«, ist das Erste, was ihm einfällt. Es ist das Erste, was er sagt, seit dem Schwarz.

Der Mann scheint erleichtert. »Das weiß man nicht genau. Vielleicht ein paar Tage, vielleicht mehrere Monate.«

»Wir schlafen nicht im selben Zimmer?«

Jetzt findet auch Xandra ihre Stimme wieder. Sie klingt dumpf, als dringe sie durch eine Wand. Und in Xandras Augen steht die Hoffnung, dass der fremde Mann mit seiner nächsten Antwort ihre Eltern hereinholt in dieses Hattersheimer Übergangsding und ihnen auf magische Weise schlagende Herzen einpflanzt. Die Hoffnung, dass alles nur ein Traum ist. Ein böser Traum. Mein Gott,

Xandra, sei nicht so naiv!, und sie hält den Atem an, als der Mann freundlich wiederholt, was er schon erklärt hatte, als er ihnen ihre Zimmer gezeigt hat.

»Die Mädchen wohnen im oberen Trakt, die Jungen im Souterrain.«

»Aber wir können weiter in die Taunusschule gehen?«

Das ist sein zweiter Satz.

Genau genommen die zweite Frage.

Fühlt sich komisch an.

Aber alles fühlt sich komisch an, seitdem die Sanitäter sie aus dem Auto gezerrt und ihre Eltern in große Planen verpackt haben.

Zuerst haben die die Beine verschluckt. Dann die Hüfte, die Hände, die irgendwo lagen, neben den Oberschenkeln, auf dem Bauch, er weiß es nicht mehr, dann die Brust, den blassen Hals von Mama, den blutigen von Papa, sein Kinn, ihre Nase, die geschlossenen Augen, die rot und nass verklebten Haare. Dann alles nur noch Planen. Zwei dunkle Säcke. Hellschwarz. Oder Dunkelgrau?

Wie unter einer Glocke, denkt er.

Wie unter einer Glocke.

Trauma?

Oder so.

Wieso starrt er die ganze Zeit nur so blöd vor sich hin?

Der Mann lächelt. »Wir geben unser Bestes.«

Das Lächeln soll wohl der Fels in der Brandung sein.

Plötzlich würde Michi ihm am liebsten sein Scheißlächeln aus dem Gesicht schlagen. Er wollte Xandra und sich beruhigen mit der Frage nach der Schule. Und jetzt das hier. Dass das Beste nie gut genug ist, versteht selbst eine Elfjährige. Schon sackt Xandra wieder in sich zusammen.

Erwartet man eigentlich auch von ihm, dass er weint?

Michi fährt hoch.

Der Junge im Bett neben ihm schnarcht.

Das helle Licht des Mondes fällt auf die Wand neben seinem Bett. Michi fühlt, wie sein Herz rast, und hört sich keuchen. Er hat wieder von dem Unfall geträumt. Ins Licht der Scheinwerfer gestarrt, die auf sie zugerast sind. Den Aufprall auf die Tunnelwand gespürt.

Auch als sich sein Atem beruhigt hat, bleibt er kerzengerade im Bett sitzen. Bloß nicht wieder einschlafen. Wenn seine Mutter jetzt da wäre, würde sie ihn in den Arm nehmen, wie sie es früher immer gemacht hat, wenn er schlecht geträumt hatte.

Das entfernte Läuten eines Kirchturms sagt ihm, dass er erst zwei Stunden geschlafen hat. Um sich abzulenken, überlegt er, was das Letzte ist, an das er sich erinnern kann. Vor der Fahrt. Vor dem Tag der Abreise. Vor dem Tag vor dem Tag der Abreise. Aber: nichts. Er bekommt die Bilder nicht scharf gestellt. Stattdessen wird ihm übel.

Er sieht sich um. Vier Risse durchkreuzen das Zimmer. Einer links neben ihm die Wand hinauf. Auf halber Strecke nach oben kreuzt der einen anderen. An der Stelle, an der dieser oben in die Decke übergeht, kreuzt der dritte, und der kreuzt in der Mitte der Decke den längsten. Jesus am Kreuz fällt ihm ein. Gott. Was Gott mit der ganzen Sache zu tun hat? Sein Hintern ist kalt. Die Matratze hängt durch, es fühlt sich an, als säße er direkt auf dem Rost.

Einfach nur, weil er nicht weiß, was er sonst tun soll, legt er sich wieder hin. Das Kissen riecht nach dreckigen Füßen. Er versteht das alles nicht. Dieses Übergangsheim. Was soll das eigentlich sein? Xandra und er in einem Heim für Kinder, die keine Eltern mehr haben, für begrenzte Zeit, bis es neue Eltern gibt. Als ob das ginge. Neue Eltern. Und wenn sich niemand findet, geht es in ein anderes Heim, oder was? Bis man achtzehn ist?

Er weiß einfach nicht, was er Xandra sagen soll. Wie er ihr erklären soll, was jetzt passiert. Er weiß gerade nur eins: Das Bett ist zu weich. Er fühlt sich wie gefangen in einem ausgelutschten Marshmallow. Wie kann der andere Junge bloß so tief schlafen?

So leise er kann, richtet Michi sich wieder auf, sieht den Jungen an, starrt ihm für einen Augenblick direkt ins Gesicht. Er wirkt angespannt, der Mund steht offen. Was der wohl gerade träumt? Und wie lange er schon hier ist? Vielleicht sind auch seine Eltern noch in einer Kühlkammer. Bis der Rücktransport erfolgt und die Beerdigung stattfinden kann.

Am Morgen schleppt Michi sich irgendwie zum Frühstück. Die Tischordnung scheint nach einem bestimmten System organisiert. Nicht ausgesprochen, aber die Kinder fügen sich. Die Kleinen sitzen an einem Tisch, die Großen am nächsten, die Lauten am dritten, die Stillen am vierten. Der Schnarcher gehört zu den Stillen. Michi und Xandra haben einen Platz am fünften Tisch gefunden, dem Tisch der Neuen. Niemand beachtet sie. Hier sucht man sich seine Zugehörigkeit, oder man lässt es.

Später sitzen sie in der Mitte des Hofes auf einer Bank,

die schon bessere Tage gesehen hat. Xandra hängt in seinen Armen, ihr Brustkorb bebt, und das Mittelblau seines Shirts ist dem Dunkelblau eines Meeres gewichen, an der Stelle, wo Xandras Nase in seine Schulter sticht, eine kleine Pfütze Tränen, ein winziger Klecks Ozean auf seinem Shirt.

Endlich sind sie mal allein. Also, allein zu zweit. Also, zumindest will niemand was von ihnen. Ein paar andere Kinder sind zwar auch im Hof, aber die spielen oder lesen oder gucken vor sich hin, die Augen auf Halbmast oder weit aufgerissen, wie in einem festgefrorenen Überraschungsschmerz. Die Stillen halten ihre Münder geschlossen, die Lauten schreien aggressiv, und der Junge, der schnarcht, sitzt allein auf einer Schaukel.

Endlich bekommen sie auch mal nichts erklärt. Neben Schneider und einer Frau, die sich als Heimleiterin vorgestellt hat, war da gestern noch die Frau, die sie »psychologisch betreut«, wie sie gesagt hat. Ihr haben Michi und Xandra die meisten Fragen beantworten müssen. Viele, unendliche Fragen darüber, ob sie verstehen, warum sie hier sind. Was sie fühlen. Was sie denken. Wie es ihnen gefällt. Ob sie etwas brauchen. Ob sie selbst Fragen haben. Als ob die ganze Rederei irgendwas nützt.

»Wieso können wir nicht einfach nach Hause?«

Xandras Worte sind unter ihrem Schluchzen kaum zu verstehen.

Ein Häufchen Spucke füllt den Ozean weiter auf. Das warme Nass breitet sich aus. Xandras Trauer auf seiner Haut beruhigt ihn. Von irgendwoher riecht es auf einmal nach gebratenem Fleisch. Wie gern äße er jetzt Mamas Frikadellen mit dem selbst gemachten Kartoffelsalat.

Er würde sogar nach dem Essen Mau-Mau spielen. Das Spiel, für das er längst zu alt ist. Das Xandra so liebt. Ja, er würde seine Matchboxautos geben dafür oder die Plattensammlung, vielleicht sogar das Mofa, das er zum Geburtstag bekommen sollte, um noch ein einziges Mal mit Mama und Papa und Xandra darüber zu streiten, wer mischt, wer gibt und wer mit wem ein Team bildet. Sie hatten nämlich ihre ganz eigene Version von Mau-Mau. Und das in warmen Holztönen eingerichtete Wohn-zimmer würde Zeuge, wie Xandra leichthändig gewinnt und dabei stolz kichert. Mama würde fernsehen, Papa Musik anmachen und Michi erklären, wie man Hechte fängt, und der Abend wäre gut.

»Wenn ich bloß Poppy hätte. Wenigstens Poppy.«

Poppy!

Wieso hat er daran nicht gleich gedacht?

So vorsichtig er kann, nimmt er Xandras Gesicht in seine Hände, so wie Mama das früher bei ihm gemacht hat, und spürt, wie seine Augen glänzen vor Stolz, denn das ist die beste Idee seit Langem:

»Ich hole dir Poppy!«

Xandra vergisst vor Verwirrung das Weinen.

»Lass mich hier nicht allein!«

Ihre Stimme überschlägt sich fast.

»Ich komme doch wieder.«

Immer noch hält er ihr Gesicht in seinen Händen, und er meint, was er sagt, auch wenn er sich fühlt wie in einem schlechten Film.

»Ich lasse dich nicht allein. Ich hole dir Poppy. Bis zum Abendessen bin ich wieder zurück.«

Xandra schaut ihn unentschlossen an. Er sieht, wie sie

mit sich ringt. Auch wenn es nur für einen Tag ist, allein an diesem fremden Ort.

Mit ihren verheulten Augen wirkt sie noch zerbrechlicher als sonst. Xandra war schon immer zart. Sie erkältet sich leicht, fürchtet sich vor ihren Mitschülerinnen, die sie auslachen, wegen ihrer Sommersprossen oder weil sie sich im Unterricht immer meldet, nicht einfach reinruft, wenn es ihr gerade passt, wie die anderen. Sie hat sich auch nie fürs Angeln begeistern können, weil die Fische dann sterben oder zumindest verletzt werden, selbst wenn er und Papa sie zurück ins Wasser schmeißen. Und vor Fremden macht sie den Mund nicht auf. Aber wenn sie spricht, wenn sie einmal Vertrauen fasst und ihr Kopf anfängt, ohne Hemmung zu arbeiten, kommen die klügsten Sachen raus, die niemand erwartet, zumindest nicht von einer Elfjährigen. Als Michi eingeschult wurde, hat sie angefangen, mit ihm zu lernen, sie fragte ihn die Hausaufgaben ab und wusste die Lösungen stets vor ihm. Als sie selbst in die erste Klasse kam, konnte ihr die Lehrerin nichts mehr beibringen. Michi ist stolz auf seine kleine Schwester, und jetzt will er endlich mal der große Bruder sein, den sie verdient.

»Ich hole Poppy und bin um sechs wieder hier.«

»Um sechs?«

»Um sechs.«

Sanft krallt Xandra ihre Finger in seine Hand und nickt, als wäre ihr großer Bruder ihre letzte Hoffnung, und wahrscheinlich ist er das für sie, und vielleicht ist sie das für ihn, und er ist dankbar, so dankbar, dass er für ein paar Stunden weiß, was zu tun ist.

Die Bushaltestelle in Hattersheim findet er leicht. Sie ist im Ortskern, an der Hauptstraße, wie in allen Käffern. In Königstein fährt der Bus nach Ehlhalten erst in zwei Stunden. Also nimmt Michi den nach Glashütten und steigt an der zweiten T-Kreuzung der B8 aus. Weil kein Auto kommt, geht er zu Fuß los. In fünf Stunden muss er zurück sein. Er kann nicht warten, bis ihn jemand mitnimmt. Drei Kilometer Schlangenlinien liegen vor ihm. Vertikal. Mit ihren kleinen Buckeln und Tälern hebt und senkt sich die vertraute Straße in stetigem Rhythmus, in kontinuierlichem Abwärtsfluss. Jeden Werktag hat der Bus Michi hier morgens hinauf bis nach Königstein in die Gesamtschule gekarrt. Jeden Nachmittag hinunter, zurück nach Hause. Michis Beine machen einen Schritt nach dem anderen, auch dies ferngesteuert, wie alles derzeit. Nach ein paar hundert Schritten spürt er den gewohnten Rhythmus des Laufens. Die Sommerluft strömt weich durch seine Lunge. Die Mittagssonne wärmt seinen Brustkorb. Die Vögel zwitschern. Eine seltsame Ruhe erfüllt ihn, den lebendigen Roboter. Es könnte ein herrlicher Tag sein, ein Tag wie viele, die er hier verbracht hat, auf der Straße, die er sein ganzes Leben lang kennt. Die Bäume stehen verlässlich am selben Platz wie eh und je. Der Asphalt hat dasselbe Grau, und unverändert geht es auf und ab, ein Hügel, zwei Hügel, jede neue Momentaufnahme besteht aus den wohlbekannten Bildern. Doch je näher Michi dem Dornweg 17 kommt, desto trügerischer scheint ihm die Naturidylle. Immer weniger scheint ihm die Straße, wie sie einmal war. Obwohl er sie erst vor wenigen Tagen zuletzt entlanggefahren ist. Als sie in die entgegengesetzte Richtung aufgebrochen sind. Auf in die lang ersehnten Sommerferien. Morgens um fünf. Müde war er gewesen. Er hatte nicht aufstehen wollen, als Mama ihn geweckt hatte. Jetzt wünscht er sich nichts sehnlicher, als von ihr geweckt zu werden. Denn jeder Schritt zum Haus hin kommt ihm vor wie ein Schritt weg vom verblassenden Gestern, dem Gestern, das sich in seinem Hirn nicht mehr greifen lässt, und ihn durchfährt der Gedanke, dass es jetzt nie mehr jemanden gibt, der ihm morgens die Decke wegzieht, wenn er nicht aufsteht, und abends mit ihm schimpft, wenn er nicht ins Bett will. Wahrscheinlich wird ihm überhaupt nie wieder jemand sagen, was richtig ist und was nicht.

Der Gedanke an die neue Freiheit schnürt ihm die Kehle zu. Sie hat nichts von dem Abenteuer, wie sie Coca-Cola und Marlboro versprechen, nichts von der ersehnten Selbstbestimmtheit eines lonesome cowboys, dem das Leben allen Widrigkeiten zum Trotz wohlgesinnt ist. Nein. Im Gegenteil. Michi fühlt sich wie das letzte, vergessene Kind. Nichts, absolut nichts wird für ihn und Xandra je wieder so sein wie bisher. Und das, was stattdessen kommt, fühlt sich dunkel an, düster, schwarz. Und schon geht alles wieder von vorne los. Die gleiche Scheiße wie in den letzten Tagen. Sein Hirn beginnt Amok zu laufen.

Der Tunnel.

Ihr Lied.

»Wenn wir reinfahren, wird's dunkel ...«

Die grellen Scheinwerfer, Mamas erschrockener Blick zu Papa, ihr Griff ins Lenkrad.

Wumms!

Papas Blut auf der Windschutzscheibe.

Xandras letztes, verstummendes: »... hell.«

Das Ende des Liedes, das nur noch er vernimmt.
Hör einfach auf zu denken und: lauf!
Nur einen weiteren Schritt.
Und noch einen.
Und noch einen.
Immer nur den nächsten Schritt.

Nach einer Stunde kommt er nass geschwitzt zu Hause an. Der Schlüssel liegt unter dem Stein, die Nachbarin hat ihn noch nicht geholt. Umständlich steckt er ihn ins Schloss, dreht ihn langsam und lauscht in die Mittagshitze. Kurz hält er inne, dann schiebt er die Haustür auf. Drinnen umfängt ihn die freundliche Stille des Hauses, in dem er aufgewachsen ist. Und wenn er genau hinhört, ist es, als spräche es mit ihm.

Hallo, flüstert es.

»Hallo?«, antwortet er leise.

Er will nicht stören. Die Stille beruhigt ihn.

»Hallo, liebes Haus.«

Michi lauscht dem kurzen Echo im Treppenhaus.

Und hört ein Geräusch.

Ja, da war etwas. Ganz sicher.

»Hallo?!«

Michi horcht in das Schweigen des Hauses, und ja:

Da klopft doch jemand.

Das ist ein Klopfen!

Ein regelmäßiges Klopfen.

Von oben.

Aus dem Schlafzimmer der Eltern.

»Mama?«

Michis Herz fällt ein paar Stockwerke hinunter.

»Papa?«

Dem Geräusch folgend, hastet Michi durch den Flur, die Treppe hinauf, um die Ecke, Endspurt durch den oberen Flur direkt ins Schlafzimmer der Eltern.

»Papa?!«

Ein Eichhörnchen kratzt am Fenster. Versteht nicht, wieso es nicht weitergeht am Ende des Astes.

Wieso es nicht weitergeht. Am Ende.

Als es Michi sieht, husch, fort ist es.

Mindestens fünf Minuten starrt Michi auf das Fenster und glaubt, dass er nun verrückt wird. Denn, nein, es gibt keine Wunder.

Zumindest nicht hier.

Zumindest nicht jetzt.

Zumindest nicht für ihn.

Wie kann er so blöd sein und auch nur für eine Sekunde glauben, dass Mama und Papa tatsächlich hier sind? Benommen sackt er aufs Bett und merkt plötzlich, wie erschöpft er ist. Klar, er hat die ganze Nacht nicht geschlafen. Ob er sich kurz hinlegen kann? Ein bisschen ausruhen?

Er stellt den Rucksack ab, zieht die Schuhe aus und legt sich auf Mamas Seite. Auf dem Nachttisch steht ein Foto, das ihn und Xandra auf einem Schlauchboot in den Armen ihrer Eltern zeigt. Vier lachende Gesichter ziehen Grimassen, dicht beieinander, der Kamera zugewandt. Papa schaut der Schalk aus den Augen. Mamas Mund ist am weitesten aufgerissen. In dem Moment, als der Auslöser gedrückt wurde, hat Papa ihr in die Taille gepikst. Mama schrie, noch während sie lachte, boxte Papa und küsste ihn direkt auf den Mund.

Endlich eine schöne Erinnerung.

Michi greift nach dem Foto und drückt es an seine Brust.

»Bitte«, flüstert er.

Kommt zurück.

Die Sache mit Jana ist kompliziert. Obwohl, eigentlich nicht. Jeder will Jana, und jede will den King. Sie wären das perfekte Paar, und jeder schnallt es, nur Jana nicht.

Sie hat sich stattdessen Mekki geangelt, ausgerechnet das Itaker-Arsch. Wahrscheinlich glaubt sie, dass nur er, der angebliche »Boss«, sie vor der Ausweisung bewahren kann, und jetzt steht sie mit ihm Seite an Seite vor der großen Glaswand am anderen Ende des Büros. Wenigstens bewundert sie das *Kingdom*, während Mekki sich nur kurz dem Ausblick widmet, um dann seine beiden Schergen zu instruieren, sich zu postieren.

Der King hat den Club in den letzten Wochen nämlich in eine funkelnde Landschaft aus Schnee verwandeln lassen, Kunstschnee natürlich, alles sollte so rein sein wie seine Ware, mit weißen Wänden und glitzernden Bänken, einem Boden aus Glas über schimmerndem Wasser, und über allem, hinter einer verspiegelten Scheibe: sein Reich. Kings Reich. Von hier oben hört man nur dumpf, wie unten der Beat pumpt, sieht durch die riesige Glaswand nur schemenhaft, wie das Stroboskop hämmert und der Pöbel sich im neuen Winter Wonderland beim ersten inoffiziellen Testlauf nach der Umgestaltung die Langeweile vom Arsch zappelt. Aber das alles interessiert Mekki eh nicht. Der okkupiert nur

Kings Büro, als wäre es seins. Wie jedes Mal, wenn er kommt.

Wie dem King das auf den Sack geht. Er kann es nicht mehr ertragen. Ok, im Grunde genommen gehört das Büro noch Mekki, ja, gehört ihm noch der ganze Club. Noch ist der King nur der Geschäftsführer. Aber scheiß drauf. Er hat das *Kingdom* zu dem gemacht, was es ist: der erfolgreichste Laden der ganzen Stadt. Der perfekte Waschsalon für Mekkis dreckige Kohle. Und wer nett ist, bekommt auch was ab von Kings reinstem Koks. Auch wenn Mekki dagegen ist, schon immer dagegen war, dass der King den Stoff direkt im Club vertickt, geschweige denn verschenkt. Mekki will das schön getrennt haben. Und ja, der King hätte die Neugestaltung mit Mekki absprechen können. Aber: Deal ist Deal. Es war abge- sprochen, dass King den Club jetzt übernimmt. Kann der Alte ihn also nicht einfach mal machen lassen, ohne gleich diese Paten-Nummer abzuziehen und mit seinen beiden Pitbulls aufzukreuzen, die jetzt die Tür flankieren und den King einschüchtern sollen? Aber komm, drauf geschissen, was soll's? Der King lässt sich nicht beirren. Auch nicht von Horror-Harry und Tiger-Tonio. Er weiß, was zu tun ist. Er weiß immer, was zu tun ist. Vorerst: deeskalieren. Die offizielle Einweihungsparty am Sams- tag darf auf keinen Fall gefährdet werden. Schließlich ist die Clubübernahme nur der Anfang. Der King hat noch viel mehr vor. Also setzt er sein echtestes Lächeln auf und flötet:

»Mekki, was für eine Ehre! Was treibt dich hier her?!«

Dann lässt er sich betont easy auf seinen Thron fallen, während er die Füße auf den Schreibtisch aus Adlerholz

legt, das Jingo vor drei Jahren extra für ihn zum Fünf-
undzwanzigsten aus Grönland importiert hatte. Der
King hat vor Freude geweint. Nicht wegen des Geldes.
Es war die Geste.

»King«, Mekki dreht sich zu ihm. »Ich bin stolz auf
dich.«

Der King muss fast losprusten, so falsch klingt das.

»Du hast was aus dem Laden gemacht.«

Mekki mustert ihn von Kopf bis Fuß. Weder Tonfall
noch Musterung gefallen dem King. Also grinst er Mekki
so breit an, wie er kann, und sagt:

»Mein Volk zu meinen Füßen, die schönste Frau
Deutschlands in meinem Büro und in vier Tagen ein Re-
Opening, so fett, wie die Stadt es noch nicht gesehen hat.
Was will man mehr?«

Mekkis Augen funkeln dem King eiskalt entgegen,
aber sein Gesicht wirkt tiefenentspannt. Als sein Blick an
Kings Füßen hängen bleibt, bemerkt der, dass sein linkes
Bein auf und ab hüpft. Nur mit massivem Druck auf den
Unterschenkel kann er es ruhigstellen. Mit großer Geste
bittet der King Mekki, Platz zu nehmen. Endlich dreht
sich auch Jana um, und verdammt, da fällt ihm mal wieder auf, wie schön sie ist!

Dabei ist sie keine Schönheit im klassischen Sinn. Die
Nase zu platt, die Wangen zu breit, das Gebiss zu weit
vorn. Aber auf ihre Weise ist alles an seinem Platz, ordnet
sich zu einer eleganten Formation: Die klaren Kanten des
Kiefers, die weichen, vollen Lippen, die geschwungenen
Augenbrauen. Und vor allem: Janas Augen, eine Dunkelheit, von der du nicht mal eine Ahnung hattest, dass es sie
gibt, bis du in Janas Augen blickst, die dich am helllich-

ten Tag hinabreißen in die Finsternis des Urweiblichen, einfach niemand kann dieser Urkraft widerstehen. Und weil Gott bei ihrer Schöpfung alles Vorige noch toppen wollte, wird das Ganze abgeschlossen von dichten langen Haaren, wie bei afrikanischen Schönheiten so üblich geflochten und in engen Bahnen zu einem kleinen Turm auf dem Kopf gewickelt, der Jana direkt mit dem Himmel vereint. Ein Jammer, wirklich, dass sie sich für Mekki entschieden hat. Zumindest vorerst. Sie wird schon noch schnallen, wo der Hammer hängt.

»Nàdurra, Liebes.«

Mekkis Worte reißen King aus seinen Gedanken.

Wie immer befiehlt Mekki mehr, als dass er Jana bittet, bevor er sich in den Sessel auf der anderen Seite des Schreibtischs setzt.

»Wenn ich daran denke ...«, in Vorbereitung einer seiner Standpauken schiebt Mekki seinen massigen Körper tief in den Sessel, weil er meint, das verleihe ihm Autorität, und das tut es: »... was du für ein Küken warst, damals, als ich dich aufgesammelt habe – ich meine, ehrlich, guckt euch um!«

Während Mekki seinen Blick vom Adlerholztisch über die Bar zur Tanzfläche schweifen lässt, hat der King Zeit nachzuspüren, wie ihn bei dem Wort *Küken* ein Blitz durchzuckt und bei dem Wort *aufgesammelt* ein Donner erschüttert.

»Vor vierzehn Jahren warst du noch ein kleiner Pusher, jetzt bist du der Chef des Imports, und bald wirst du meinen besten Laden übernehmen. Wie hast du mich nur so weichklopfen können?«

Mekki lacht gönnerhaft.

Du meinst, wie hast *du mich* nur so einlullen können?, schießt es dem King durch den Kopf. Vierzehn Jahre lang hat er Scheiße gefressen. Statt Mekkis Nase wurde seine gebrochen, statt dem des »Bosses« wurde sein rechtes Bein verdreht und das linke in dreizehn Teile zersplittert. Tagelang hat er für ihn in Verhören gesessen. Sich von den Bullen fertigmachen lassen. Immer hat der King geschwiegen. Und trotzdem ist er in all der Zeit in Mekkis Augen immer nur der verlässliche Zuarbeiter geblieben, hart im Nehmen, noch härter im Austeilen, immer bereit, dort mitzumischen, wo es gefährlich wird. Und genau so wurde er auch behandelt – selbst jetzt noch, da er längst die zweitoberste Etage erreicht hat. Glaubt Mekki wirklich, der King würde noch neue Kleindealer anwerben oder Botengänge machen? King hat alles mitgemacht, wirklich alles. Aber nur aus einem einzigen Grund: Er hat den richtigen Zeitpunkt abgewartet. Und der ist jetzt. Vierzehn Jahre Gehorsam sind vierzehn Jahre zu viel, und innerhalb des Bruchteils einer Sekunde realisiert er: Kein weiteres Wort mehr lässt er sich von dem Wichser gefallen.

Er drückt den Rücken durch und blickt Mekki direkt in die Augen. Einen Moment starren sie sich unverwandt an. Dann sagt der King, so ruhig er kann:

»Ich will ab jetzt fünfzig Prozent.«

Jana, die ihren Hintern inzwischen neben Mekkis Kopf auf die Sessellehne platziert hat, fällt fast das Whiskyglas aus der Hand, Glenlivet 16 Nàdurra.

Die Pitbulls wachen auf.

Kurz hält Mekki Kings Blick stand. Erstaunt. Dann wendet er sich ab und bricht in schallendes Gelächter aus.

»Der Bengel ist der Knaller.«

Mekki kneift Jana in die rechte Backe und nimmt einen großen Schluck, nachdem er sein Lachen so künstlich wieder beruhigt hat, wie er es begonnen hatte. Genüsslich zieht er den Nàdurra durch die Zähne, betrachtet den im Glas verbliebenen Rest im Gegenlicht des von der Tanzfläche heraufflackernden Stroboskops und schweigt. Jetzt wäre der letzte Moment für einen Rückzieher. Aber der King meint es ernst, und sein nächster Satz knallt in der Stille wie eine Ohrfeige:

»Der Bengel ist erwachsen.«

Jana schaut dem King ins Gesicht und versteht, wie ernst es ihm ist. Sicherheitshalber nimmt sie Mekki das Glas aus der Hand, bevor der King die Bombe platzen lässt.

»Hör zu, Mekki. Ich wäre ohne dich nicht hier, das stimmt, aber ...«, und jetzt kommt die Einsicht, die er schon viel zu lange mit sich herumträgt, »... du wärst auch nicht da, wo du bist – ohne mich.«

Noch atmen alle.

Gut.

»Nicht du, sondern ich habe den Club zum größten der Stadt gemacht. Und ehrlich, mir geht's auf den Sack, dass du immer so tust, als seist du allein der Chef. Hast du vergessen, dass *ich* die ganzen Leute rangeschleppt habe? Dass *ich* die Deals schließe, *ich* die Kontakte zu den Lieferanten pflege, *ich* die Wege kenne? Ohne *mich* läuft hier *nichts*. Das weißt du. Und genau deshalb will ich ab jetzt meinen gerechten Anteil.«

Mekki guckt den King an. Sprachlos.

Zum ersten Mal in vierzehn Jahren.

Der King kann die Antarktis förmlich schmecken, die sich trotz Mekkis gespielter Gelassenheit ausbreitet.

»Jetzt hörst du mir gut zu«, Mekki hat seine Sprache wiedergefunden. »Der Bengel, den ich einst kennengelernt habe, hat mit großen Augen in die Welt geguckt, war dankbar, wollte lernen. Und ich habe mich um ihn gekümmert wie um einen Sohn. Ich habe ihn sogar zu meinem besten Mann gemacht.« Mekkis Stimme durchfährt ein leichtes Beben. »Und jetzt spielst du hier Meuterei auf der Bounty?«

Mekki wirkt tatsächlich, als würden Wut und Enttäuschung ihn zerreißen. Nichts von dem kann den King beeindrucken. Er durchschaut das Theater. Die Nummer kennt er aus dem Effeff. Aber Mekki ist noch nicht fertig.

»Weißt du, King, wie sie dich nennen?«

Der King grinst wieder, klar weiß er das, und es gefällt ihm.

»Den Snow-King.«

Der King grinst noch breiter.

»Du sollst das scheiß Zeug verkaufen, aber du bist immer tiefer eingetaucht in dein Schneeparadies, und langsam ...«, wieder macht Mekki eine seiner rhetorischen Pausen, die seinen Worten Nachdruck verleihen sollen, und es funktioniert, »... friert dein Hirn ein.«

Mit großer Geste dreht sich Mekki zu Harry und Tony um.

»Was meint ihr? Wie lange bleibt der noch bei Verstand?«

Die beiden feixen und zucken mit den Schultern. Mekki wendet sich wieder an den King und wartet, dass seine Provokation Wirkung zeigt. Er wartet auf eine Antwort.

Die nicht kommt. Ums Verrecken nicht tut der King ihm den Gefallen.

»Ok«, sagt Mekki schließlich. »Ich vergesse, was du eben gefordert hast, und halte mich an unsere Vereinbarung. Du kriegst den Club, und ansonsten gilt: Du kennst die Regeln.«

Klar kennt er die.

Regel Nummer 1: Der King macht die Drecksarbeit, und der Boss kriegt die Kohle.

Er pfeift auf die Regeln.

Aber Mekki setzt noch einen drauf.

»Werd clean. Kein eigener Konsum mehr. Weder hier noch sonst wo.«

Bitte was?

Was bildet der sich ein?!

Glaubt der tatsächlich, dass er ihm noch Vorschriften machen kann? Und dann so eine!

Dem King reicht es endgültig, es ist Zeit für Plan B. Demonstrativ zieht er die oberste Schublade seines Schreibtischs auf. Mekkis Kopf wird in tausend Einzelteile zerfetzt. Blut spritzt auf die Scheibe zur Tanzfläche. Die Gäste dahinter zappeln weiter zwischen Lichtflackern und roten Schlieren, Jana springt kreischend auf, um sich in Kings Arme zu stürzen und ihm ins Ohr zu hauchen: »Danke, mein Erlöser!«

Der King kichert leise bei dieser Vorstellung, während er seine Lieblingsdose aus der Schublade holt – die, die beim Öffnen *Cocaine* singt. Ein Witz, den sich Jingo erlaubt hat. Er stellt die Dose auf den Tisch, öffnet sie und lässt die Melodie erklingen. Dann schüttet er seelenruhig ein Häufchen weißes Pulver auf den Tisch, macht es schlank, und ein kurzes Schniefen durch einen Hunderter – weg ist das Zeug.

Kurz hat Mekki seine Gesichtszüge nicht im Griff, sie versteinern in einer Mischung aus Wut und Trauer. Dann fängt er sich, steht auf und sagt bloß noch: »Bis du clean bist, bleibt Jana während der Öffnungszeiten hier.«

Er küsst Jana auf ihre vollen Lippen.

Winkt seinen Pitbulls.

Und verschwindet im Flackern des Stroboskops.

Wu-Tang Clan Ain't Nuttin ta Fuck Wit, dröhnt es ein paar Sekunden später durch die offene Tür, und der King hängt an seinem Schreibtisch und weiß kurz nicht, was er tun muss. Das ist der einzige Nachteil der Wunderdroge – dass er manchmal den Faden verliert. Vielleicht hat Mekki doch einen Punkt: weniger Koks intus gleich mehr Hirn extus.

Er rappelt sich aus seinem Thron hoch und grinst Jana an, die es sich inzwischen auf dem Sofa bequem gemacht hat und sowohl die laute Musik als auch den King einfach ignoriert. Aber bald liegt die Unberührbare ihm zu Füßen. Er wird es ihr zeigen, wie er es allen zeigen wird. Denn jetzt erinnert er sich wieder: Mekki hat seine letzte Chance bekommen. Er will keinen fairen Schnitt, ok. Sein Problem. Und was Mekki übersieht, im Übrigen schon immer übersehen hat, ist, dass der King tatsächlich dafür gesorgt hat, dass ohne ihn nichts mehr läuft. Heimlich und im Verborgenen hat er seine Fäden gesponnen, und heute ist der Tag gekommen, an dem er sie zusammenziehen wird. Schön einzeln, bis das Netz fertig ist und er endlich bekommt, was ihm zusteht. Der fucking falsche

Caesar legt sich mit dem Falschen an. Now is time for Ära King. Plan B läuft. Wer Krieg will, kriegt Krieg. Et tu, Brute, alles klar.

Größenwahnsinnig?

Fuck yeah!

Er stellt sich an die offene Tür und grölt mit seinem Pöbel mit: »Wu-Tang Clan Ain't Nuttin ta Fuck Wit!«

Im Takt der Bass Drum schlägt er die Faust in die Luft, einmal, zweimal – als jäh, direkt auf dem Beat, die Musik verstummt, seine Faust irritiert am höchsten Punkt der Bewegung stehen bleibt, während das Stroboskop erlischt und das Arbeitslicht des *Kingdom* Hunderte von Nachtschwärmern in grelles Halogen taucht. Was ist denn jetzt schon wieder los?

»Das ist eine Razzia. Wenn Sie nett zu uns sind, sind wir auch nett zu Ihnen.«

3.

Michi fährt aus dem Schlaf hoch und wundert sich, dass er vollständig angezogen im Bett seiner Eltern liegt. Wieder hat er von einem Unfall geträumt. Kurz ist er erleichtert, dass er aufgewacht ist. Dann erinnert er sich. Sieht seine Mutter und seinen Vater, die zwischen den Autositzen und einer Tunnelwand kleben. Aus diesem Albtraum wacht er nie mehr auf.

Draußen ist es dunkel.

Er muss mindestens acht Stunden geschlafen haben. Um zehn geht die Sonne unter. Oder ist schon der nächste Abend? Er fühlt sich wie in einer wabernden Zwischenwelt. Sein Magen knurrt erbärmlich. Vielleicht hat der ihn geweckt.

Xandra ...

Poppy!

Schwerfällig schält er seine Glieder aus dem Bett, steckt das Foto in seinen Rucksack und geht in Xandras Zimmer. Poppy sitzt auf dem Bett, Xandras kleines Äffchen, wegen dem es im Auto sogar kurz Streit gegeben hatte, weil Xandra ihn vergessen hatte und Papa nicht umdrehen wollte. Bisher hat Michi sie nicht verstehen können, Xandras anhaltende Begeisterung für dieses Stück Stoff. Aber jetzt, wie das Ding da friedlich lehnt und ihn anstarrt, mit seinen großen Augen, den langen Wimpern, der Stupsnase, den schlaksigen Armen und zehn Sommersprossen über die Wangen verteilt, die Xandra ihm gemalt hat, damit er aussieht wie sie, durchläuft ihn ein warmer Schauer. Dieses über unzählige Stunden geknuddelte Lieblingskuscheltier ist Xandras kleiner Glücksbringer.

Behutsam packt er auch Poppy in seinen Rucksack, schnappt noch die ersten Ausgaben von *Hanni und Nanni* und *Dick und Dalli und die Ponys.* Zuletzt nimmt er eins von Xandras Pferdepostern von der Wand, dann wagt er sich in sein Zimmer.

Die Musikanlage sticht ihm sofort ins Auge. Sie ist ausgeschaltet. Normalerweise leuchtet sie. Über dem Fernseher hängt ein Tuch. Die Rollos sind halb heruntergelassen. Die Comichefte sind ordentlich gestapelt. Alles Zeichen ihrer geplanten Abwesenheit, die sich nun von sechs Wochen auf ewig verlängert hat.

»Ewig heißt, es gibt kein Ende«, hatte Papa Xandra mal erklärt.

»Das geht nicht«, hatte Xandra erwidert. »Sie lebten glücklich für immer und ewig, das schreiben die in den Märchen. Aber der Mensch stirbt, hast du gesagt. Und dass Sterben das Ende vom Leben ist. Dann kann ewig nicht kein Ende heißen.«

Verwirrt ist sie neben Papa spaziert, ihre Hand fest in seiner, während er mit vielen Veranschaulichungen zu erklären versuchte, dass Märchen nicht die Realität sind, was Realität überhaupt ist – natürlich hatte Xandra auch das hinterfragt – und dass das Universum endlos ist. Denn von ewig kamen sie auf endlos und von dem sterblichen Menschen auf die nicht sterbliche Physik. Xandra kam immer vom Hölzchen aufs Stöckchen, und nach zwei Stunden, inzwischen waren sie wieder zu Hause, hatten zu Abend gegessen und sich bettfertig gemacht, legte sich Xandra gänzlich beunruhigt ins Bett.

Auch Michi hatte nichts verstanden. Es war einfach unvorstellbar: das mit dem Tod des Einzelnen, aber dem ewigen Leben der Menschheit auf der Erde, in einem endlosen Gesamtwerk. Irgendwie ist es das immer noch, und Michi würde seine Plattensammlung verwetten, dass Xandra gerade wieder darüber grübelt, ob sie die Eltern irgendwann irgendwo wiedersieht. Vielleicht, überlegt sie wahrscheinlich, leben sie ewig, wie im Märchen, oder, wenn der Mensch doch stirbt, aber es das Leben an sich auf Erden ewig gibt, vielleicht leben sie in einer anderen Form weiter, und vielleicht sogar an einem anderen Ort in der Endlosigkeit des Kosmos.

Apropos Plattensammlung, was passiert eigentlich mit seinen ganzen Sachen?

Und denen von Xandra?

Und von Mama und Papa?

Wer kümmert sich jetzt um das Haus?

Kriegt das jetzt alles der Staat?

Würde Sinn machen. Das Übergangsding kostet sicher Geld, die Zimmer, das Essen, Herr Schneider, die Heimleiterin, die anderen, die da arbeiten. Vielleicht finanziert der Staat mit dem Verkauf ihre Unterbringung in dem Heim – bis sie eine neue Familie haben. Vielleicht muss die dann auch bezahlt werden. Und was, wenn dann das Geld nicht reicht? Werden er und Xandra dann auf die Straße gesetzt?

Er muss die Sachen retten.

Er muss retten, so viel er kann.

Kraftwerk und die Ärzte müssen mit. Das allein sind

schon sechs Alben. Außerdem die erste Taschenbuchaus-
gabe von *Donald Duck* und die von *Asterix und Obelix
gegen Caesar*. *Rin Tin Tin* nimmt er vielleicht mit, wenn
er das nächste Mal kommt. Für heute holt er noch die
teuersten T-Shirts aus dem Schrank, die Levis 501, die für
besondere Anlässe, und stopft alles in den Wanderruck-
sack, der im Schrank in der Ecke liegt, bevor er sich ein
letztes Mal im Kreis dreht und betrachtet, wo er so viele
Jahre gelebt hat.

»He, Entchen, wieso weinst du denn?«, schießt es ihm
durch den Kopf, als Daisy Duck ihn vom Cover eines
Buchs, das er neben dem Bett liegen gelassen hat, anlacht.
Ein Krokodil hat das Entchen gefragt. Das Krokodil war
zu dem Entchen geschwommen, weil es auf dem Fluss
herumgeirrt war und geplärrt hatte.

»Ich weiß nicht, wer ich bin, was ich bin«, weint das
Entchen.

»Na, du bist natürlich eine Ente«, sagt das Krokodil.
»Schau doch, es ist ganz einfach: gelber Schnabel, Federn
und Schwimmhäute zwischen den Zehen, eine Ente!«

»Oooh, ja, juhu, ich bin eine Ente«, freut sich die Ente
und fragt: »Aber was bist denn du?«

»Rate mal«, sagt das Krokodil.

»Tja«, sagt die Ente: »Langer Schwanz, kurze Beine,
große Klappe, Lederjacke ... Bist du Italiener?«

Michi fand den Witz nie lustig. Aber Mama hat sich
schlappgelacht. Jedes Mal. Mit Krokodilen hatte sie es
sowieso. Einer ihrer anderen Lieblingswitze war:

»Was ist der Unterschied zwischen einem Krokodil?«

Schon allein die Frage findet Michi blöd. Weil sie keinen Sinn ergibt.

»Je grüner, desto schwimmt!«, kicherte Mama dann.

Sie liebte Anti-Witze. Ohne Sinn.

»Wie das Leben«, hat sie gesagt.

Ist Michi jetzt also angekommen im Leben?

So ohne Sinn.

Auf dem Weg nach unten denkt er daran, wie der Rest der Familie trotzdem immer mitgelacht hat. Für Papa, für Xandra und für ihn war Mamas Lachen das größte Glück der Welt. Mama war auch gut im Rechnen und half in der Werkstatt. Sie wickelte potentielle Kunden einfach um den Finger, wenn nicht mit ihren Witzen, dann mit guten Argumenten. Sie war einfach von Natur aus cool, musste sich nicht anstrengen wie die meisten anderen. Und wie Michi. Um auch nur ein Fitzelchen der Coolheit abzugreifen, die Mama angeboren war. Nur mit viel Mühe hatte er es irgendwann geschafft, sich in der Schule Respekt zu verschaffen.

Im Gegensatz zu Mama konnte Papa einem ganz schön Angst machen mit seinen strengen Forderungen, seinen Ansagen, was zu tun und zu lassen war. Cool war er zwar auch, aber eher so unantastbar cool. Einmal schwänzten sie die gesamten ersten zwei Wochen nach den großen Ferien, nur weil Papa keine Lust hatte, aus Jugoslawien zurückzufahren. Der Schule erzählte Papa was von einem Motorschaden und einem Ersatzteil, das erst aus Italien angeliefert werden musste. Und da sich niemand im Umkreis so gut mit Autos auskannte wie Papa, zweifelte die Direktorin seine Geschichte nicht an.

Vielleicht war es das, was Mama an ihm bewunderte: Während Xandra und sie voller Fragen waren, hatte Papa immer Antworten. Er ließ sich nie auf der Nase rum-

tanzen. Er sagte den Leuten, was sie nicht hören wollten. Dem Nachbarn zum Beispiel, dass er umziehen soll,
wenn ihn der Krach der Werkstatt stört. Während Mama
das unangenehm war, sie sich versöhnlich an die Frau des
Nachbarn wandte, verschwendete Papa keinen weiteren
Gedanken daran, auch nicht als Drohbriefe kamen und
eine Gerichtsverhandlung anstand. Die hatte Papa am
Ende gewonnen. Als hätte er das von Anfang an gewusst.

Seine Eltern sind ein gutes Team gewesen.

Warum wird ihm das eigentlich erst jetzt klar?

Im Schrank neben dem Kühlschrank, der natürlich
abgetaut ist und offen steht, findet Michi schließlich ein
Stück eingeschweißten Käse und eine große Flasche Cola.
Sein Mund klebt bereits vor Trockenheit. Michi trinkt
die halbe Flasche in einem Zug aus. Dann beißt er in den
Käse und überlegt. Es fühlt sich an, als wäre er das letzte
Mal hier. Vielleicht ist er das ja auch.

Sein Blick fällt auf die Eckbank aus Eiche, wegen der
Mama ein halbes Jahr auf Papa eingeredet hat, denn Papa
wollte Kiefer, auf die Spüle aus Emaille, auf die Regale
an allen vier Wänden, den roten Linoleumboden. Alles
ist aufgeräumt, teils mit Decken geschützt. Alles, einfach alles, ist vorbereitet für einen Urlaub, der nie enden
wird. Und auf einmal versteht Michi, dass hier sein bis-
heriges Leben vor ihm liegt. Eingemottet und zugedeckt
wird es verstauben und wahrscheinlich irgendwann verschwinden. Wie auch seine Erinnerungen daran langsam
verblassen werden. All die Szenen der letzten Jahre, die
fröhlichen Abende am Esstisch, wo sie Spiele gespielt
haben, wenn sie zu voll gefressen waren, um noch ins
Wohnzimmer zu wechseln, die Streitereien mit seinen

Eltern, wenn er keine Lust hatte, im Haushalt zu helfen, die Stunden mit seinem Vater auf dem Teppich, wo sie gemeinsam gelegen und die Beatles oder Earth, Wind & Fire gehört haben.

Jetzt kriegt er auch den Abend vor der Abfahrt wieder scharf gestellt. Sie hatten gemeinsam hier gesessen und Malefiz gespielt. Michi war überzeugt gewesen, dass sein Vater den Würfel auf eine Drei gedreht, obwohl der eigentlich eine Vier gezeigt hatte. Einfach nur, um zu testen, ob Xandra aufpasst. Und um zu sehen, wie Michi reagiert. Denn wegen der Drei hatte Michi verloren – und den ärgsten Streit begonnen, den er je mit seinem Vater gehabt hatte. Stinkwütend hatte Michi das Spielbrett quer durchs Zimmer geschmissen. Danach folgte eins aufs andere.

»Räum das sofort ein und entschuldige dich«, hatte sein Vater ihn angeherrscht.

»Ums Verrecken nicht!«, hatte Michi geschrien.

»Dann bleibst du hier, und wir fahren ohne dich in die Ferien.«

Michi war vor Zorn die Puste weggeblieben. Denn ebenso gern, wie Papa Spiele spielte, spielte er mit Menschen, und Michi hatte die Schnauze voll davon, dass der Vater ihn immer nach Lust und Laune herumdirigierte. Er hatte sich nicht mehr beruhigen können, wahrscheinlich weil es erst am Mittag zuvor genauso eine Situation gegeben hatte. Michi hatte bei der Reparatur eines Volvos geholfen, wie so oft, das machte er gern. Aber es war schwer, seinem Vater etwas recht zu machen. Eine Schraube war nicht fest genug angezogen, eine andere zu locker, der Zahnriemen war falsch angelegt, oder der

Reifen hatte 0,1 Bar zu viel. Immer hatte Michi die Kritik des Vaters hingenommen, aber an dem Tag hatte er keine Lust mehr. Er hatte schon lange geschnallt: Keiner der Kritikpunkte war je berechtigt, sein Vater wollte einfach nur seine Überlegenheit demonstrieren. Und nachdem er dann am Abend auch noch den Würfel verdreht hatte, ist die Situation eskaliert. Selbst seine Mutter konnte nicht mehr vermitteln. Am Ende hat Michi nur noch wie am Spieß gebrüllt und unverständliches Zeug von sich gegeben, bis er hilflos und wutentbrannt geschrien hat:

»Dann verreck doch!«

Dass Michi danach das Spiel aufräumen musste und es Prügel gab, nachdem Mama Xandra ins Bett gebracht hatte, ist rückblickend das kleinste Übel. Dass der Vater Michi gleich am nächsten Tag den Gefallen getan hat, tatsächlich zu verrecken, ist das Eigentliche. Und dass er Mama mitgenommen hat.

Wie hat er das vergessen können?

Der Käse bleibt ihm im Hals stecken. Den Rest legt er weg. Hunger vorbei. Appetit hat er eh kaum mehr.

Als er das Haus verlässt und die Tür hinter sich zuzieht, entscheidet er, das Mofa zu nehmen. Zwar darf er es offiziell noch nicht fahren, und es hat auch keine Nummernschilder, aber so früh am Morgen ist hoffentlich nicht viel Polizei unterwegs. Und selbst wenn, er hat schließlich keine andere Wahl, denn Xandra ist vor lauter Angst um ihn bestimmt ganz aufgelöst. Er muss auf dem schnellsten Weg zu ihr.

Ein paar Minuten später rauscht Michi am Ortsausgangsschild vorbei die Schlangenstraße wieder hinauf, die Tachonadel zittert wie wild am Anschlag, und sein

Herz klopft ihm bis zum Hals. Wenigstens ein bisschen stolz wäre der Vater, da ist Michi sicher, wenn er sehen könnte, was Michi von ihm gelernt hat. Der Tachometer geht zwar nur bis sechzig, aber vom peitschenden Fahrtwind schließt Michi auf circa achtzig Stundenkilometer. Natürlich hat er heimlich an der Maschine geschraubt, immer wenn der Vater unterwegs war. Er wollte ihn damit überraschen. Vielleicht hätte er dieses Mal lobende Worte gefunden. Und plötzlich spürt Michi, wie Wut in ihm aufsteigt. Er findet es zum Kotzen, dass Papa ihn alleingelassen hat in diesem Dschungel aus Angst und Schweigen. Wer soll ihm denn jetzt beibringen, wie das geht: sich durchzuschlagen?

4.

Warum die erste scheiß Razzia im *Kingdom* ausgerechnet heute stattgefunden hat, obwohl er den Club noch nicht einmal offiziell wieder geöffnet hatte, ist dem King ein Rätsel. Auch wenn er viel Zeit gehabt hat, darüber nachzudenken. Es kann eigentlich kein Zufall gewesen sein.

Die Nacht hat er in einem der Vernehmungsräume auf dem Revier verbracht, endgenervt, dass die nächste Line warten muss, während er warten muss – auf den Mann, der jetzt endlich durch die Tür kommt.

Klaus ist Polizeiobermeister oder Kommissar oder Inspektor – was auch immer. Das Einzige, was wichtig ist: Er ist Kings Mann. Plan B funktioniert nur, wenn Klaus dabei ist. Und das wird er. Denn Klaus und der King haben einen Deal: Klaus versorgt den King mit Informationen über anstehende Polizeiaktionen, und im Gegenzug macht der King Klaus ab und zu eine von den neuen unverbrauchten Mädchen klar. Weil: Klaus hat bestimmte Vorlieben. Solche, die andere nicht normal finden und die böse enden können. In Ekstase zieht Klaus gern etwas fester zu, genauer gesagt: viel zu fest. An samtenen Bändern um noch samtenere Kehlen. Und einmal hätte es fast böse geendet, wenn der King die Kleine nicht rechtzeitig wiederbelebt hätte. Mund-zu-Mund-Beatmung. Hat er vorher selbst nicht gewusst, dass er das draufhat. Und

Klaus weiß bis heute nichts davon. Stattdessen denkt er, der King habe die Kleine entsorgt und die Spuren verwischt. Der King wusste schon damals, dass der Zwischenfall ihm eines Tages noch nutzen würde. Was Klaus dagegen noch nicht weiß: dass dieser Tag heute ist.

Er legt Kings Portemonnaie und Schlüssel auf den Tisch und sagt: »Der Club bleibt vorerst zu.«

Klar.

»Wegen Jana habe ich telefoniert.«

Auch klar.

Klaus setzt sich. Etwas quält ihn. Der King muss nur warten.

»Ich ... ich hatte keine Ahnung, ehrlich.«

Klaus spricht jetzt so leise er kann. Obwohl der Raum kein Fenster hat, keine Mikrofone, keinen Einwegspiegel, nur vier Wände, zwei Stühle, einen Tisch.

»Ich habe nichts davon gewusst, bis ich zum Einsatz gerufen wurde. Aber ... ich habe dir oft genug gesagt, du sollst kürzertreten.«

»Steckt Mekki dahinter?«

»Du meinst ...« Klaus' graue Zellen beginnen zu arbeiten. Seine Nervosität schwindet. Hatte wohl Panik, dass der King die Razzia ihm anlastet.

»Theoretisch ... Die Weisung kam vom BKA, oberste Etage. Und die hatten das *Kingdom* bisher nicht auf dem Schirm, da bin ich mir sicher.«

»Also könnte Mekki die Razzia eingefädelt haben.«

Der King kennt die Antwort. Er glaubt nicht an Zufälle. Time has come.

»Was, wenn ich dir den Wal ins Netz jage?«

»Du willst ... bist du irre?«

Klaus grunzt. Meint entweder Kings Mut oder seinen Wahnsinn. Wahrscheinlich beides. Klopft ihm auf die Schulter, steht auf, hat schon wieder die abgegriffene Türklinke in der Hand, als ihm wohl die Kleine einfällt, die vermeintlich auf dem Boden des Mains schlummert. Oder das, was die Fische von ihr übrig gelassen haben.

Langsam dreht sich Klaus zum King um.

»Du meinst das ernst?«

»Ich habe einen Plan, der dich über Nacht zum Oberkommissar macht.«

Klaus beißt sich auf die Lippen. Schüttelt ungläubig den Kopf.

»Wann?«

»Ich rufe dich an.«

»Wie viel?«

»Du erfährst alles, wenn es so weit ist.«

Klaus will schon wieder zur nächsten Frage ansetzen, aber der King weiß, wann er Schluss machen muss.

»Vertrau mir. Je weniger du weißt, desto besser.«

Klaus zögert. Nickt unmerklich. Versteht langsam, dass der King seinen Tribut fordert. Und ruhig, ganz unbewegt durchbricht der King Klaus' Deckung und pflanzt ihm jenen Samen ein, der hundertprozentig gedeihen wird. Und an Klaus' nächstem Satz erkennt er, dass der Samen bereits Wurzeln zu schlagen, die Aussicht auf eine Beförderung zu schmecken beginnt.

»Wenn das schiefgeht, hat's unser Gespräch nie gegeben. Ich hoffe, du weißt, was du tust.«

Klaus beißt sich auf die Lippen, als könne er damit das Gespräch schon jetzt ungeschehen machen, und mit einer guten Portion Muffensausen und einem flüchtigen, aber anerkennenden Blick vor dem Schneid, um den den King schon so mancher beneidet hat, wippt Klaus fast vorfreudig auf den Zehenspitzen, bevor er aus dem Zimmer geht.

Der King lächelt.

Vor der Wache steht die Sonne bereits hoch am Himmel. Sanft wärmt sie Kings Gesicht. Die Hose klebt ihm am Arsch vom langen Sitzen. Er zieht sie zurecht, rückt gleich noch den Sack gerade, und schon spürt er die Eier locker schwingen, in der Hose, die er sich hat maßschneidern lassen, um wie Sonny auszusehen, Sonny Crockett, versteht sich. Nichts kommt ran an den lässigen Detective-Look, der den King so smart aussehen lässt wie ein moderner Bogart mit Street Credibility. Jetzt muss er nur schauen, dass er schnell hier wegkommt und endlich ein bisschen Pulver in die Nase kriegt.

Als er sich gerade in Richtung Taxistand aufmacht, sieht er Jana am Straßenrand stehen. Tatsächlich ist der King erleichtert. Denn zurück kann Jana um keinen Preis. Das hat sie ihm oft genug klargemacht. Sie hat irgendwelche Regierungstiere verärgert, ein paar große, solche, mit denen du dich lieber nicht anlegst. Ist wohl nicht schwer in Nigeria, wo Jana herkommt. Auch heute hacken sie dort noch Köpfe ab. Die, die ihnen nicht passen. Und sicher war der King nicht, dass Klaus es hinkriegt, ihre Abschiebung zu verhindern.

Er ändert die Richtung und überquert die Straße.

Auf halbem Weg schneidet ihn Mekkis Limousine. Der schwarze Chrysler gleitet nahezu geräuschlos an Jana heran. Am Steuer sitzt Mekkis Lieblingssizilianer mit seinem in Pomade gebadeten Pferdeschwanz. Ebenso geräuschlos wie der Wagen gleitet Terror-Tonio vom Fahrersitz, steigt aus und hält Jana die Tür auf. Majestätisch wie immer lässt sie sich auf die Rückbank sinken.

Schnell hastet der King die letzten Meter hinüber, reißt in dem Moment die Beifahrertür auf, als Tonio gerade wieder losfahren will, beugt sich zu ihm runter und lässt sich, in Vorfreude darauf, dass Tonio bald sein Knecht sein wird, seinen Befehl auf der Zunge zergehen: »Zum *Kingdom.*«

»Scusi, für dich kein Service mehr.«

Kurz hält der King inne, guckt von Tonio zu Jana. Dann entscheidet er: Der Typ kann ihn mal. Er öffnet die Hintertür und lässt sich betont breitbeinig neben Jana fallen.

Eine ganze Weile passiert nichts. Der Wagen bewegt sich nicht, und auch Jana guckt unbeeindruckt aus dem Fenster. Erst als Tonio im Rückspiegel ihren Blick sucht, gibt sie ihm, ohne sich ihm zuzuwenden, durch die schallgeschützte Scheibe zwischen Rückbank und Fahrerraum ein Zeichen.

Endlich setzt die Limo sich in Bewegung, und während sie sich ihren Weg durch die Stadt bahnt, schaut Jana weiterhin ungerührt aus dem Fenster. Der King wiederum betrachtet die fein geschwungene Linie ihres Hinterkopfs. Ein paar Härchen wehen im Fahrtwind und tanzen im Reigen ihrer Seele, findet zumindest der King, denn bei all ihrem unnahbarem Getue weiß er doch um den weichen Kern unter Janas harter Schale. Er muss jetzt nur die richtigen Worte finden. Dann knackt er sich da durch. Aber ihm fällt nichts ein. Er merkt, dass er dringend die nächste Line braucht.

»Du stehst auf mich.«

Die Machotour kann er aus dem Effeff. Jana guckt ihn nur kurz an, um gleich drauf wieder auf die vorbeiziehenden Häuserfronten zu starren. Ok, sie braucht die widersprüchliche Tour.

»Du denkst bestimmt: Der ist ein bisschen verrückt und kokst auch etwas viel. Das mag stimmen. Aber: Hey, ein Arsch wie Mekki bin ich nicht.«

Dabei fällt ihm auf, wie sich die weißen Träger ihres Kleides in zwei eleganten Linien von ihrem tiefschokoladigen Teint absetzen. Am liebsten würde er sie schniefen. Dass er sich überhaupt noch konzentrieren kann, halleluja! Seit mindestens zehn Stunden hat er keine mehr gezogen.

Er wartet auf Janas Reaktion. Aber sie betrachtet die glitzernden Hochhäuser und die geparkten Blechkisten in den Schluchten dazwischen, als hätte sie so etwas noch nie gesehen. Es müssen härtere Bandagen her.

»Warum, meinst du, haben sie dich gehen lassen?«

Verunsichern funktioniert immer, bei allen Weibern. Zwar zeigt Jana immer noch keine Reaktion, aber er muss das nur geschmeidig aufbauen.

»Eins kann ich dir sagen: Mekki war es nicht, der dich da rausgeholt hat.«

Das hat gesessen. Der King lässt sich ein Stück tiefer in das weiche Leder sinken und lächelt.

Aber Janas Härchen wehen unverändert. Ihr Kopf dreht sich keinen Millimeter. Nicht mal ein leises Seufzen à la »Mein Gott, wann lässt mich der Kerl endlich in Ruhe?«. Kein Lächeln. Nichts. Unbeeindruckt starrt sie weiter aus dem Fenster, und nur in der Spiegelung der

Scheibe erkennt der King, dass ihre tiefschwarzen Augen weit in die Ferne gucken, wie in ein anderes Leben. Ob sie ihn überhaupt hört? Oder spielt sie ihm nur mal wieder vor, dass sie Nerven wie Drahtseile hat? Ob sie weiß, dass er sie auch dafür begehrt?

Bleibt nur noch der Frontalangriff.

»Ich heirate dich.«

»Du spinnst.«

Ha! Die Schneekönigin hat angebissen.

Jetzt dranbleiben.

»Jede Sekunde heute Nacht, die du nicht gewusst hast, ob du noch mal in Freiheit einen Fuß auf deutschen Boden setzt, muss die pure Folter gewesen sein.« Er nickt wissend und schlägt einen mitfühlenden Tonfall an. »Und das nur, weil du immer noch keinen Pass hast, obwohl es das Einfachste der Welt wäre, du bist schließlich die Perle vom Boss. Was mich also wirklich brennend interessiert: Warum heiratet Mekki dich nicht endlich?« Kurze Pause und dann der absolute Killersatz: »Du darfst ja nicht mal bei ihm einziehen.«

Schlagartig guckt Jana den King an. Bingo.

»Du spinnst total.«

Ihre Lippen zucken, und ihre Augen gucken direkt auf Kings Seelengrund. Aber den darf er ihr nicht zeigen, noch nicht, und deshalb grinst er, so charmant er kann.

»Jana, ich meine es ernst. Wir wissen doch längst, dass wir zusammengehören.« Er grinst noch ein bisschen breiter, und auch Janas sinnliche Lippen formen ein immer amüsierteres Lächeln. Jetzt muss er nur noch sauber abschließen.

»Wenn du willst, fahren wir sofort zum Standesamt,

und dann kriegst du deine Papiere«, er macht eine kleine Pause. »Denn eins wissen wir beide: Mekki wird deiner feinen Seele nie gerecht werden, ja er wird sie auf Dauer zerstören, aber ich, ich trage dich auf Händen.«

Wow, vielleicht sollte er doch weniger koksen. Wo hat er sich das jetzt rausgesaugt? Und weil Jana ihrem Lächeln immer weniger Einhalt gebieten kann, setzt er noch eins drauf:

»Und, das Allerbeste, Jana, das Sahnehäubchen: Glaub mir, ich bringe dich zu Orgasmen, nach denen du nichts anderes mehr willst.«

Jana lacht.

Sie strahlt über das ganze Gesicht.

Mein Gott, wie er diesen Anblick liebt!

Hat er bisher viel zu selten gesehen. Ja, er würde Jana auf der Stelle heiraten. Steuern würde er dabei auch sparen. Und ihm gefällt, wie Jana mit ihrem Blick seine Seele durchforstet, und was sie da sieht, scheint auch ihr zu gefallen, denn ihr Blick wird weich.

»Du hast dich nicht ernsthaft verknallt?«

»Ich?« Der King spürt sein breites Grinsen nun bis zu den Ohren. »Niemals. Aber wie ich das sehe, liegst bald du mir zu Füßen.«

Jana schaut ihm ungewohnt herzlich in die Augen. Das ist seine Chance. Behutsam legt er seine Hand auf ihren Schenkel.

Schon schneidet ihre Stimme, wieder messerscharf, die soeben entstandene Nähe entzwei.

»Finger weg.«

Der King zieht seine Hand zurück.

»Ich korrigiere – sehr bald.«

Bestimmt wendet sich Jana ab und schaut wieder aus dem Fenster. Einen Moment zweifelt der King, ob er auf die richtige Karte gesetzt hat, doch dann guckt Jana ihm über die Spiegelung in der Scheibe für den Bruchteil einer Sekunde wieder direkt in die Augen, streicht sich eine nicht vorhandene Strähne aus dem Gesicht, und auf ihrer Wange: Gänsehaut.

Yes!

Ein, zwei Tage.

Zwei Tage gibt er ihr noch.

Dann kreuzt sie bei ihm auf.

Am *Kingdom* angekommen, sorgt der King erst mal für Durchzug. Dank der frisch aufgewirbelten Dopaminkonzentration im synaptischen Spalt ist schließlich wieder alles normal in seinem Hirn.

Plan B steht, der Krieg rollt voran, und dass Jana endlich Interesse an ihm zeigt, toppt natürlich alles. Bald besteigt er auch offiziell den Thron, und an seiner Seite: Jana, nach der sich alle verzehren, die aber nur dem King gehören wird. Jana, die eigentlich Yama heißt. Kurzform von Yemayá, was in irgendeiner Religion die Göttin des Mondes, des Meeres und der Mutterschaft bedeutet. Zwar wollte Jana keine Göttin mehr sein, nachdem sie hier ankam, zumindest nicht die des Meeres. Ob sie nach Europa schwimmen musste? Keiner weiß es. Aber sie ist eine Göttin, ob sie will oder nicht, und zufrieden damit, dass sein Gehirn auch ohne Koks noch in Perfektion funktioniert und er die Göttin bezirzt hat, brettert der King mit seinem BMW und verstärktem Bass quer durch die blitzenden Hochhäuser der Stadt bis auf den Hof der guten alten Werkstatt, seines Castles, *King's Carstle*.

Der King liebt das *Carstle*. Der King hasst das *Carstle*.

Er kennt jeden Winkel, jeden Mann, und niemand zuvor wusste das *Carstle* so zu nutzen wie der King. Er hat es zu dem gemacht, was es heute ist: Vorbereitung, Start, Ziel und Nachbereitung des gesamten Imports. Das war sein klügster Schachzug und das Fundament seines Aufstiegs.

Wie immer ein bisschen stolz, steuert der King sein bayrisches Schiff über den Hof in die Halle, in der Hebebühnen in Reih und Glied nebeneinanderstehen und Männer in Blaumännern, die auf der kriminellen Leiter auf den unteren Sprossen hängen geblieben sind, dem King anerkennend zunicken. Schwarz vor Dreck arbeiten sie unter, in, über und rund um diverse Autos, die repariert oder präpariert werden – je nach Geschäftszweig legal oder illegal. An den Wänden hängen verschmierte Schilder mit Aufschriften wie »No Smoking«, »Kein Zugang für Kinder« oder »Vorsicht, giftige Gase« – als ob irgendwen irgendeins interessiert. Während der King noch die Aufmerksamkeit der Belegschaft genießt, die ihre stählernen Werkzeuge auf Metall klappern lässt, lugt unter der Hebebühne im hintersten Eck jener Mann hervor, der die besten Ideen in Sachen Drogenverstecke hat: Aziz.

Aziz war Kings Eintrittskarte ins *Carstle*, und der King war Aziz' Eintrittskarte ins Koksgeschäft: Als der King die Werkstatt übernommen hat, wollte er Aziz unbedingt weiter an seiner Seite wissen. Seitdem beauftragt der King ihn jedes Mal, wenn wieder ein Transport vorbereitet werden muss, offiziell als Hilfsarbeiter mit irgendeiner fiktiven Reparatur. Auf dem Papier klopft Aziz dann

Beulen aus dem Blech. In die tatsächliche Karre arbeitet er tiefe Mulden hinein, so tief, dass Lady C in Unmengen über die Grenzen wandert. Und das ist nur eine von vielen Varianten.

Mit dem Motor verstummt auch Dizzee Rascal, und noch bevor der King den BMW neben der Hebebühne hat ausrollen lassen und Aziz nach einem kurzen Daumen-hoch wieder verschwindet (*Regel Nummer 2: Infos nur wenn nötig an wen nötig*), nimmt der King sein nächstes Ziel ins Visier: seinen besten Fahrer, seinen besten Mann, seinen besten Freund: Jingo.

»Alles cool?«

»Alles cool«, sagt der King.

Jingo spuckt Kautabak in die Abwasserrinne, durch die täglich Motoröl, Benzin, Lacke und Lösungsmittel in einer Menge fließen, die reichen würde, um die halbe Stadt zu vergiften, und tritt ans Fahrerfenster. Innerhalb von Sekundenbruchteilen – sein Gehirn funkt noch immer auf maximaler Frequenz – beschließt der King, sofort Tacheles zu reden.

»Hör zu«, er senkt trotz des Metallklapperns, des Brummens der Maschinen und der hallenden Kommandos der Arbeiter die Stimme. »Ich fahre morgen mit nach Holland. Wir schmeißen Mekki endlich raus.«

Jingo tritt ein Stück näher heran. Seine Ruhe irritiert den King. Als ob sie den Einkauf für das gemeinsame Familienfrühstück besprechen würden, zeigt Jingo keine Reaktion. Keine von der Art jedenfalls, die der King erwartet hätte. So was wie:

Spinnst du?

Drehst du jetzt total durch?

Der knallt uns ab!

Jingo will auch den Plan nicht genauer erklärt bekommen oder beteuert dem King seine Loyalität. Er nimmt nur ein neues Häufchen Tabak aus seiner Dose, schmeckt dem Nikotin nach und sagt:

»Mekki hat mir deinen Platz angeboten.«

Kings Faust rutscht vor Verblüffung auf die Hupe. Aziz und ein paar Arbeiter gucken kurz herüber. Dass Mekki so fix ist, hat der King nicht erwartet. Er spricht jetzt so leise er kann.

»Mekki hat dir den Import angeboten?«

»Und den Club.«

Ein paar Schmatzer lang meidet Jingo den Blickkontakt, dann schaut er dem King ins Gesicht:

»›Wenn der King nicht zur Vernunft kommt …‹ Das waren seine Worte.«

Jingo wartet, und der King weiß nicht, wen er als Erstes vermöbeln will. Jingo, der den Mumm hat, Mekkis Angebot überhaupt mit ihm zu besprechen, oder Mekki, der nicht kapieren will, dass sein Ende gekommen ist.

»Ich war ja nicht dabei gestern …«, Jingo beugt sich weiter zum King runter, und auch er spricht jetzt so leise er kann. »Aber was du da gesagt hast im Club, das kam nicht gut, Mann. Mekki ist stinksauer.« Er haut mit Nachdruck aufs Blech der Fahrertür. »Ehrlich, du musst das mit ihm klären.«

Und als ob das sein Stichwort wäre, findet der King wieder zurück in die Spur.

»Genau darum geht es. Sobald wir ihn los sind, gibt's nie mehr Stress. Für mich nicht. Für dich nicht. Lass dich von dem Wichser nicht belabern.«

»King, echt ...«, Jingo schüttelt den Kopf. »Ich habe Respekt vor dir, aber dieses eine Mal musst du auf mich hören.«

»Sonst was?«

Der King kann es nicht fassen. Will Jingo sich etwa mit ihm messen?

»Was ist das für eine Scheiße?!«

Will er seinen Platz?

»Willst du meinen Platz?«

»Nein, Mann. Ich mache mir Sorgen.«

Nervös zieht Jingo den Tabaksaft durch die Zähne.

»Um deinen Arsch oder um meinen?«

»Um beide.«

Jingo ist also wirklich eingeschüchtert. Ok. Verständlich. Da hilft nur: mehr Druck.

»Ich gebe dir einen Rat, Jingo. King *und* Mekki, das ist Geschichte. Ab jetzt gibt's nur noch King *oder* Mekki. Überleg dir, auf wessen Seite du stehst.«

»Mann, King, alles easy, du bist mein ältester Kumpel ...«, hustend stopft Jingo die dritte Ladung Tabak in seinen Mund, »... aber ehrlich ...«, Jingo weicht Kings Blick immer mehr aus, mit diesem Hundeblick, den niemand so perfekt beherrscht wie ein Araber, »... du und Mekki, ihr wart doch immer wie Vater und Sohn. Und Stress mit Daddy ist nie gut.«

Was für eine Vollscheiße! Von diesem Gelaber hat er die Schnauze voll! Von wegen Vater und Sohn! Gerade Jingo müsste es besser wissen.

Aber der King sieht auch: Die Wut, die in ihm aufsteigt, lässt sich gut nutzen für die Show, die er jetzt abziehen muss. Er lässt den Motor aufheulen, kloppt mit Gewalt den Rückwärtsgang rein und faucht: »Dann mache ich es eben ohne dich.«

»Hey!«

Jingo greift in das offene Fenster, als ob er das Auto festhalten will, während der King schon rückwärtsfährt. Jingo läuft mit. Genau so hat der King es sich vorgestellt. Enttäuschung zieht. Wenn sonst nichts, dann das. Dafür haben sie zu viel zusammen durchgemacht.

Scharf steigt er auf die Bremse und guckt Jingo vorwurfsvoll an. Jingo steckt sich jetzt nervös eine Zigarette in den Mund, ignoriert wie immer das »Bitte nicht rauchen«-Schild, das direkt in seinem Blickfeld hängt, zündet die Kippe an und nimmt ein paar Züge. Dann grummelt er vor sich hin.

»Ich mache immer alles mit, das weißt du, aber …«, er nimmt einen tiefen Zug, »… der knallt uns doch einfach ab.«

»Ich knalle schneller.«

Jingo guckt ihn erschrocken an. Langsam scheint er zu ahnen, wie ernst es dem King ist.

»Wir teilen ab sofort alles fair zwischen uns auf. Rechne es dir aus, dein Anteil schießt exponentiell nach oben.«

Exponentiell. So Worte liebt er. Und exponentiell steigt jetzt auch Jingos Aufmerksamkeit.

Er tritt die gerade erst angerauchte Kippe aus und macht ein Gesicht, als würde er tatsächlich zu rechnen beginnen. Dabei rinnt ihm der Schweiß über die Stirn. Bei einer Außentemperatur von fünfunddreißig Grad im Schatten sind es in der Halle knapp vierzig. Aber mehr noch als den Schweiß auf der Stirn meint der King in Jingos Augen jene Hitze zu sehen, die jemanden überkommt, der nicht weiß, wie er sich entscheiden soll: zwischen dem Mann, mit dem er durch dick und dünn gegangen ist, und dem, der die Stadt beherrscht. Die Wahl zwischen Pest und Cholera.

»Also gut«, sagt Jingo schließlich und stopft sich einen neuen fetten Batzen Tabak in den Mund.

Der King hält Jingo die Hand hin. Jingo schaut ihm in die Augen, schüttelt ungläubig den Kopf und schlägt ein. Sofort dreht der King Rascal wieder auf, der rappt weiter, wo er aufgehört hatte, und brettert siegesgewiss im Rückwärtsgang zwischen den Hebebühnen aus der Halle.

Als er draußen um die Ecke biegen will, rast ihm ein Junge auf einem Mofa entgegen. Der King steigt in die Eisen, aber da ist der Typ schon aus seinem Blickfeld verschwunden.

Der BMW steht.

Nichts rührt sich.

Wenn er den Jungen jetzt überfahren hat.

Augenblicklich ist sein Hochgefühl weg.

Mit so was würde Mekki ihn kleinkriegen, für immer, und zum ersten Mal denkt der King: Was, wenn er sich doch verschätzt?

Entsetzt starrt er in den Rückspiegel, wartet, wartet, der Lenker des Mofas lugt über den Kofferraum, aber der Fahrer ist nicht in Sicht.

Da.

Langsam schiebt sich ein Haarschopf in sein Blickfeld.

»Wo ist dein beschissener Helm?«, brüllt der King.

Die umstehenden Männer gucken kurz auf, zucken die Schultern und widmen sich wieder ihrer Arbeit. Der

Junge steigt auf sein Mofa und winkt dem King zu, als würde er sagen: Alles ok. Aber dem King ist, als bliebe sein Herz stehen. Das Gesicht kennt er.

Es gehört dem unschuldigen Rotzbengel, dem klugen Waisenjungen, dessen Leben er vermasselt hat.

Und dann verschwindet der Junge, als ob nichts gewesen wäre. Ist nicht mehr da, als ob er nie existiert hätte.

5

Nur du allein schaffst es, aber du schaffst es nicht allein.«

Wie er sie hasst, die klugen Sprüche.

Auch überflüssig sind die »Regeln der therapeutischen Gemeinschaft«:

1. Kein »man« – nur »du«
2. Kein müssen und sollen
3. Nur dürfen, können, wollen

Und so weiter und sofort. Loosi kennt sie alle. Die Regeln. Die klugen Sprüche. Wie die schwarzen Flecken auf seiner Leber.

Ihm fällt kein Grund ein, warum er die drei Monate hier durchhalten soll. Die letzten zwei Tage war er nur damit beschäftigt, ein Minimum an Krankenhausfraß runterzuwürgen, gegen die Kopfschmerzen anzugrübeln und möglichst vielen Mitpatienten auszuweichen. Wozu? Wenn er hier rauskommt, landet er doch nur wieder im Krankenwagen. Spätestens nach einer Woche, der Typ im Kittel hatte noch übertrieben.

Er schaut sich um.

Die haben die Wände bunt gestrichen.

Rosa.

Gelb.

Hellgrün.

Jeden Raum in einer anderen Farbe des Regenbogens.

Gruppenraum sieben, in dem Loosi jetzt sitzt, ist hell-violett. Der Boden ist aus mattem Holz, in der Mitte ein Teppich, auf den man sich während der Gruppentherapie setzen darf, wenn man seine paar Minuten Ruhm erhält. Aber kein noch so freundlich gemeinter Anstrich, kein noch so kuscheliges Fleckchen und auch kein noch so luftiges Bisschen Wind, das durch das gekippte Fenster hereinweht, kann das Fundament verstecken, auf dem dieses Auffanglager für die Gestrandeten steht. Aus jedem Loch, aus jeder Pore des feuchten Putzes, aus sämtlichen schweigenden Räumen klingt das Leid des Unvermögens, das in jenen Herzen pumpt, die sich hier versammeln, und während ein Patient nach dem anderen eintrudelt, liest Loosi noch mal seinen Lieblingsspruch:

»Gott gebe mir die Gelassenheit, Dinge hinzunehmen, die ich nicht ändern kann, den Mut, Dinge zu ändern, die ich ändern kann, und die Weisheit, das eine vom anderen zu unterscheiden.«

Das mag er. Da steckt was Wahres drin. Vielleicht sitzt er deswegen wieder hier, im selbst organisierten AA-Treffen der Entgiftungsklinik, und liest Wandplakate. Weil Gott ihm endlich Gelassenheit und Weisheit gegeben hat. Aber ehrlich gesagt, bezweifelt er das.

Der Letzte schließt die Tür, und allmählich verebbt das Getrampel der Patienten und das Geschiebe der Stühle, die sorgsam zu einem großen Kreis zusammengestellt wurden. Loosi sitzt schon dreißig Minuten auf seinem. »Manchmal ist einfach nur wichtig, dass man überlebt«, schießt es ihm wie so oft durch den Kopf. Einer der wenigen Trost spendenden Sätze von den zahllosen, die er in den letzten Jahren gehört hat. Jedes Mal ein anderer

Therapeut. Jedes Mal andere Worte. Die besten waren die vor fünf Jahren von einem ziemlich alten Therapeuten, der ihm eingetrichtert hatte: »Immer nur die nächsten vierundzwanzig Stunden.« Vielleicht der Grund, warum er noch lebt. Auch wenn er sich jedes Mal fragt, was der Sinn von nur noch einer einzigen Stunde sein sollte für den Abschaum der Gesellschaft.

Müde guckt Loosi in die Runde. Kaut auf seinem Kaugummi und hofft auf ein Gesicht, das ihm etwas Neues berichtet. Das Lächeln einer Frau wartet auf Ermunterung, das ängstliche Abscannen eines Mannes fragt, wie es so weit hat kommen können, und der gesenkte Blick eines Jungen ist ein letzter Hilfeschrei. Loosi weiß: Für ihn gibt es keine Ermunterung mehr. Er weiß, wie es bei ihm so weit hat kommen können. Und er will auch keine Hilfe mehr. Warum hat Joseph ihn nicht liegen lassen? In seinem Bus, da, wo er hingehört.

»Hallo, ich bin Annette.«

Sanft werden seine Gedanken von der Frau neben ihm unterbrochen, deren Augen so stark mit schwarzem Kajal umrandet sind, dass sie aussieht wie einer dieser Batmanhunde.

»Hallo, Annette«, antwortet die Gruppe.

»Ich bin Alkoholikerin, Missbrauchsopfer, Overeater, tablettensüchtig, kokainabhängig, habe emotional disorders, eine narzisstische, dependente Persönlichkeitsstörung, bin Borderlinerin und habe Bulimie. Ich möchte heute über meinen Mann sprechen, und mein Leitspruch ist: Was du nicht willst, das man dir tu', das füg auch keinem andern zu.«

Annette beginnt zu weinen. Die Patienten nicken ihr

verständnisvoll zu. Im Austausch für das Mitleid, das sie zu bekommen hoffen, später, gleich, wenn sie ihre zwei Minuten haben.

»Danke«, sagt Annette.

»Danke, Annette«, sagt die Gruppe, und alle warten auf Loosi, dessen Kaugummischmatzen die nun entstehende Stille füllt.

»Essen ist hier drin verboten«, sagt ein Mann, dessen Po an allen Seiten über die Sitzfläche quillt. Seine kleinen Augen halten sich nur mit Mühe in den dafür vorgesehenen rotfleischigen Höhlen. Er erträgt die Stille wohl nicht. Loosi spürt, dass er ein paar Jahre zuvor große Lust gehabt hätte, mitten reinzuschlagen in diese Fresse, aber heute schluckt er nur das Kaugummi runter und nickt freundlich in die Runde.

»Hallo, ich bin Gott.«

Die Patienten gucken von einem zum anderen, manche rücken auf ihrem Stuhl hin und her, wenige murmeln: »Hallo, Gott.«

»Ich gebe euch die Gelassenheit, Dinge hinzunehmen, die ihr nicht ändern könnt, den Mut, Dinge zu ändern, die ihr ändern könnt, und die Weisheit, das eine vom anderen zu unterscheiden.«

Niemand schaut Loosi mehr an.

Die nächsten Tage verlaufen unspektakulär. Zumindest was die äußeren Ereignisse betrifft. Innerlich geht's natürlich ab. Wenn der Alkohol nicht mehr aufs Bremspedal drückt, gibt der Körper Vollgas. Schweiß aus jeder Pore bis in die Arschritze ist das kleinste Übel. Zitteranfälle bis hin zu Panikattacken sind schon unschöner. Diesmal gipfeln sie in einer plötzlich aufkeimenden Angst, von einer Ente verfolgt zu werden. Echt, das Scheißvieh läuft ihm drei Mal bis in die Klinik hinterher. Beim letzten Mal bildet er sich ein, dass ihm zudem Gestalten aus der Vergangenheit folgen, genau die, die er so perfekt auszublenden versucht hat all die Jahre. Die Nacht danach ist natürlich im Arsch. Aber gut, die Hälfte der Zeit liegt er eh immer wach und krampft vor sich hin. Was heißt Hälfte, eher neun Zehntel, und das Einzige, wonach er sich sehnt, sind die Medikamentencocktails am Morgen, Mittag und Abend.

Clomethiazol und Clonidin sind seine Freunde in den ersten Tagen. Die sollen dem Körper die Umstellung auf ein neues Leben ohne Alkohol erleichtern. Später kommen Acamprosat, Disulfiram und Nalmefen dazu. Nalmefen mag Loosi am liebsten. Der Name erinnert ihn an Nofretete. Er stellt sich eine zarte Frau vor, die ihn in den Arm nimmt und hält, wenn er weint. Innerlich, versteht sich. Echte Tränen verschwendet er seit Jahren nicht mehr. Die paar Minuten, in denen Loosi nach der Einnahme sediert ist, auf die lohnt es sich sogar fast zu freuen.

Ansonsten verbringt er den Tag mit möglichst wenig Nahrungsaufnahme, möglichst viel Trinken, kein Alkohol versteht sich, möglichst viel Rauchen und möglichst minimal Kotzen. Pissen und Kacken nach Bedarf – wenn es nicht mehr dünn ist, schmerzt es auch nicht mehr so sehr. Dazu ein kurzer Plausch hier, ein kurzer da. Auch davon möglichst wenig, es sind die ewig gleichen Geschichten: verlorene Kindheit, gewalttätiger Ehemann, betrügende Ehefrau, cholerischer Vater, suizidgefährdete

Mutter, gekündigter Job etc. pp. Und schließlich: Ende Gelände. Die ewig gleichen Hoffnungen und Aufregungen. Loosi ödet das nur noch an. Und wenn er am Abend wieder in seinem Zimmer sitzt und aus dem Fenster starrt, die unterdrückten Gedanken über sein eigenes Scheitern verflucht und der Kampf um die Nacht beginnt, die Nacht, die der schwärzeste Teil der vierundzwanzig Stunden ist, dann wiederholt Loosi nonstop als Mantra, dass es immer nur um die nächsten vierundzwanzig Stunden geht, nein, um die nächsten zwanzig, oder besser: die nächsten zehn, neun – aber eigentlich: Wenn er nur drei übersteht oder eine, ja, vielleicht eine. Eine Minute, die kann er schaffen.

Irgendwann hat Loosi endlich seinen ersten Termin bei der Therapeutin. Er ärgert sich: Erst wurde der von Tag zu Tag verschoben, und jetzt kommt sie auch noch zu spät. Zehn Minuten wartet er schon. Heute dreht das ganze Krankenhaus am Rad. Mit zwei Ausfällen bei der Essensausgabe am Morgen ging es los. Eine halbe Stunde hat Loosi angestanden. Vielleicht ist Urlaubszeit oder so, hat jemand gesagt. Aber Loosi hat dafür kein Verständnis. Der Vorstand der Deutschen Bank kriegt sein Essen sicher trotz Urlaubszeit pünktlich serviert. Wer hat diese scheiß Klassifizierung eigentlich erfunden? Damit fängt doch das ganze Übel an. Mit der Einteilung in die da oben und die da unten!

Loosi versucht, sich abzulenken. Solche Gedanken haben ja doch keinen Sinn. Unruhig beginnt er sich umzugucken: ein Fensterbrett mit Pflanzen, ein Regal voll mit Büchern, ein Schreibtisch, überladen mit Papier, ein

Tisch mit einer Packung Taschentücher, ein Stuhl, der seinem eigenen gegenübersteht. Das Zimmer einer Seelenklempnerin, die er noch nicht kennt. Wofür soll er sie noch kennenlernen? Auch hirnverbrannt. Wieso verschwendet Vater Staat noch Geld für ihn? Wieso gibt er es nicht seinen anderen Kindern? Und überhaupt: Als ob Vater Staat ein Vater wäre. Pah!

Die Tür geht auf, und die Neue kommt lächelnd auf ihn zu. Sie ist ungefähr so alt wie er, vielleicht ein paar Jahre jünger, aber im Gegensatz zu ihm hat sie aus ihrem Leben was gemacht. Von Kopf bis Fuß scheint sie ein Brunnen der Jugend und gleichzeitig der Vernunft zu sein. Zielstrebiger Gang, straffe Haut, strahlende Augen, die Loosi betrachten, als sei er einer wie sie, wissend, dass er nie mehr so sein wird wie sie.

Spontan will er ihr alles erzählen, sein ganzes Leben, die Gelegenheit nutzen, einen starken Menschen um Rat zu fragen. Sie wirkt vertraut, ja, und auf einmal will er wieder vertrauen. Verwirrt streckt er der Frau die Hand entgegen. Diesmal baut er eine Beziehung auf, denkt er plötzlich. Eine therapeutische. Diesmal schafft er es. Doch als er von seinem Stuhl aufsteht und der Fremden Auge in Auge gegenübersteht, rutscht ihr die feine Hornbrille ein paar Millimeter tiefer, und ihr Lächeln erlischt.

Sofort schämt er sich.

Für das Entsetzen in ihren Augen.

Für seinen traurigen Anblick, der sich in ihren Augen spiegelt, und dessen Ursachen ihn von innen zerfressen wie böse Zellen, die die guten fressen. Aggressiv blendet ihn die grelle Mittagssonne. Diese Art Licht wirft tiefe Schatten auf die Krater seines Gesichts, das weiß er. Eine zerrissene Visage blickt die Frau an, blutarm, aufgedunsen, ja mindestens scheintot, und er weiß auch, dass er so noch furchteinflößender wirkt als ohnehin. Er kann die Angst in ihren Augen verstehen, ihre Angst vor dem, was hinter seinen Augen sitzt. Und so hört er sich, anstatt eine Beziehung aufzubauen, seine Scham der Frau vor die Füße kotzen: »Dass ich hier warten muss, ist das Programm?« Und schämt sich anschließend noch mehr.

Als Therapeutin weiß sie damit umzugehen. Nach kurzer Irritation nimmt sie ihr sanftes Lächeln wieder auf und setzt sich.

»Hallo, Loosi.«

Da die Sonne jetzt nicht mehr blendet, sieht er die Frau besser. Ihr weiches, klares Gesicht strahlt wie ein Geist aus einer vergangenen Zeit. Erinnert ihn an etwas, das er lange verloren hat.

»Du nennst dich doch Loosi?«

»Reden wir jetzt über meinen verfickten Namen, oder was?«

Wut, klar, der sechste Tag ohne Alk.

»Ich heiße –«

»Ich wollte eine einfache Antwort auf eine einfache Frage.«

Die Neue schiebt die Unterlippe leicht über die obere. Als sei sie für einen Moment hilflos. Als suche sie nach den richtigen Worten. Dann fängt sie sich. Ihr langsames Atmen ärgert ihn, die Ruhe, mit der sie ihn liest. Jedes Detail scheint sie auf ihrer inneren Festplatte zu notieren. Er kann es regelrecht spüren. Seine fahrige Gestik, seine feindlich zusammengekniffenen Augen, die Art, wie er den Kopf hebt, um überlegen zu tun, oder wie er den

Stuhl mit seinem schwachen Körper auszufüllen versucht wie ein Skelett einen Thron. Alles sieht sie, bewertet sie, während sie schweigt und guckt, und guckt und schweigt. Bis sie nach einer gefühlten Ewigkeit sagt:

»Dass du warten musstest, tut mir leid. Wir haben Budgetkürzungen, und ich muss viele Fälle parallel bearbeiten. Morgen werde ich pünktlich sein.«

Die Sanftheit in ihrer Stimme lässt ihn vergessen, was er noch sagen wollte. Irritiert guckt er auf ihren Mund.

»Warum nennst du dich Loosi?«

»Also reden wir jetzt doch über meinen Namen.«

Der Ärger ist fast weg. Die Frau hat eine seiner Grenzen akzeptiert. Ihm gefällt, wie sich ihr Ausdruck verändert hat. Jetzt guckt sie ihn mit einem Mut und einer Offenheit an, wie Therapeuten sie nur selten zeigen. Nicht diese berufliche Neutralität. Es wirkt fast, als bündele sich all ihre Aufmerksamkeit in diesem Augenblick an diesem Ort. Als sei er der wichtigste Mensch der Welt.

Was wollte sie noch gleich von ihm? Ach ja. Der Name. Etliche Male hat er den in den letzten Jahren erklärt. Etliche Male hat er dabei selbstgefällig gegrinst. Er fand das cool. Je mehr er über sich selbst lachen konnte, desto weniger schien sein Leben wirklich zu sein. Diesmal meint er, was er sagt, und er hört, dass seine Stimme zittert:

»Manche Leute pinkeln in den Bach, andere daneben. Ich pinkle daneben. C'est la vie.«

»Ja«, sagt die Frau und guckt traurig, als würde sie alles verstehen. Von Anfang bis Ende.

Nach der Sitzung denkt Loosi noch eine Weile über die Neue nach. Ihr vertrauensvoller Händedruck zur

Begrüßung. Das Entsetzen in ihren Augen über seine entstellte Fratze. Die Aufmerksamkeit, mit der sie ihm zugehört hat, als er ein bisschen von seiner gegenwärtigen Situation erzählt hat. Die Stille, die sie mit ihm gemeinsam ertrug, als er gegen Ende immer weniger geredet hat. Und die gesamte Zeit hat die Frau gewirkt, als würde sie warten. Auf Loosi warten. Auf etwas, das von ihm kommen muss. Aber es war kein unangenehmes Warten, kein Drängeln, kein »Jetzt mach mal!«. Es war ein Warten, als wüsste sie mehr als er, als würde es nur noch einen Moment dauern, bis Loosi das selbst erkennt, und als läge in dieser Erkenntnis eine Lösung, eine Erlösung.

Komischerweise hat es ihn nicht geärgert, dass die von der anderen Seite des Lebens meint, ihn besser zu verstehen, als er es selbst kann. Es hat ihn vielmehr irritiert. Er weiß nicht, was das hätte sein sollen. Dieses Etwas, das er erkennen könnte. Bestimmt hatte die Frau zuvor seine Geschichte in der Patientenakte gelesen, aber was sagt ein Leben auf dem Papier schon über die Realität aus? Nichts. Was da drinsteht, ist nicht mal die Spitze des Eisbergs. Und doch vermittelte die Frau den Eindruck, ihn zu durchschauen. Ihm einen Schritt voraus zu sein. Vielleicht, denkt er kurz, vielleicht würde sie ihm tatsächlich helfen können. Um diese Hoffnung ebenso schnell wieder aufzugeben. Denn er weiß, er schafft es nicht mehr. Nicht allein und nicht nicht allein.

Den Nachmittag sitzt er auf dem Klo. Aus allen Öffnungen schießt es raus, als wollte ihm sein Körper noch mal klarmachen, wo er steht. Nur mithilfe von sieben Zwieback und einer Tasse Magentee schafft er es schließlich in die nächste Gruppensitzung. Nicht dass er glaubt, die würde ihm was bringen. Aber alles ist besser als denken. Alles.

Wieder eröffnet Annette die Runde. Wieder schließt sie ihre Ansprache mit ihrer Bulimieerkrankung, dem Mann, über den sie reden will, und ein paar Tränen. Wieder nicken ein paar Patienten, im Austausch für das Mitleid, das sie später selbst entgegengebracht bekommen wollen. Nur ein Mädchen, das Loosi noch nie gesehen hat und das nicht mal zwanzig sein dürfte, schaut aus dem Fenster und wippt kaum sichtbar im Takt der Musik, die es über die Stöpsel in seinen Ohren hört und die es vor dem nach Aufmerksamkeit heischenden Gerede der anderen schützt. Tiefe braune Augen unter langen braunen Haaren, die das ovale olivfarbene Gesicht umrahmen, verraten eine Trauer, die sich dort still und sicher nicht erst seit gestern eingenistet hat. Als sie an der Reihe ist, sagt sie nur:

»Hallo, ich bin Sanni. Ich möchte nichts. Danke.«

Das ist etwas Neues.

Beim Abendessen erwischt sich Loosi dabei, wie er nach dem Mädchen Ausschau hält. Aber es ist nicht da. Er häuft sich so viel wie nötig und so wenig wie möglich auf den Teller und nimmt den erstbesten Platz. Am Tisch sitzen zwei Männer, einer um die siebzig, der andere vielleicht Anfang vierzig. So alt wie Loosi, nur sieht er im Gegensatz zu ihm auch danach aus. Loosi setzt sich, grüßt, schiebt sich hastig Schinken in den Mund und scannt die Eingänge zum Speisesaal, als dem Älteren der Löffel in die Suppe fällt. Sie spritzt auf Loosis Brot.

»Dreizehn«, murmelt der Jüngere, während er unbeirrt auf seinen Teller stiert und weiterisst.

Der Alte nickt Loosi verlegen zu.

»Kein Problem«, sagt Loosi.

Er nimmt den nächsten Bissen und beobachtet, wie der Alte mühevoll seinen Löffel greift und ihn zitternd mit einer kleinen Pfütze Suppe darauf zum Mund führt. Kurz vor den Lippen ein Zucken, der Löffel fällt. Wieder spritzt Suppe, diesmal auf Loosis Hand.

»Vierzehn«, murmelt der Jüngere und isst weiter, ohne den Kopf einen Millimeter zu bewegen.

Wieder ein verlegener Blick vom Alten.

Wieder winkt Loosi ab, wischt sich die Hand und nimmt den nächsten Bissen. Er findet es passend, dass ausgerechnet er bei den Alten und Irren gelandet ist.

Der Löffel fällt erneut, die Suppe spritzt, diesmal auf Loosis Hals.

»Wenn du gleich ›fünfzehn‹ sagst, haben wir beide ein Problem«, zischt Loosi dem Jüngeren zu, der unbeirrt auf seine Suppe starrt, und wischt sich mit seinem Ärmel über den Hals.

Der Alte zittert wie Espenlaub. So klappt das mit der Suppe nie. Loosi macht den Löffel des Alten voll, und obwohl er sich eingestehen muss, dass seine Hand nicht minder stark zittert, schafft sie es erfolgreich in den Mund des Alten.

Der Jüngere hört kein Geklapper mehr, schaut auf, und Loosi lächelt.

Lächelt?

Ungelenk und noch etwas steif, ist dies das erste Lächeln seit Jahren. Aber Loosi weiß: Sein Lächeln wirkt noch furchteinflößender als sein Fratzengesicht. Vorsichtshalber bringt er die Mundwinkel deshalb schnell wieder in ihre Ausgangsposition zurück, und als er gerade den nächsten Löffel in den Mund des Alten schiebt, sieht er am anderen Ende des Saals das Mädchen. Mit den Stöpseln in den Ohren schneidet sie für zwei klapprige Damen Äpfel in kleine Stücke und beobachtet Loosi, und während er den nächsten Löffel in den Mund des Alten schiebt, steckt sie ein Scheibchen Apfel in den der einen Oma.

Fast muss er wieder lächeln. Er verkneift es sich. Das will er der Kleinen lieber nicht zumuten. Wie zwei Gestrandete scheinen sie ihm. Zwei Gestrandete, die den Verlorenen helfen, um nicht selbst Verlorene zu sein, die einzigen Überlebenden in der Flut ohnmächtiger Abhängiger.

Träum weiter.

Das Mädel hat ihr Leben noch vor sich. Sie muss nur aufpassen, jetzt wirklich aufpassen. Dann klappt das noch mit dem Leben. Bei ihm dagegen ist alles vorbei.

Zielsicher schiebt er den nächsten Löffel in den wartenden Mund. Und er bildet sich ein, das Mädchen würde ihn nicht mehr aus den Augen lassen, so wie er sie. Am Ende ist ihm sogar, als rege sich in ihrem traurigen Gesicht ein kleines Schmunzeln.

In der folgenden Nacht kann er gar nicht schlafen. Wann passiert so was schon mal? Ein Schmunzeln eines Mädchens?

Hätte sie den Speisesaal nicht gemeinsam mit den beiden Omas verlassen, wäre er ihr vielleicht nachgelaufen und hätte sie in ein Gespräch zu verwickeln versucht. Aber so liegt er wach in seinem Bett, das gemütlicher und

trockener ist als das »zu Hause«, und lässt ihr Schmunzeln vor seinem inneren Auge aufploppen.

Auch als er aufsteht.

Und als sie nicht zum Frühstück erscheint.

Er stellt sich vor, sie würde am selben Platz sitzen wie
am Abend zuvor, und später, während des zwölfseitigen
Psychotests, lächelt sie ihm von jedem Blatt entgegen.

Schließlich fragt er sich, was für Musik sie wohl hört.
Rätselt auf dem Parkplatz, ob sie mit dem Auto gebracht
worden war. Und mit welchem. Man erkennt die Menschen an ihren Autos und umgekehrt. Oder war sie wie
er im Krankenwagen gekommen?

Irgendwann merkt er: Sie hat sich in seine innere Lein-
wand gebrannt.

Das gefällt ihm, und Punkt zwölf Uhr dreißig wartet
er im Speisesaal auf sie. Aber sie erscheint wieder nicht.
Und zum Abendessen auch nicht. Diesmal schneidet er
den beiden Omas den Apfel. Anschließend geht er das
Mädchen suchen.

Der Salat liegt ihm dabei schwer im Magen. Zu gesund
nach der langen Abstinenz. Aber: Er hat jetzt ein kleines
Ziel. Er schleppt sich durch die Gänge, vorbei am Tisch-
tennisraum und der kleinen Aula, lugt durch alle offenen
Türen, bis er sie in der großen Aula findet.

Ein paar Patienten schreiben, andere stricken, wieder
andere unterhalten sich. Alle sitzen sie in kleinen Grüpp-
chen, um sich nicht zu verlieren in dem hohen Raum.
Nur das Mädchen sitzt allein, zehn Meter entfernt, mit
dem Rücken zu ihm, die obligatorischen Stöpsel in den
Ohren, vor einem überdimensional großen Fenster. Vielleicht sieht sie Loosi in der Spiegelung. Vielleicht lässt sie

ihren Blick schweifen, über den weiten Wald, der sich draußen im Dunkeln erstreckt. Er wird es nicht erfahren, wenn er nicht hingeht, und vielleicht ist es Nervosität, vielleicht auch der Entzug, der ihn plötzlich unkontrolliert zucken lässt.

Er gibt sich einen Ruck, wackelt mit weichen Knien durch den Raum und fläzt sich auf die Couch vor dem Fernseher. Die Wände hinter den breiten Sesseln sind hier hellblau gestrichen. Das Mädchen bemerkt ihn. Es läuft irgendeine Show, und ein Moderator mit einer Menge Gel im Haar redet überfreundlich mit seinem Gast.

»Das war ein ganz dunkler Moment in deinem Leben ...«

»Oh ja. Das war es.«

Der Talkshowgast nickt und guckt den Moderator ernst an.

»Aber dann ist etwas Unglaubliches passiert, und das hat dein Leben verändert. Erzähl unserem Publikum doch mal, was geschehen ist.«

Oh nein, bitte nicht!

Der Moderator lächelt den Gast mitfühlend an, Schmalz trieft nur so aus der Mattscheibe, während der Gast sich voller Vorfreude die Hände reibt.

»Dann habe ich mit Gott gesprochen.«

»Der spricht von mir.« Loosi kann sich den Witz nicht verkneifen. Zwei aus der Selbsthilfegruppe gucken auf. Keiner lacht, und auf der Mattscheibe geht's weiter.

»Ich habe gesagt: Gott ... Ich habe laut mit ihm gesprochen und gesagt: Gott, wenn es dich gibt, gib mir ein Zeichen, jetzt, in diesem Moment, und ich schwöre, dann lebe ich weiter. Und da …«, die Augen des Gastes leuchten, »… da ist eine Taube gegen mein Fenster geknallt.«

»Was ein Scheiß!«

Loosi verschluckt sich fast vor Schwachsinn. Da schmerzen einem ja die Ohren. Er guckt sich um. Niemand scheint sich für ihn oder die Show zu interessieren. Niemand außer dem Mädchen. Sie guckt ihm direkt in die Augen. Vielleicht sind es zwei Meter Abstand, aber es fühlt sich an wie zehn Zentimeter. Nichts anderes nimmt Loosi mehr wahr.

»Hey, hast du das mitgekriegt?«

Wie immer donnert seine Stimme los, aber sie zerschmettert zum Glück nicht den sanften Blick des Mädchens. Als würde sie auf die Frage einer ängstlichen Prinzessin antworten, nickt sie mitfühlend, und Loosi fragt:

»Glaubst du etwa, was der erzählt?«

»Ja.«

»Hast du überhaupt gehört, worum es geht?«

»Er hat zu Gott gesprochen, und dann ist eine Taube gegen sein Fenster geknallt.«

Ihre Worte klingen wie eine Salbung, und ihre Augen haften weiterhin so sanft und ruhig auf seinen, dass er beim besten Willen nichts mehr weiter zu fragen weiß. Oder zu sagen. Er will nur noch versinken. Versinken in der Wärme dieses Mädchens.

Ohne dass er es bewusst steuert, steht er auf. Spürt, wie seine Beine ihn hinübertragen.

Zu ihr.

Es sind nur zwei Schritte.

Aber seine Beine zittern.

Das rechte beim ersten Schritt. Das linke beim zweiten.

Konzentrieren, flüstert er sich zu. Dann steht er vor ihr. Aber jetzt weiß er nicht mehr, was er tun soll. Schließlich greift seine rechte Hand nach dem Stöpsel in ihrem linken Ohr, nimmt ihn und steckt ihn in seins, und sie lässt es geschehen, und er lauscht, während er sieht, dass das Braun ihrer Augen einem Bernstein voll Sprenkeln gleicht.

Die Welt liegt uns zur Last,
die Welt treibt uns zum Hass,
Liebe hat hier keinen Platz,
doch die Liebe ist ein Schatz.

Normalerweise würde er sich jetzt übergeben. Diese pathetische, larmoyante, immer wehmütige Stimme dieses modernen Herrn Jesu. Für einen Moment glaubt Loosi, alles sei eine Lüge gewesen. Das Lächeln des Mädchens, die aufkeimende Hoffnung auf eine unerwartete Abzweigung, die Bernsteine, die ihn wie magisch anziehen, alles nur Lüge, wie sein ganzes beschissenes Leben. Doch dann dringt der Mannheimer zu ihm durch, singt erhabener denn je von einer reinen Weste und einer Rüstung, die schützt, schraubt sich regelrecht mit Widerhaken in Loosis Herz. Und als es schließlich darum geht, es sich hell zu machen in dieser dunklen Welt, zerreißt es Loosi fast, und er weiß nicht, ob er den MP3-Player in den Müll schmeißen oder Xavier Naidoo mit der Ehrenmedaille für die mit Abstand beste Veräußerung seines eigenen, persönlichen seelischen Trümmerhaufens auszeichnen soll. Liebe gegen den Hass der Welt. Wenn es das tatsächlich mal nicht nur im Märchen gäbe. Immer tiefer versinkt Loosi in den Augen dieses wundersamen Musikmädchens, taucht in den dahinterliegenden Ozean dunkler Sehnsüchte, sucht den Grund und vergisst, wo er ist.

Viel besser als fünf Promille ist das.

Und er hört sich fragen:

»Glaubst du auch an die Liebe?«

Das Mädchen nickt und wirkt dabei sicher. So sicher, wie er sein ganzes Leben nicht gewesen ist. Und dann denkt er – oder sagt er es laut?:

»Wenn du mich nicht sofort küsst, falle ich auf der Stelle tot um.«

Einige Patienten schauen erschrocken auf. Zwei zarte Hände umfassen sein Gesicht. Das Musikmädchen drückt sanft seine Lippen auf Loosis Stirn, und für einen kurzen, kostbaren Moment verschwindet der Schmerz.

6.

Als der King sein Loft betritt, denkt er immer noch, dass er jetzt verrückt wird. Dass nun alles durcheinanderzugehen beginnt in seinem Oberstübchen – so was kann mies enden.

Also hechelt er ratzfatz wie ein rolliger Rüde durch das sonnendurchflutete Penthouse über den Dächern der Stadt zu dem kleinen Döschen auf der TV-Bank, aus dem er die nächsten drei Lines zieht.

Danach atmet er erst mal durch.

Markiert mit einem Touch hier, einem Zurechtrücken da sein Terrain, wirft die Jacke über den Panther, den er sich hat bildhauern lassen, so groß wie er selbst, mit scharf gefletschten Zähnen, als ob er gleich angreift, wie der King, immer auf dem Sprung.

Dann guckt er, ob alles noch auf seinem Platz steht. Macht er immer. Sein Lieblingskitsch, die verzwirbelten Lampen, Kakteen, die kein Mensch braucht, aber an denen sich sein Herz festgepikst hat. Die bunte Couch von Bretz, eine edle Ficklounge in Überlebensgröße. Oder die Stahlküche von Miele mit so einem Teil, das sonst nur Astronauten haben. In dem Ding kann man die besten Kartoffeln kochen. Wenn man mal kocht.

Nachdem er die zweihundertfünfzig Quadratmeter abgeschritten hat, tritt er durch die vollverglaste Front auf seine riesige Dachterrasse und bleibt vor dem Zehn-

Meter-Pool stehen, hoch oben, im zehnten Stock, direkt gegenüber dem höchsten Hochhaus der Stadt. Wie er ihn liebt, den Luxus. Und das alles für sage und schreibe sechstausend im Monat.

»Sichern Sie sich das perfekte Zuhause – jetzt!«

So oder so ähnlich könnte die Anzeige lauten. Wenn er ausziehen wollte. Aber das wird er nie. Für dieses perfekte Zuhause hat er alles gegeben.

Endlich spürt er, wie der Stoff ankommt in seinem Blut, die Gefühle löscht. Nur das scheiß Zittern, das wird er nicht mehr los. Klar, reine Biochemie, alles logisch, vielleicht kokst er doch zu viel.

»Ich! Bin! Der! King!«

Die Vögel drehen sich nach ihm um.

Bildet er sich zumindest ein.

Breitbeinig stellt er sich ans Geländer und genießt den Blick über sechshunderttausend Einwohner, von denen er circa fünfzigtausend beliefert, direkt oder indirekt. Er atmet die knallende Mittagssonne, betrachtet das Flirren auf dem Main weit unter seinen Füßen, gibt sich ganz der Wirkung des ihn beherrschenden Stoffs hin und seiner Ära to come. Dann schließt er die Augen, geht drei Schritte zurück, bis er die Poolkante unter den Schuhsohlen spürt, und lässt sich, bekleidet, wie er ist, fallen.

Weich umschmeichelt die Kühle des Wassers seinen Körper, sanft tippt er auf dem Boden auf, und als er wieder auftaucht, streckt er alle viere von sich, lässt sich reglos auf dem Rücken treiben und genießt die tanzenden Strahlen auf seinem Gesicht. Ihm ist, als würde die Sonne mit ihm singen. Tonleiter rauf, Tonleiter runter. Kleine Tropfen, große Tropfen kitzeln auf seiner Haut und zwitschern ihm vergnügt zu, so wie der Sommer das eben tut, während seine Kleidung sich vollzusaugen beginnt und ihn wieder hinabzieht in die Tiefe. Und während er die Sonne über der Wasseroberfläche schillern sieht, erwacht sein Hirn, und ein Gefühl von Leichtigkeit verdrängt das Bild des Jungen auf dem Mofa endgültig, macht Platz für die glitzernden Wellenbewegungen des gebrochenen Lichts.

Jetzt kann er sich wieder konzentrieren. Und er kann es nicht fassen: Klaus war ein Klacks, Jana wird er bald knacken, Jingo ist dabei. Bleibt nur noch Pablo. Ok, Pablo könnte die Sollbruchstelle sein, aber allzu große Sorgen macht sich der King nicht. Er vertraut darauf, dass man wenigstens im Ausland seine Loyalität noch zu schätzen weiß. Ja verdammt, der King zieht es endlich durch!

Als er auftaucht, atmet er die warme Sommerluft ein, streift Schuhe, Hose, Hemd und Slip ab, legt die Sachen fein säuberlich an den Rand, badet seinen Kopf und wäscht sein Gesicht. Sein Spiegelbild guckt ihn aus dem Wasser heraus an. Ein wenig zu ernst für seinen Geschmack. Doch da beginnt es zu lächeln, breit, immer breiter, bis es siegessicher grinst. Auf seinem Kopf wächst eine Krone, mit Prunk und Glitter, immer größer, und in ihrer Mitte reift ein glitzernder Diamant.

»Sie haben alle recht.«

Er lacht. Laut. Und lauter.

»Sie haben recht!«

Er springt hoch, das Wasser rast seine Hüften hinunter.

»Du spinnst!«

Und aus vollem Hals schreit er:

»Du wirst total irre!«

In der Nacht kriegt er wie immer kaum ein Auge zu. Aber drei Stunden Schlaf müssen reichen, wenn man den unfreiwilligen Abgang eines Drogenbarons organisiert, ausgiebigen Sex hat und kokst.

Diesmal ist es die kleine Mona. Oder heißt sie Susi? Oder Anni? Die Namen verschwimmen wie die täglich wechselnden Taillen, die mit jedem Fick dünner werden, bis sie durch Kings offene Arme fallen wie abgemagerte Marionetten, deren Fäden die Sucht durchgeschnitten hat.

Die Mädels lieben den King. Für ihn hungern sie sogar noch zusätzlich. Dabei mag er sie lieber dick. Also normal, ein bisschen was auf den Hüften eben. Nur gut trainiert müssen sie sein, die Hüften, unbedingt. Und die Brüste natürlich pfirsichrund, voll, am besten 80 E. Das macht ihn an. Heute Nacht hat er nur 80 D. Und er ist nicht bei der Sache. Er ist bei seinem Gespräch mit Pablo.

Um vier schmeißt er das Mädel unsanft raus und zieht die sechste Line, die sechste der Nacht, die erste des Morgens. Etwas später dann die zweite, gleich dazu noch die dritte. Um sieben schmeißt er die Anlage an, und Rammstein donnert durchs Loft, während er sich ins Schlafzimmer zurückzieht. Nur mit Unterhose bekleidet, seinen perfekt gestählten Körper im Spiegel bewundernd, zieht er einen Anzug nach dem anderen heraus und schnieft schließlich die vierte Line, die ihn endlich wieder auf Hochtouren bringt. Langsam muss er sich die richtigen Worte zurechtzulegen, die richtige Frise – und das perfekte Outfit. Denn bei Pablo steht und fällt alles mit dem Outfit.

Pablo kommt aus Bucaramanga, einem kleinen kolumbianischen Örtchen an der Grenze zu Venezuela mit einem irren privaten Schwimmbad über den Gipfeln des Chicamocha National Park. Aufgewachsen ist Pablo in einem bitterarmen Viertel, und als er mit sechs zum ersten Mal den Ausblick des Schwimmbads durch die Gitter erahnen konnte, hinter denen die oberen Zehntausend Campari Sunrise zum Sunset schlürften, war Klein-Pablo entschlossen: Eines Tages wird auch er auf der anderen Seite stehen. Zwanzig Jahre später schritt Groß-Pablo erstmals durch das Tor, und der Anzug, den er trug, übertraf bei Weitem alles, was Bucaramanga bislang gesehen hatte. Pablo hatte ihn sich bei seinem ersten Besuch in Paris maßschneidern lassen.

Seit ein paar Jahren lebt und arbeitet Pablo nun in Amsterdam, hat seine Leute in Paris, London, Marrakesch, Tunis, Jemen, Mexico City – und eben auch in Frankfurt am Main. Seit ihm der King auf einer Party vorgestellt wurde, hat Pablo einen richtigen Narren an ihm gefressen. Und umgekehrt. Mekki hatte das überhaupt nicht gern gesehen, und seine Sorge war berechtigt, denn der King war zu dieser Zeit drauf und dran, ihm den Rücken zu kehren. Das Angebot war auf dem Tisch, aber der King war damals noch nicht so weit. Er hatte Pablo vielmehr klargemacht, dass er Mekki gegenüber loyal bleibt. Pablo hatte ihn angeschaut, beeindruckt, und gesagt: »Du wärst mir lieber, King, aber time will come.« Allerdings hatte er die Bedingung gestellt, dass alle Transaktionen über den King laufen sollten. Und so wurde er Mekkis Verbindungsmann zu Pablo, the one and only, und er hat die Zeit zu nutzen gewusst. Hat die wichtigen Leute im Hintergrund kennengelernt – Jenni,

Juan und die anderen Bosse. Höchstpersönlich ist er mit Pablo nach Bogotá geflogen und hat ein Vertrauensverhältnis aufgebaut. Pablo ist sein Ass im Ärmel. Und seine Lebensversicherung. Und, oh Pablo, time has sowas von come, und vielleicht passt zu Mekkis Abgang am besten der Schwarze von Armani …

Das Geplärr der Klingel lässt den King zusammenzucken. Scheiße, Mann.

Nichts hasst er so sehr wie unerwarteten Besuch.

Hastig kramt er seine Pistole unter der Matratze hervor. Für Jingo ist es zu früh. Außerdem haben sie vereinbart, dass der King ihn abholt.

Sich die Knarre schützend vors Gesicht haltend, schleicht er, so lautlos er kann, in großem Bogen um den Flur herum auf die Terrasse. Er geht in die Knie, tastet sich auf allen vieren Zentimeter für Zentimeter zum Geländer vor. Reckt seinen Hals. Lugt vorsichtig durch die Stäbe. Prüft mit geübtem Blick die dreißig Meter unter ihm liegende Straße, ohne dass er von dort gesehen werden kann. Nichts.

Er hebt die Pistole, schleicht in die Kühle des Lofts zurück, an der Wand entlang bis zur Wohnungstür. Wenn er Pech hat, hat Mekki Lunte gerochen, Infos gekriegt, dass es jetzt ums Ganze geht. Vielleicht hat Jingo nicht dichtgehalten. Dann fliegt dem King eine Kugel durchs Hirn, sobald er durch den Spion guckt. Die wird Tonio abfeuern, oder einer der kleinen Dealer. Der Loyalität Untergebener kann man sich nie sicher sein. Wer mehr zahlt, siegt. Und noch zahlt Mekki mehr. Der King zögert, ist er lebensmüde?

Dann schiebt er den Deckel des Fischauges zur Seite, guckt hindurch und entspannt.

Vorerst.

Die Pistole legt er sicherheitshalber griffbereit in den Sekretär neben der Tür, in Zeiten wie diesen rechnet er mit allem. Aus seinem Geheimversteck holt er schnell noch die fünfte Line und schnieft etwas Selbstwertgefühl, um gewappnet zu sein für das folgende Gespräch, denn so schnell hat er nicht mit ihr gerechnet. Da muss er sichergehen: Kommt sie aus freien Stücken, oder hat Mekki sie geschickt?

Dann öffnet er Jana die Tür.

7.

Natürlich ist das alles Quatsch. Mit der Liebe und so. Natürlich hat das keinen Sinn. Er ist ein alter Sack. Was kann er dem Mädchen schon bieten? Außerdem: Dann bindest du dich an jemanden, verschenkst dein Herz, und zack! – zerplatzt die Seifenblase. Braucht er nicht mehr.

Das hat er sich die ganze Zeit gesagt. Aber dann nahm das Leben einfach seinen Lauf. Am Freitag hat Sanni ihn auf die Stirn geküsst. Am Samstag sind sie zusammen spazieren gegangen. Am Sonntag haben sie gemeinsam gelacht, als er in Hundescheiße getreten ist.

»Scheiße bringt Glück!«, hat er gestrahlt.

Er sah es als Zeichen, als weiteres Zeichen, und Sanni stimmte ihm zu. Sie flirteten, was das Zeug hielt, als wüsste er noch, wie das geht. Sie hielten Händchen. Wie ein Teenager kam er sich vor.

Albern.

Schön.

Dann haben sie sich umarmt, gekuschelt und erzählt, was für Träume sie mal hatten und welche sie noch haben. Sie will Sängerin werden. Ihm ist keiner mehr eingefallen. Bis er eine spontane Idee hatte. Dazu musste er Sanni nicht mal überreden. Er musste gar nicht viel reden. Gestern früh haben sie beschlossen, dass sie das hier gemeinsam durchziehen, die ganzen drei Monate.

Was für ihn Alkohol ist, sind für sie Medikamente. Die hat sie von ihrer Mutter geklaut, hat sie erklärt, bis die sie vor die Tür gesetzt hat. Beim ersten Mal war sie vierzehn. Jedes Mal, wenn Sanni zurückkam, wurde sie zunächst als Baby beschimpft, dann geschlagen und ein paar Wochen später wieder rausgeschmissen. Die Klinik kommt ihr vor wie ein Palast. Schon bevor sie Loosi kennengelernt hat, wollte sie hierbleiben, solange es geht. In sechs Wochen wird sie achtzehn, und dann, hofft sie, steigen ihre Chancen auf eine eigene Wohnung. Vom Amt. Bisher lief sie durch diverse Auffangzentren. »Meine Mama ist so weit entfernt davon, eine richtige Mutter zu sein, wie ein Elefant von einem Seestern.«

Das hatte Sanni so tieftraurig gesagt, als läge darin aller Kummer der Welt. Ihren Vater hat sie nie kennengelernt. Sie wirkt tatsächlich wie ein großes Baby. Redet einfach drauflos, lieb und harmlos. Als hätte sie sich nicht weiter entfaltet. Nicht weiter entfalten dürfen. Oder sie hat einfach die Augen verschlossen vor dem Übel, das auf sie eingestürzt ist. Vielleicht mag Loosi genau das. Den ganzen Zauber kindlicher Unwissenheit, in Sannis Unbeschwertheit. Und mehr weiß er nicht von ihr, mehr wollte er nicht hören.

Er ist zu sehr mit sich selbst beschäftigt.

Schließlich hätte man sein Leben bis vor ein paar Tagen noch getrost in die Tonne kloppen können, vermisst hätte er es nicht, und jetzt sitzt da dieses Mädchen mit den Stöpseln in den Ohren. Und wenn er mal ganz egoistisch sein darf: Die Kleine tut ihm gut. Ganz abgesehen davon, dass er auch ihr guttut. Bildet er sich zumindest ein. Und wenn die drei Monate um sind, wenn sie das schaffen, dann wird man weitersehen. Immerhin ist es das erste Mal, dass er denkt, drei Monate sind zu schaffen. Kurz hat er sie dann wieder ängstlich flüstern gehört, seine innere Stimme, nachdem er jahrelang auf sie eingeprügelt hat. Diesmal hat sie etwas Sinnvolles gesagt: Arsch hoch. Das konnte er akzeptieren. Danach war die Sache klar. Er hat Sanni einfach geküsst. Und sie hat ihn zurück geküsst. Wie zwei Teenager eben.

Jetzt sitzt er wieder im Büro seiner neuen Seelenklempnerin, wartet und legt sich zurecht, was er sagen wird, denn Sanni und er haben beschlossen, es offiziell zu machen. Wegen »keine sexuellen Beziehungen zu Mitpatienten«, und dann ist sie auch noch minderjährig, aber was soll er machen?

Das Denken macht wieder Spaß, zumindest sekundenweise. Das Fühlen ist um Welten besser als alles, was die letzten Jahre war. Und er hat wieder ein Ziel, endlich ein Ziel, für das er morgens aufzustehen bereit ist. Zumindest im Moment. Zumindest die nächsten vierundzwanzig Stunden, immer nur die nächsten vierundzwanzig Stunden, und als die Therapeutin das Zimmer betritt, ist er bereit.

»Ich habe mich verliebt.«

Sie wirkt wie aus dem Tritt gebracht. »In wen?«

»In Sanni.«

»Susanna Marini?«

Das Kinn der Therapeutin fällt tief.

Sie setzt sich, als hätte man ihr den Stecker gezogen. Als hätte auch sie ein Ziel gehabt für die heutige Sitzung, das nun hinfällig ist.

»Sanni ist siebzehn.«

»Genau.« Loosi spürt sein Lächeln. »Die hat noch nicht so viel Scheiße intus. Die hat noch ein reines Herz. Wir wollen das hier gemeinsam durchziehen.«

Der Therapeutin steht ihre Sprachlosigkeit ins Gesicht geschrieben. Recht hat sie. Er würde ja selbst von sich abraten. Aber da muss er jetzt durch. Sonst ist er hier ganz fix wieder draußen.

»Meinst du nicht –«

»Wenn ich noch eine Chance auf ein Leben habe, dann mit Sanni.«

Das meint er genau so, wie er es sagt. Auch wenn er tief in sich drin weiß, dass er längst im Arsch ist.

»Und du meinst, Sanni –«

»Nur du allein schaffst es, aber du schaffst es nicht allein.«

Ihrem Tonfall hat er gleich angehört, dass sie nicht lockerlassen würde, ihm Sanni auszureden.

»Ja, das ist ein guter Satz. Was meinst du, wie der zu verstehen ist?«

»So, wie ich ihn gesagt habe. Gemeinsam mit Sanni. Hier.«

Die Therapeutin mustert ihn etwas zu eindringlich für seinen Geschmack, und er rückt unsicher auf seinem Stuhl hin und her. Die Wut kommt und geht leider in Schüben. Wenn er sie am liebsten hätte, hält sie sich meist versteckt.

»Ich weiß, was mit deiner Familie …«

Oh nee, denkt er. Oder hat er es laut gesagt?

»Was soll denn das jetzt?«

»Manchmal, wenn man den Kontakt zu –«

»Verschon mich bloß mit der Kacke!«

Jetzt kommt sie, die Wut.

»Was genau meinst du?«

»Ich sage dir genau, was ich meine!« Er spürt, wie er jetzt rotiert auf seinem Stuhl. »Ihr immer mit eurem ... Trauma im Alter von eins. Und ... Vernachlässigung im Alter von drei. Verirgendwas im Alter von irgendwie hoch, und am Ende steht immer: Verlust von was weiß ich. Was für ein Quatsch!«

Krämpfe durchzucken ihn, und nur mit großer Mühe spuckt er ihr seine seelische Erschöpfung entgegen.

»Ich weiß, du bist neu hier, aber glaub mir: Du hast keine Ahnung. Weißt du, was die wichtigste Zahl in meinem Leben ist? Vierhundertzweiunddreißig! Vierhundertzweiunddreißig Euro im Monat! Und mit ein bisschen Tütü hier und Tätä da, meinst du, wird das wieder heile Welt?! Wie blöd bist du eigentlich?!«

Seine tobende Spucke fliegt zu ihr hinüber. Der Blick der Frau folgt der Fluglinie, bis sein Speichel auf ihrem Knie landet. Dann nickt sie.

Als könnte die irgendwas verstehen! Mit ihren gut viertausend auf dem Konto pro Monat, oder sechs, oder was kriegt so eine?! Davon muss er ein Jahr leben! Am liebsten würde er der arroganten Drüberschwebenden mit ihrem schicken Reihenhaus zwischen den Hügeln, dem neuen Golf vor der Tür und dem Coq au Vin, von ihrem Mann zum Geburtstag zubereitet, so viele Ladungen Spucke rüberschleudern, bis sie badet, badet in seinem Versagen, weil sie ihm

natürlich

seine letzte Chance madig machen will, das hat er von vornherein gewusst, ist ja klar, Sanni ist siebzehn!

Aber er lässt sich nichts mehr madig machen, nein, dieses eine Mal gibt er nicht auf. Und während er noch die richtigen Worte sucht und findet, um ihr zu sagen, dass hier doch eh schon einer toter ist als der andere und sie mit ihrer blöden Pseudopsychokacke die Toten sicher nicht ins Leben zurückholen kann, sondern nur, nur ... beginnt er nach Luft zu schnappen.

Die Verzweiflung hat ihn wieder.

Hat ihn an den Punkt gebracht, an dem er nicht mehr sein wollte, und die Therapeutin beobachtet sein Keuchen und Würgen und schluckt und guckt zwischen seinem rechten und linken Auge hin und her, bis sie fragt:

»Erkennst du mich denn nicht?«

8.

H i.«
Wie Öl gleitet Janas ungewohnt warme Stimme über Kings Ohr durch den Magen direkt in seinen Schwanz.

»Hey«, sagt er und denkt: Alles, nur werd jetzt nicht hart! Wobei, eine Nebenwirkung vom Coke: Erektion meist Sackgasse.

»Siehst fertig aus«, sagt Jana.

Nichts Abwertendes liegt in ihrem Ton. Nichts Neckendes. Einfach so sagt sie die drei Worte, wie eine Feststellung. Es ist eine Feststellung.

»Du lässt mich auch ganz schön zappeln.« Der King versucht noch mal sein charmantestes Lächeln.

»Ich brauche die Unterlagen.«

»Die Unterlagen.« Aha.

»Ja, Bücher und so. Alles.«

Unverändert steht der King in der Tür, versperrt Jana den Weg. Lächelt noch breiter und wartet auf mehr, mehr als »Bücher und so« und »Alles«. Und als würde Jana hören, was der King nicht sagt, lächelt sie zurück. Wieder nichts Abwertendes, nichts Neckendes. Jana lächelt einfach.

Der King macht einen Schritt zur Seite, Jana tritt herein, und in aller Ruhe kocht der King ihr erst mal einen Kaffee.

Sie war nur ein Mal hier, auf einer seiner legendären

Partys, als die Bude gerammelt voll war. Nun schaut sie sich neugierig um. Menschenleer und am helllichten Tag erkennt sie bestimmt erst die wahre Größe seines Reichs.

Ja, guck nur, Jana, alles dein, wenn du willst.

Woher kommt das jetzt bitte? Dein!

Für einen Moment bleibt Janas Blick an seinem Lichtenstein hängen. Der neue ist ein echter, was sich dahinter verbirgt, noch mehr wert. Denn in der Wand hinter dem Bild, tief vergraben, liegt Kings Safe. Den hat nun wirklich noch niemand von innen gesehen.

»Danke.«

Ohne ein weiteres Wort stellt der King den Espresso vor Jana ab. Sie nimmt die Tasse mit zwei Fingern, trinkt und guckt den King erwartungsvoll an. Die folgenden fünfzehn Minuten sucht er das Zeug zusammen, das sie will, läuft zwischen Wohn-, Schlafzimmer und Büro hin und her, und als er zurück in die Küche kommt, sieht er Jana auf der Terrasse stehen. Er stellt den Karton mit den Ordnern ab und geht zu ihr.

Jeden Tag von Neuem sieht er von hier aus den Ameisenmenschen zu. Jeden Tag von Neuem eilen sie durch die Straßen, gehen emsig ihrer Arbeit nach. Autos bremsen, hupen, pressen sich immer gleich durch den wuselnden Haufen, als würde sich die Welt nicht weiterdrehen. Und jeden Tag von Neuem gibt dieser Blick King das Gefühl, dass die Welt im Prinzip in Ordnung ist.

Jetzt steht er hier neben Jana, gemeinsam schauen sie hinunter, und immer wieder lugt der King hinüber zu ihr. Ihre Schönheit, denkt er unerwartet, nur ein paar Zentimeter neben ihm, zum Greifen nah, beruhigt ihn sogar mehr als die erhabene Sicht auf die Stadt, über der er thront. Janas Ruhe und sein Blick auf ihren geschwungenen Nacken erfüllen ihn mit der Gewissheit, dass die Welt wirklich in Ordnung ist. Für ein paar Sekunden denkt er an nichts anderes mehr.

Jana gibt vor, seine Augen auf ihrer Haut nicht zu bemerken.

Tut sie aber.

Die Ameisenmenschen studiert sie mit der gleichen Sorgfalt, mit der sie die Straße vor Kings Haus scannt. Dann tritt sie zurück, geht ins Loft, in die Ecke zwischen Bretz-Couch und Musikanlage, die man von außen nicht einsehen kann. Die raschen Drehungen ihres Kopfes, mit denen sie vom Karton mit den Ordnern zurück zur Terrasse guckt und gleichzeitig durchs Fenster die Straße im Blick behält, während sie hinter der hohen Stirn ihre Gedanken ordnet, ein Gespräch to come vorbereitet, gefallen dem King. Erst jetzt bemerkt er die Ringe, die sich unter ihren Augen abzeichnen. Die Iris ist groß. Das rechte Lid zuckt, aufgerissen wie das eines Wachhundes, bestrebt, endlos Daten rein- und rauszuschießen, Datenmengen zur Überlebenssicherung, als könnte aus den dreißig Metern Tiefe oder von einem umliegenden Dach jederzeit ein Spitzel springen oder aus dem Pool ein Sniper, und in ihrem linken Auge, ist sich der King plötzlich sicher, flackert Leidenschaft auf. Er erkennt jenen Ausdruck in Janas Gesicht, der in seiner Vollkommenheit nur weiblichen Wesen vorbehalten bleibt: eine umfassende, bedingungslose Hingabebereitschaft, die ihrem Betrachter alles zu nehmen erlaubt, und wenn es sein muss, noch mehr. Menschliche Aufopferung in Perfektion. Nichts ist anziehender für einen Mann. Besonders für einen wie ihn. Er könnte in ihrem linken Auge ertrinken. Und das Wichtigste daran, glaubt der King nun aus seinen Beobachtungen zu schließen: Niemals ist Jana in Mekkis Auftrag hier. Sie ist wegen ihm gekommen.

Entzückt folgt er ihr in sein Loft, das ihm nun erfüllt scheint von ihrer Angst.

»Mekki will also vor der Übertragung noch mal alles geprüft haben, ja?«

Er stellt sich nah hinter sie und atmet in ihr hochgeknotetes Haar. Die Gänsehaut in ihrem Nacken verrät ihm, dass er mit seinen Vermutungen richtigliegt. Jana scheint zu fühlen, dass der King sie durchschaut hat.

»Nein«, sagt sie. »Die Ordner sind für mich. Ich will noch mal alles durchgehen. Vielleicht habe ich was übersehen, und ich will es ordentlich abschließen.«

»Warum bist du wirklich hier?«

Jana dreht sich zu ihm um und funkelt ihn an.

»Nur um das klarzustellen: Ich finde es ätzend, dass du mich in den Scheiß mit reingezogen hast. Jetzt läuft die Asylprüfung.«

»Mein Angebot steht …«

»Die hatten mich vorher doch gar nicht auf dem Radar.«

Sie schüttelt den Kopf und wartet, aber der King findet es zu süß, wie sie sich aufregt, und schweigt. Schließlich gibt sie auf.

»Was willst du von mir?«

»Ich will nur, dass du endlich dahin kommst, wo du hingehörst. An meine Seite.«

Jana stöhnt. Aber sie weicht seinem Blick aus, und ihre Stimme zittert, als sie sagt: »Hast du Wasser?«

Der King geht zur Bar, schenkt ihr ein Glas ein, sich selbst einen Scotch. Als er zu ihr zurückgeht, guckt Jana wieder auf die Stadt. Der King stellt sich noch ein paar Zentimeter näher hinter sie und legt einen Arm um ihre Taille. Jana weicht nicht vom Fleck, und lange schauen sie so über den Fluss in die Ferne. Der Wind weht eine Haarsträhne über Janas Gänsehaut. Schließlich fragt sie noch einmal, fast ängstlich:

»Was willst du, King?«

»Dich«, flüstert er und denkt unerwartet: nicht sexuell. Woher das jetzt schon wieder kommt? Jetzt, hier, heute, finally, schwebt Janas weltgeilster Arsch endlich ein paar wenige Zentimeter vor seinem Schwanz, erwartet flehend, von ihm erfüllt zu werden, und ausgerechnet da flüstert sein krankes, koksverseuchtes Hirn was von Gefühlen? Aus dem Alter ist er doch wohl raus. Aber je stärker er sich einzureden versucht, dass er den gleichen Zug weiterfahren wird, immer weiter, ICE Clubbaron, Sonderexpress Mega-King, desto verbissener rebelliert sein Unterbewusstes, erzählt ihm was von Zärtlichkeit und Dingen, die er nicht hören will.

Die rebellische Strähne trotzt dem Wind und bleibt an Janas kraftvoll pulsierender Halsschlagader kleben. Jana lehnt sich zurück, während der King näher an sie rutscht, seinen Schwanz in Richtung ihres Arschs drängt, seine Lippen fast an ihrem Hals kleben, bis die Haarsträhne, von einem Windstoß aufgescheucht, sein Kinn streift und einen sanften Elektroschock durch seinen Körper jagt.

»Was willst du?« Janas Stimme ist kaum mehr ein Hauchen. Kriegt er sie etwa mit dem alten, billigen Trick?

»Ich will, dass wir frei sind. Du und ich. Wir. Zusammen. Kein Mekki mehr.«

Seine Gedanken rasen, sein Körper bewahrt Fassung. Fast hat er das Gefühl, es ernst zu meinen. Nur noch ein kleines Stück, und sein Schwanz würde ihn berühren, den Weltgeilsten, und sie wäre vielleicht bereit, die Weltschönste. Er würde sie lecken, das Geschenk würde er ihr machen, ohnehin kriegt er seinen besten Freund sonst nicht in ihren Mund, dafür ist sie Emanze genug. Immer noch trägt er nur Shorts. Jana hat ihn schon ein paarmal nackt gesehen, auf besagter Party oder im Club, der King don't give a shit, aber er sie noch nicht. Er will, dass sich das heute ändert, hier, jetzt, mit nur einer Bewegung könnte er ihren Körper des Fitzels Seide entledigen, und sie stünden Haut an Haut.

»Ok, du willst mir nichts sagen.«

Ruckartig dreht Jana sich zu ihm um, stößt mit ihrem Mund fast an seinen.

»Du planst was gegen Mekki. Und zwar im ganz großen Stil. Und dafür willst du mich einspannen.«

»Also schickt er dich doch.«

»Jetzt hör auf mit dem Bullshit.« Janas Lippen glänzen vom Mineralwasser. »Die Ordner sind meine Tarnung, falls Mekki mich beobachten lässt. Ich will jetzt wissen, was du vorhast, was du von mir willst und was ich dafür kriege.«

Im Bruchteil einer Sekunde entscheidet sich der King, Jana zu vertrauen, ein Stück mehr zu vertrauen, ein großes Stück mehr.

»Ich werde Mekki abservieren.«

»Wie willst du das anstellen?«

»Jana …«, sagt er, und eine jener Erinnerungen schießt durch sein Hirn, eine der vielen, die er lieber verdrängt: das Mädchen, das in die Freiheit springen wollte. Nur mit Mühe kann er sich fokussieren. »Mein Interesse an dir hat damit nichts zu tun, ich ziehe keine Frauen und –«

»Hör auf mit dem Schwachsinn. Frauen und Kinder hängen immer mit drin.«

Gott, wie recht sie hat. Und wieder mal hat der King das Gefühl, dass Jana direkt auf seinen Seelengrund blickt. Aber diesmal hält er keinen Schutzschild mehr, und trotzdem fährt sie nüchtern fort, als würde sie nichts sehen:

»Ich werde jedenfalls nicht am Ende mit einem Schiff zurück nach Rivers fahren oder mit einer Kugel im Kopf unter Mekkis Rasen liegen. Also noch mal: Was ist dein Plan?«

Janas Augen fixieren ihn. Nur mühsam macht der King die schwarzen Pupillen in der tiefbraunen Iris aus. Sieht sein eigenes Spiegelbild. Sieht Janas Lippen beben, als suchten sie seine. Spürt ihre Hitze. Doch Jana rührt sich keinen Zentimeter. Auch der King verharrt wie festgefroren. Und so stehen sie da, voreinander, und schwitzen, vielleicht eine Sekunde, vielleicht eine Minute, die Zeit steht still, bis Jana kaum merklich zu grinsen beginnt.

»Oh Mann, King, für einen Moment hatte ich dir geglaubt.«

9.

Dreiundvierzig Autos hat er gezählt, seitdem er auf der Bank an der Bushaltestelle vor der Klinik sitzt, zwei Linienbusse, einen Lkw und einen Mofafahrer. Die letzten Worte der Therapeutin ploppen immer wieder auf. Nicht was sie gesagt hat, sondern in welchem Ton. Er hatte sich kurz gefragt, was in sie gefahren war. War sie verrückt geworden? Er war doch der Patient, er hatte das Alkoholproblem. Er hatte fast lachen müssen über die Ironie des Gesundheitssystems: Irre auf beiden Seiten. Aber dann war ihm das Lachen im Hals stecken geblieben.

Vom vierundvierzigsten Fahrzeug wandert sein Blick zum wolkenfreien Himmel. Jahrelang ist nur der der Grund gewesen, warum er weitergemacht hat. Wenn er morgens durch das kleine Loch in der Wand seiner Zelle blickte. Doch als er endlich wieder draußen war, niemand ihn erwartete und das einzige Zimmer, das man ihm vermieten wollte, ein weiteres Sechs-Quadratmeter-Loch in einer Pension für 350 im Monat war, die außer ihm komplett von saufenden Gastarbeitern belegt war, hat sich die vermeintliche Freiheit als das zu erkennen gegeben, was sie schon immer gewesen war: eine große Lüge. Am Ende blieb ihm nur noch ein Stück Wiese auf einem Campingplatz, auf dem er mit Joseph und Anna, den neuen Nachbarn, noch mehr trank, und immer mehr.

Vielleicht hat das alles ihn zu Sanni führen sollen, hat er

sich gesagt, als sie sein Gesicht in die Hände genommen und ihn auf die Stirn geküsst hat. Seine letzte Chance und so.

Jetzt denkt er, keine Ahnung, was er noch denken soll.

Warum muss das Schicksal ihm ausgerechnet da reingrätschen?

Fünfundvierzig.

vw-Käfer. Gelb.

Zieht nur im Augenwinkel vorbei.

Die letzten Worte der Therapeutin wollen einfach nicht aufhören, durch seinen Kopf zu rauschen. Und der Tonfall. Und die Hoffnung in ihren Augen. Und: der Schmerz.

Zehn weitere Fahrzeuge später, vier rote für die Liebe, drei Linienbusse, ein Fernbus, zwei Lkw, sind seine Finger wund vom Knibbeln, und er zählt und zählt, und der Verkehr brummt, die Abgase berichten vom Erfolg der Menschen, die dauernd in Bewegung sind, während er versucht, sich nicht zu rühren, als könnte er auf diese Weise spurlos verschwinden. In der Ferne kann er erkennen, wie sich die Fahrzeuge stadteinwärts zu stauen beginnen. Wahrscheinlich eine Ampel. Oder der Bahnübergang. Als der vierte Bus hält, steigt Loosi ein und beschließt, die ganze Scheiße hinter sich zu lassen.

10.

Natürlich hat Jana ihn längst bemerkt, den BMW, der ihr in zehn Metern Abstand folgt, während sie stolz mit dem Karton unterm Arm den Bürgersteig entlangschreitet. Nach einer gefühlten Unendlichkeit bleibt sie schließlich stehen, und der King hält neben ihr.

»Jetzt steig schon ein«, hört er sich sagen. Nicht die beste Taktik, zugegeben. Aber er ist, auch zugegeben, etwas aus dem Konzept. Er greift über den Beifahrersitz und öffnet die Tür. Jana stellt den Karton auf den Rücksitz und steigt ein. Dann gibt der King ihr den Ersatzschlüssel zum Loft.

»Bring den Kram zurück, wann du willst.«

Er fährt los, und vielleicht erkennt Jana, dass der Schlüssel so was wie ein Vertrauensbeweis ist, denn sie wendet ihn in ihren Händen wie eine Trophäe.

Es läuft Hip-Hop. Wie immer. Heute mal Setlur. Die einzige Frau, deren Musik der King hören kann. Er findet ihre Stimme so angenehm smooth, aber Jana schaltet sie aus und zappt durch die Sender.

Queen. Rauschen. Udo. Wettervorhersage für die nächsten zwei Tage: 34 Grad im Schatten. Ein knatterndes Mofa zieht links vorbei, schneidet ihn zu scharf, als es wieder einschert, und der King tritt auf die Bremse. Sie gucken dem Mofa nach.

Bei einem französischen Chanson bleibt Jana hängen,

natürlich. Die erinnern sie an ihre Heimat, hat sie mal gesagt. Sie lehnt sich zurück und schaut aus dem Fenster. In gewohnter Jana-Manier sagt sie nichts, fragt nichts, als sei sie niemals in Kings Loft aufgetaucht.

»Übersetzt du mir, was die da singt?«

Hat er das gerade gefragt?

What the FUCK.

Das war so ziemlich seine erste Bitte an eine Frau, soweit er sich erinnern kann.

Jana reagiert nicht. Spielt wieder die Coole.

Aber er weiß, da war was zwischen ihnen eben im Loft. Das hatte sie doch gemeint: Einen Moment hatte sie ihm geglaubt. Deswegen ist sie doch genauso überrascht geflohen wie er ihr nachgerannt.

Vielleicht hat sie ihn nicht gehört.

»Jana?«

Sie meidet seinen Blick, während sie langsam zu sprechen beginnt: »Wenn es dich nicht geben würde, wäre ich nur ein Punkt unter vielen, verloren in dieser Welt, die kommt und geht. Ich brauche dich.«

Nur ein kleines Stück, vielleicht einen Millimeter, hebt Jana ihr Kinn, und der King glaubt darin die Bestätigung zu sehen, dass sie ein wenig von dem fühlt, was sie da sagt.

Ein Ruck reißt ihn aus seinen Gedanken. Das Auto vor ihm hat scharf gebremst, und auch er ist instinktiv in die Eisen gestiegen. Obwohl die Bahnschranke, die erst in hundert Metern kommt, offen steht, staut sich der Verkehr. Für ein paar Meter rollen sie weiter, dann geht nichts mehr.

Bevor Jana sich orientieren kann, ist der King schon raus, checkt die Straße in beide Richtungen. So weit er gucken kann: Totalverstopfung. Wie schnell ging das bitte?

»Keine Chance«, ruft er Jana zu, die nun noch aufmerksamer ihre nähere Umgebung scannt.

Entlang der Autoschlange tummeln sich Schaulustige. Nichts könnte den King gerade weniger interessieren, aber er muss gucken, was los ist. Hier jetzt festzuhängen, no way, kommt nicht in die Tüte, und schon folgt er den Blicken, läuft die Anhäufung von Blechkästen entlang bis vor zu den Gleisen, auf denen ein zerquetschtes Etwas, das einst ein Audi war, in einem Lkw steckt. In und um den Lkw ist niemand zu sehen, keine Spur auch von dem Mofafahrer. Vielleicht hat er sich schnell aus dem Staub gemacht. Das verschmolzene Blechpaket jedenfalls blockiert den Bahnübergang, und aus der Fahrertür des Audis krabbelt ein Mann und brabbelt vor sich hin.

»Ich nehme ein Taxi.« Jana steht direkt hinter ihm.

»Nein.« Der King fährt zu ihr herum.

Janas Blick wandert nur kurz vom King zu dem Mann zu seinen Füßen. In ihren Armen hält sie den Karton. Dann guckt sie die Straße hinauf und läuft an den Unfallautos vorbei auf die andere Seite der Gleise. Der King könnte schreien vor Wut.

»Pack mal einer mit an!«, ruft er den Wartenden zu. »Wir schieben das Ding weg!«

Er meint den Audi. Egal. Kommt eh keiner. Wie kleine Mädchen vor Spinnen nehmen die Menschen Reißaus, während der Audifahrer immer langsamer an ihm vorbeikriecht, von einer Hand zur anderen guckt und vor sich hin murmelt: »Ich … wollte rechts abbiegen, ich … habe nichts falsch gemacht.«

»Halt die Schnauze und pack mit an, wir haben heute alle noch was vor!«

Bestimmt positioniert sich der King vor dem zerknautschten Audi und erwartet den Fahrer an seiner Seite. Aber der kriecht weiter, schüttelt den Kopf, und nur noch von hinten sieht der King die zitternden Knie, während der Mann stottert: »Ich habe nichts falsch gemacht. Ich habe nichts falsch gemacht.«

Na super, der Unfallverursacher unter Schock, der Unfallgegner verschwunden, sämtliche Schaulustige haben das Interesse verloren, und Jana wird immer kleiner, mit jedem Meter, den sie sich vom King entfernt.

Ein stechender Schmerz durchzuckt seine Nase. Schleimhäute im Arsch. Der Geruch von Benzin zu scharf ... der Geruch von Benzin?

Jetzt ist dem King klar, warum das ganze Pack rennt, das eben noch wissen wollte, wer alles tot ist.

Unter dem Lkw sieht er eine Lache. Fasziniert beobachtet er, wie es tropft.

Dann versucht er, den Audi allein zur Seite zu schieben. Vergeblich. Er lässt davon ab, als es aus dem Motorraum zu qualmen beginnt. Auch die allerletzten Zuschauer steigen aus ihren Autos und laufen davon.

Der Audifahrer kriecht nun auf den Bürgersteig. Der King checkt, was vom Motorraum noch übrig ist. Der Zündkolben steckt durchgeschmort im Boden fest, an einer Stelle, auf die das Benzin zuläuft. Geradewegs. In spätestens einer Minute gibt es ein Spektakel.

Der King schaut nach Jana, sie ist in sicherer Entfernung. Während er noch zögert, ob er ihr nachlaufen oder bleiben und glotzen oder sich in seinen BMW verziehen soll, erregt eine Bewegung aus dem Schrotthaufen seine Aufmerksamkeit. Auf dem Rücksitz des Audis hängt ein Baby in einem Kindersitz und nuckelt mit weit aufgerissenen Augen an seinem Schnuller.

»Schaff sofort deinen Arsch hierher, dein Kind fliegt gleich in die Luft!«, brüllt er, doch der Audifahrer kriecht vom Bürgersteig hinunter ins angrenzende Feld und murmelt weiter vor sich hin.

Das Baby starrt den King an.

»Scheiße!«

Der King reißt die Tür auf, guckt zum Benzin. Dreißig Sekunden, schätzt er.

Er greift nach dem Gurt, doch seine Hand rutscht ab.

»Fuck!«

Seine Hand zittert. Vom Koks. Oder vor Angst. Die Nase des Babys hängt in seinem Ohr.

»Wir beide, wir schaffen das.«

Noch einen Meter. Benzin bis Zündkolben. Der King reißt am Gurt. Der Verschluss klemmt. Er will das Baby so rausziehen, es schreit.

Der King drückt und zieht. Die scheiß Schnalle klemmt.

»Hat jemand ein Messer?!«

Er blickt sich um. Sämtliche Passanten sind weit weg.

Das Baby schreit direkt in sein Ohr. Die volle Dröhnung. Und vor ihm das Benzin.

Nur noch ein halber Meter.

Ein helles Licht rast von irgendwoher auf ihn zu.

Der King reißt das Baby durch den Gurt. Das Benzin sickert unter die Motorhaube, und vor der Windschutzscheibe: grelles Licht.

Der King springt zur Seite und schmeißt sich über das kreischende kleine Wesen auf den Boden. Eine Explosion. Der Audi und der Lkw gehen in Flammen auf und in Kings Augen: pure Angst.

Für ein paar Sekunden hört er nichts außer seinem Atem.

Die Ohren wie verklebt, ein unerträglicher Druck.

Hektisch reibt er über sein Gesicht, als ob er eine zähe Flüssigkeit abwischen will.

Er reibt und schreit.

Schreit, bis er versteht, dass kein Blut seine Augen verklebt.

Es ist kein Blut.

Kein Blut.

Das Baby in seinen Armen lebt.

Es starrt den King aus großen blauen Augen an, und der King starrt das Baby an, und der King weiß nicht, ob er das Baby ist oder das Baby er.

Völlig hysterisch guckt der King sich um. Alle Augen sind auf ihn gerichtet. Die Augen der Schaulustigen auf ihrem Weg zurück. Die Augen von Jana, die umgekehrt ist und irgendwo hinter ihm steht. Und der Angsthase, der zitternd an einem Zaun lehnt, hat nur Augen für sein Kind. Wütend legt der King es ihm in die Arme.

»Dein Gör braucht einen Vater, keinen Waschlappen, denk darüber mal nach.«

Und ohne sich nach Jana umzudrehen, stapft er durch die Menge, die nun zu applaudieren beginnt und immer lauter wird, setzt sich hinter das Steuer seines treuen BMWs und haut mit Wucht aufs Lenkrad. Er könnte schreien vor Wut. Und er schreit vor Wut:

»Das scheiß Kind braucht seinen scheiß Vater!«

Er hört seinen Schrei verebben. Die Passanten hören nun auf zu klatschen. Manche wenden sich ab, andere gucken unsicher zu ihm hinüber, ob er jetzt auch durchdreht, wie der Kindsvater unter Schock, und der King kommt nicht mehr gegen ihn an.

Gegen den Schmerz.

Den er mit Frauen und Koks und Macht zu betäuben versucht.

Egal wie sehr er sich auch bemüht.

Er kommt nicht mehr gegen ihn an.

Bevor er noch ein Wort sagen kann, bricht es aus ihm heraus, und der King findet sich selbst in seinem BMW, inmitten eines Staus, schluchzend wie ein kleiner Junge.

Sein Hals schmerzt.

Die Arme zerkratzt und dreckig.

Seine Hand blutet.

Und er spürt, wie sein Körper bebt, und sieht nichts mehr außer Tränen.

Von fern das dumpfe Geräusch einer Tür. Das Rascheln der Ordner im Karton, diese dämlichen Unterlagen. Die Beifahrertür geht auf. Die Beifahrertür geht zu. Und dann eine Hand auf seiner Schulter, Janas Hand auf seiner Schulter. Warm und stark liegt sie auf seinen schmerzenden Knochen, und er hört sich nach Luft schnappen, kämpft gegen das Schluchzen an und schreit.

»Hau ab!«

Wie am Spieß.

»Raus hier!«

Doch Jana bewegt sich nicht. Spricht sanft.

»Lass mich deine Hand verarzten.«

Im Augenwinkel spürt er, dass Jana ihn unverwandt anschaut, und sie sieht ihn,

sie sieht ihn,

sie meint nicht seine Hand.

»Hau ab aus meinem Leben!«, brüllt er ihr ins Gesicht.

Voller Panik starrt er sie an. Will ihren Blick nicht ertragen. Muss ihn halten. Ein paar Spritzer seiner Spucke glänzen auf ihrer Wange. Jana wischt sie nicht weg, öffnet das Handschuhfach, scheint nicht zu finden, was sie sucht, reißt schließlich ein kleines Stück ihres Kleides ab und beginnt, die Wunde an seiner Hand zu säubern.

Rabiat hält der King ihre Hand fest.

»Ich sage es nur noch ein Mal.«

Jana sieht aus, als würde auch sie ihm was sagen wollen, etwas Wichtiges sagen wollen, aber er will nichts mehr hören.

Von fern die Sirenen von Polizei und Feuerwehr. Lauter. Immer lauter. Sie schmerzen in seinen Ohren. Scheiße. Fuck!

»Du steigst jetzt aus, nimmst den scheiß Krempel mit, ich will dich nie mehr sehen.«

Janas dunkle Augen schauen nun ganz ruhig direkt in seine Seele. Bis auf den tiefsten Grund.

Behutsam legt sie den Fetzen ihres Kleides aufs Armaturenbrett, steigt aus und läuft davon, ohne sich noch mal umzudrehen. Den Karton hat sie auf der Rückbank stehen lassen.

11

Die haben geglaubt, du bist abgehauen. Die haben alle möglichen Fragen gestellt. Ich habe nichts gesagt.«

»Danke.«

»Aber ich soll dir sagen, wenn ich dich sehe, dass du sofort zu Bayer sollst.«

Xandra konnte sich schon immer alle Namen merken.

»Die Heimleiterin.«

Sie konnte auch schon immer seine Gedanken lesen. Na ja, manchmal.

Michi will jetzt nicht zur Heimleitung. Er springt über die Bank und setzt sich neben Xandra. Jetzt erst nimmt sie ihm Poppy aus der Hand und streichelt ihm den Kopf.

»Die wollten wissen, ob wir Tante Anne mögen. Vielleicht sollen wir zu ihr.«

»Tante Anne? Bei der waren wir seit Jahren nicht mehr.«

»Habe ich auch gesagt. Dann haben sie nach anderen Verwandten gefragt. Und nach Freunden.«

»Nach Freunden von Mama und Papa?«

»Ja.«

»Hast du ihnen von Gerda und Manni erzählt?«

Xandra nickt.

Gerda ist eine ehemalige Kollegin aus der Zeit von Mamas Banklehre, die sie abgebrochen hat, als sie schwanger war. Während Mama damals ganz aus dem Beruf ausgestiegen ist, um sich um Michi und später auch um Xandra zu kümmern, arbeitet Gerda seitdem an der Kasse einer Commerzbankfiliale. Manchmal sind Michi und Xandra mitgekommen, wenn Mama sie besucht hat. Meist durfte Xandra dann zwei Zwanzigerscheine in viele kleine Münzen wechseln. Ein paarmal waren sie auch in Gerdas Wohnung. Nur zwei kleine Zimmer. Außerdem hat Gerda eine Tochter. Da dürfte kaum Platz sein für Xandra und ihn.

Manni ist ein Freund von Papa. Der ist klug. Der hat nun wirklich auf alles eine Antwort. Ihm ist es sogar gelungen, Xandras Fragen zum Universum und zur Ewigkeit zu beantworten. Aber Manni hat auch eine Körperhaltung wie ein Wiesel. Er kommt Michi vor wie einer, der sich vor jedem Ärger drückt. Der nimmt sie sicher nicht. Außerdem hat Michi Angst vor Manni. Mama mochte ihn auch nicht besonders.

»Manni interessiert sich nur für Geld«, hat sie mal gesagt, und dass er ebenso ein Trickser sei wie Papa. Die beiden hatten sich auf einer Geschäftsreise in Syrien kennengelernt, als Papa gebrauchte Autos dorthin geliefert hat. Alle anderen Freunde wohnen weiter weg. Viele sind es ohnehin nicht. Bleibt noch Aziz.

»Hast du ihnen von Aziz erzählt?«

Xandra nickt.

Michi kennt Aziz, seit er denken kann. Ein Marokkaner mit starkem Akzent, der in einer größeren Werkstatt in Frankfurt arbeitet, eine, die von keinem Meister geleitet wird, sondern wo man Arbeitsplätze mietet, mit Gruben und Hebebühnen und teurem Werkzeug, das nicht jeder hat. Man kann kommen und sich sein Auto reparieren lassen. Alle möglichen Arbeiter bieten dort ihre Dienste an. Aziz ist einer von ihnen, und immer, wenn Papa bestimmtes Werkzeug fehlte, er es allein nicht hinkriegte oder auch einfach mal einen Tag lang mit ihm arbeiten wollte, ließ er Aziz ran. Manchmal hat Papa damit geprahlt, wie er Aziz von der Straße aufgelesen hat, die deutsche Sprache gelehrt und ihm alles beigebracht hat, was er über Autos wusste. Denn anfangs streunte Aziz, laut Papa, in der Werkstatt herum wie ein ausgesetzter Hund und konnte gerade mal Reifen wechseln und polieren. Aber Aziz erwies sich als geschickt, Papa mochte ihn und gab ihm die ersten Jahre eine kostenlose Ausbildung. Seitdem hat Aziz alles repariert, was Papa orderte, mal in der Frankfurter Werkstatt, aber auch in Schloßborn. Michi und Xandra sind quasi auf Aziz' Schoß aufgewachsen, wenn er sich ihrer annahm, während Papa zwischen und unter und über den Autos herumlief. Aziz brachte ihnen sogar das Radfahren bei und ließ Michi, noch bevor Papa fand, dass er alt genug dafür war, eine Zündkerze reparieren. Da war Michi fünf.

Aziz ist in allem das Gegenteil von Manni. Ein Fels in der Brandung. Gute Muskeln, nicht zu viel, nicht zu wenig, kleiner Bauch, tiefschwarze Augen, in denen nicht Wissen, sondern Weisheit regiert, nicht Gier, sondern Liebe. So stellt Michi sich den Dalai Lama vor. Wenn Schneider Aziz anruft, der würde vielleicht zusagen, dass er ihn und Xandra nimmt. Wie es wohl wäre, bei ihm zu wohnen? Obwohl sie ihn schon ihr ganzes Leben lang kennen – Aziz war auch oft zu Grillabenden oder Geburtstagen eingeladen –, waren Michi und Xandra noch kein einziges Mal bei ihm zu Hause. Aziz hat eine kleine

Wohnung, hatten die Eltern ihnen mal erklärt, und dass er sich schämt für die einfachen Verhältnisse.

»Geh nicht noch mal weg.«

Xandra hat aufgehört, mit Poppy zu spielen, und guckt Michi scharf an.

»Ich gehe nicht mehr weg.«

Die Worte stolpern ein wenig aus ihm heraus, und erst nachdem er sie ausgesprochen hat, wird ihm bewusst, was er Xandra angetan hat. In ihren Augen liegt panische Angst. Klar, sie war viel zu lange allein. Er hat zu lange gebraucht. Sie muss gedacht haben, er kommt nicht mehr zurück. So wie ihre Eltern einfach nicht mehr wiederkommen.

Rasch nimmt er ihre Hand und meint es bitterernst, als er sagt:

»Ich gehe nie wieder weg.«

Und in dieser Sekunde schwört er sich leise, dass er seine Schwester nie, nie mehr irgendwo allein lassen wird.

»Ich lasse dich nie mehr allein. Nie mehr. Hörst du?«

Für den Hauch eines Moments schwindet die Distanz, die seit seiner Rückkehr in Xandras Blick liegt.

»Danke«, sagt sie.

Sie meint Poppy.

Und ihr vorsichtiges Lächeln ist immer noch weit entfernt von dem herzhaften Lachen, das Michi so liebt. Aber es ist ein Anfang.

Danach kassiert er von Bayer einen Anschiss. Wegen der Regeln und so. Von Schneider kriegt Michi erklärt, dass er bereits die Polizei verständigt habe, weil Michi über Nacht weggeblieben sei. Das sei das normale Prozedere.

»Aus Sorge um dich.« Und was Michi auch verstehen muss: »Kinder, bei denen die Polizei eingeschaltet wird, gelten schnell als Problemfälle. Vielleicht können wir so was also in Zukunft vermeiden.« Hat er eh nicht mehr vor. Und dann bekommt er vierzehn Tage Ausgangsverbot.

Von der Psycho-Leutner wird er gefragt, wie sehr er seine Eltern vermisst. Ob ihn die Sehnsucht in sein Elternhaus gezogen hat. Einsamkeit. Das Gefühl der Verlorenheit.

Mein Gott, warum muss die da jetzt so ein Riesengeschiss drum machen? Er wollte Xandra ihr Äffchen holen. Und dass er dabei traurig wurde, nicht mehr aus dem Haus wegwollte, ist das nicht normal?

»Doch, das ist ganz normal. Und das ist gut so, Michi.«

Gut, dass er traurig sein kann, meint Leutner, aber ehrlich, was soll er denn sonst sein? Ist das wirklich das Einzige, was sie ihm zu sagen hat?

Auch ansonsten läuft es nicht so, wie er es sich vorgestellt hat. Er hatte gehofft, dass Aziz auftaucht, um Xandra und ihn zu holen. Oder zumindest um mit ihnen zu reden. Aber angeblich ist Aziz nicht auffindbar. Seinen Nachnamen wissen Xandra und Michi nicht, und in der Werkstatt, die Michi Herrn Schneider genannt hat, gibt es angeblich viele »Aziz«, aber keinen, der für einen Herrn Berger gearbeitet hat. Michi würde gern selbst nachschauen, aber das darf er natürlich nicht – er hat ja Ausgangsverbot. Irgendwas geht nicht mit rechten Dingen zu. Aziz muss da sein. Michi hat ein merkwürdiges Gefühl bei der ganzen Sache, das durch die Tatsache verstärkt wird, dass Schneider und Bayer auf seine Fragen immer ausweichender reagieren. Ihn ereilt zunehmend das Gefühl, dass die Heimleute nicht den geringsten Plan haben, wie sie Xandra und ihn hier wegkriegen. Den anderen Kindern geht es nämlich genauso. Alle warten. Nichts bewegt sich.

Ähnlich unheimlich findet Michi, dass Xandras Tränen wie auf Kommando aufgehört haben zu fließen. Seitdem Michi zurückgekommen ist, weint sie nicht mehr. Sie spricht gern mit Frau Leutner. Vielleicht sagt die ihr Dinge, die sie zuversichtlich stimmen. Manchmal, wenn Xandra aus einem Gespräch kommt, lichtet sich ihr Stirnrunzeln für ein paar Minuten. An einem Nachmittag hüpft sie sogar mit den anderen Mädchen Seil. Danach zieht sie sich wieder in ihre Leseecke zurück. Niemand benutzt die Leseecke, außer Xandra.

Michis Mofa steht während der ganzen Zeit in einer Seitenstraße. Jeden Tag prüft er, ob es noch da ist, putzt und trocknet es, wenn es geregnet hat. Das Ausgangsverbot gilt ab einem Radius von hundert Metern, in dem bleibt er.

An einem der Tage holen sie noch ein paar Sachen aus ihrem Elternhaus, wie von Schneider versprochen. Vor allem Kleidung, weitere Platten, Michis Matchboxauto-Sammlung, Bücher für Xandra. Und noch mehr Fotos, Frau Leutner hält Fotos für wichtig. Als Michi das zweite Mal seit dem Unfall in dem Haus steht, das sein Leben war, stört ihn die Stille. Es ist nicht mehr die, die ihn hat schlafen lassen und schöne Erinnerungen hervorgerufen hat. Kalt hallt Schneiders Stimme jetzt durch die Zimmer. Und Xandra steht so verloren in dem großen Bad, dass Michi ihr helfen muss, ihren Lieblingskamm zu finden. Als sie das Haus verlassen, halten sie sich an den Händen. Es ist das erste Mal seit Langem, dass er

Xandras Hand hält, also, so wie im Kindergarten, wenn die Kinder sich aneinander festhalten, um eine Straße zu überqueren. Und noch nie zuvor hat er Xandra gleichermaßen festgehalten wie sie ihn.

An einem Montag kurz nach dem Mittagessen kommt endlich die Nachricht, wann die Beerdigung sein wird. Sie hat so lange auf sich warten lassen, dass Michi aufgehört hat, die Tage zu zählen. Der Rücktransport der Leichen – niemand außer den anderen Kindern benutzt das Wort – hat länger gedauert als geplant, weil ein paar Fahrer beschlossen hatten, nicht mehr zu arbeiten. Ein Streik, hat Schneider erklärt. So richtig hat Michi die Zusammenhänge nicht verstanden. Er weiß natürlich, was ein Streik ist, dass Angestellte aufhören zu arbeiten, weil sie mehr Geld wollen, aber wer genau den Transport unterbrochen hat – die in der Leichenhalle, die Autofahrer oder die Zugführer –, weiß er nicht. Dass zwei Kinder auf die Rückkehr ihrer Eltern warten, hat die Zuständigen jedenfalls nicht davon abgehalten, mehr Lohn zu fordern. Wieso auch? Als ob es etwas an der ganzen beschissenen Situation ändern würde, wenn die Körper ein paar Tage früher oder später kommen. Irgendwann haben die Arbeiter ihr Geld bekommen, oder auch nicht, am Montag ist Ende des Streiks, am Mittwoch kommen die Särge an, am Donnerstag sollen sie mit Erde beschüttet werden. Auf dem Hauptfriedhof in Frankfurt. Hat der Staat entschieden.

Als es so weit ist, kriegt Michi am Frühstückstisch keinen Bissen runter. Gegen halb elf nehmen er und Xandra neben Schneider in einer großen Halle Platz, und Michi überkommt eine unheimliche Übelkeit.

Es ist kühl und riecht feucht. Holzstühle füllen den Raum, an den Ecken stehen in ein paar Vasen nicht mehr ganz frische Blumen. Vorne in der Mitte thronen braun und schäbig die zwei Särge, in denen ihre Eltern liegen sollen.

Ein paar Gäste kommen. Es sind wenige, zwei Fremde, Gerda und ihre Tochter, Manni und ein Freund von Manni, den Michi noch nie gesehen hat. Gerda sagt ein paar Worte zu den Gästen, aber dann beginnt sie zu weinen und setzt sich wieder, bevor sie den zweiten ihrer fünf Zettel vorgelesen hat.

Der Pfarrer spricht, es wird gesungen. Sie stehen mehrmals auf und setzen sich wieder. Reden, Gesang und Stille wechseln sich ab. Aber alle Worte, alle Gefühle ziehen an Michi vorbei. Er kann an nichts anderes denken, als dass da vorne in den beiden Holzkisten die Körper seiner Eltern liegen. Die gesamte Zeremonie dauert vielleicht eine halbe Stunde. Am Ende stehen alle auf. Einer nach dem anderen geht zu den Särgen und berührt sie. Tränen werden vergossen. Köpfe geschüttelt. Zwei starke Männer betreten den Saal.

»Ihr dürft euch jetzt verabschieden«, hört Michi von fern.

Schneider nickt Xandra und Michi zu. Xandra bleibt sitzen, wartet, was ihr Bruder macht. Also geht Michi mit gutem Beispiel voran und steht auf. Xandra folgt ihm. Sein Brustkorb hebt und senkt sich wie ein Blasebalg. Als sie die Särge erreichen, bleibt sein Blick an der unteren Kante einer der Holzkisten hängen, sie hat einen

Riss, einen großen Kratzer, als sei ein Werkzeug daran abgerutscht. Michi hält sich mit seinem Blick an dem Riss fest, während die Menschen sich in Bewegung setzen, den starken Männern hinterher, die die Särge auf einem Karren ziehen, quer durch einen Irrgarten aus Wegen und Bäumen, bis sie schließlich vor einem großen Loch stehen. Wieder spricht der Pfarrer, die Särge werden abgeseilt, Gerda und ihre Tochter werfen Rosen ins Grab, dann tritt Gerda an Michi heran und sagt:

»Es tut mir so leid.«

Ihr Mund ist derart verkniffen, dass Michi nur noch einen schmalen Strich erkennen kann. Ihre großen grünen Augen meinen es gut, das spürt Michi, als sie ihn in ihre Arme zieht und wiederholt:

»Michi, es tut mir so leid.«

Er kann ihr Parfüm riechen. Es ist süß und leicht, es erinnert ihn an das Parfüm seiner Mutter, und wie ein Blitz dringt Gerdas dunkler Schmerz in Michis Körper. Mit einem Schlag verlässt ihn die Kraft, mit der er sich durch den Tag geschleppt hat. Gegen diesen Angriff der Trauer hat er keine Chance. Er spürt, wie ein paar kleine Tropfen aus seinen Augen in Gerdas Halskuhle kullern. Zum Glück lässt Gerda ihn los, ohne die Tropfen bemerkt zu haben, und er reißt sich zusammen, für das, was heute zu tun ist.

Aber: Sein Plan geht nicht auf.

Bis ins Detail hatte er überlegt, dass und wie er jeden, wer auch immer heute kommt, fragt, ob er Xandra und ihm helfen kann, und dass er nicht aufhören würde, bis er eine Lösung gefunden hat. Aber schon die mitfühlende und gleichermaßen irgendwie abwehrende Art, mit der Gerda weiterzieht und Xandra in ihre Arme nimmt, die keinen Mucks von sich gibt, macht Michi klar, ohne dass sie ein weiteres Wort sagen muss: Gerda wird nicht ihr neues Zuhause sein, und sie weiß auch kein anderes. Sie teilt Michis und Xandras Leid, aber sie können nicht Teil ihres Lebens werden.

Manni und dessen Freund, den die Eltern laut Manni auch gekannt haben, versprechen, sich umzuhören, nachzudenken, aber sie sind die Ersten, die gehen, und dabei drehen sie sich nicht mehr nach Michi und Xandra um.

Die zwei Fremden, die gekommen sind, stellen sich als ehemalige Schulkollegen heraus. Sie tragen Anzug und Krawatte, gucken ständig auf die Uhr, und Michi kriegt den Mund nicht auf, als er vor ihnen steht.

Und seine größte Hoffnung, Aziz, ist erst gar nicht gekommen. So wie er angeblich nicht in der Werkstatt aufzufinden war, ist er auch heute wie vom Erdboden verschluckt. Michi war davon ausgegangen, dass Schneider ihn angelogen hat. Jetzt neigt er dazu, ihm zu glauben. Denn wenn niemand Aziz in der Werkstatt gefunden hat, konnte ihm auch keiner Bescheid gegeben haben, wann und wo die Beerdigung stattfindet. Vielleicht weiß Aziz nicht mal, dass die Eltern tot sind. Vielleicht ist er selbst im Urlaub. Vielleicht müssen Michi und Xandra nur noch ein paar Wochen warten, bis Aziz aus Marokko zurück ist. Wer verdammt noch mal kümmert sich denn überhaupt darum, dass jeder alle wichtigen Informationen bekommt? Vielleicht würde Aziz sich sofort etwas einfallen lassen, wenn er nur von dem Unfall wüsste? Eins ist jedenfalls klar: Heute wird Michi das Problem nicht mehr lösen. Aber als er neben Xandra auf der Rückbank des fremden Autos sitzt, das Schneider steuert, während der Feldberg und die anderen Hügel an ihm vorbeigleiten, kommt er zu einer Erkenntnis: Es stimmt nicht, dass die Natur nur vorgaukelt, dass alles beim Alten bleibt. Es ist tatsächlich so. Das Grün der Blätter ist zwar jetzt gelber als vor ein paar Wochen. Die Halme der Weizenfelder bei Eschborn sind höher als in Königstein. Aber bei aller Veränderung kommt doch im nächsten Jahr das Gleiche wieder und wieder – und nur wer seine Felder sät, wird die Ernte einfahren.

Wenn aus der ganzen Scheiße also noch was werden soll, muss Michi sich verdammt noch mal besser kümmern, als er es mit seinen kläglichen Versuchen bisher getan hat.

12.

Ein Zehneuroschein, zwei Eineuromünzen, elf mal fünfzig Cent, zehn mal zwanzig, fünfzehn Zehner, achtzehn Fünfer, vierzehn Zweier, siebzehn Einer. Achtundzwanzig Euro und fünfunddreißig Cent, zusammen mit Sannis Kohle. Bis zum ersten August. Noch dreizehn Tage. Fünf Mal hat er gezählt. Fünf Mal der gleiche Betrag. Jetzt ist sieben Uhr. Das Amt macht um acht auf. Vielleicht ist noch was rauszuholen. Essensmehraufwand aus gesundheitlichen Gründen. Sannis Kindergeld, das wäre die Rettung. Oder wenigstens ein Vorschuss auf die Rate des nächsten Monats. Loosi sitzt auf dem Bett und denkt nach, und in seinem Rücken atmet Sanni, die sich irgendwann heute Nacht um ihn geschlungen hat. Jetzt liegt sie mit der Nase an seinem Steißbein. Die Arme um seine Hüfte gelegt.

Er kann es immer noch nicht glauben, dass sie ihm auf den Campingplatz gefolgt ist. Kaum hatte er seine Chihuahua-Racker bei Anna und Joseph abgeholt und seinen vw-Bus betreten, klebte Sannis Gesicht schon an der Fensterscheibe. Alles hat er probiert, um sie dazu zu bewegen, in die Klinik zurückzukehren. Sie war verletzt, dass er ihren gemeinsamen Plan verraten hat. Und je mehr er argumentierte, desto wissender schlich Luzi um Sannis Beine, während Chichi sie noch mit ihren Kulleraugen abcheckte. Als dann auch sie an Sannis Waden leckte, hatte er kapiert: Die kleinen Köter waren mal wieder schneller als er. Schließlich war auch er eingeknickt. Er musste Sanni nicht erklären, warum er abgehauen war. Sie hat nicht danach gefragt. Und als er sich jetzt zu ihr umdreht, hat er Angst, eine falsche Bewegung seines tumben Körpers könnte sie wieder vertreiben.

So behutsam er kann, beugt er sich über sie und küsst sie vorsichtig auf die Stirn.

»Wir müssen los.«

Sanni öffnet müde die Augen und strahlt, als sie ihn sieht.

Eine gute Stunde später sitzen sie zwischen anderen Wartenden im langen Gang des Jobcenters Hofheim am Taunus, sie waren leider nicht die Ersten, und Sannis Kopf liegt auf Loosis Schulter. In ihrer Hand dreht sie den Zettel mit der 397, und Loosi starrt ewig auf das Gerät mit den leuchtenden Zahlen, bis es Zeit ist, aufzuspringen. Jetzt nur das Richtige tun.

»Wie versprochen, frisch aus der Klinik, nüchtern und trocken«, ruft er noch in der Tür seiner rotmähnigen Sachbearbeiterin Frau Eleonore Steiner zu. Kraftvoll schüttelt er ihr die Hand und lehnt sich schwungvoll über den Tisch.

»Wollen Sie mal riechen?«

»Danke, nein.«

Von Steiners teilnahmsloser Stimme lässt er sich nicht aus der Ruhe bringen. Immerhin gelingt ihr ein höfliches »Schön, Sie gesund wiederzusehen« und: »Nehmen Sie doch bitte Platz.«

Loosi setzt sich. Sanni neben ihn.

»Ich habe einen Plan.«

Den hat er die Nacht über entwickelt, während er Sanni beim Schlafen zugesehen hat. Aufgeregt greift er nach ihrer Hand.

»Sie finden doch seit Jahren keine Arbeit für mich. Jetzt habe ich ein Angebot für Sie. Ich will eine Ich-AG aufziehen. Ich werde was machen, was ich wirklich kann. Autoservice. Reparaturen und so. Alte Karren aufmöbeln. Alles, was eine Werkstatt leisten muss. Und meine zukünftige Frau hier«, jetzt zwinkert er Sanni zu, wie sehr er Späßchen macht oder nicht, wer weiß das schon, »wird meine Sekretärin, macht die Termine und Steuern und den ganzen Kram.«

Sanni guckt etwas irritiert aus der Wäsche. Steiner zeigt sich wie immer unbeeindruckt. Wahrscheinlich hat sie Loosi noch nie gemocht. Wieso auch? Sie ist Dr. Jekyll, er Mr. Hyde. Mit strenger Miene scannt sie seine löchrige Hose und Sannis Kik-Hemdchen, das an ein Nachthemd erinnert.

»Die Ich-AG gibt es seit über zehn Jahren nicht mehr. Bezieher von ALG II können heute das Einstiegsgeld beantragen. Das ist nur eine Ermessensleistung, gegebenenfalls auch nur als Darlehen. Füllen Sie dazu bitte diese Unterlagen aus.« Sie gibt Loosi diverse Formulare, jeweils mehrseitig. »Zur Darstellung des Gründungsvorhabens, zur Kapitalbedarfs- und Finanzierungsplanung sowie zum Liquiditätsplan. Zur Einschätzung der Tragfähigkeit des Unternehmenskonzepts legen Sie außerdem bitte eine Umsatzrentabilitätsprognose bei.«

Sannis Aus-der-Wäsche-Blick wandert von Loosi zu Steiner. Auch der beeindruckt die Frau wenig. Loosi guckt kurz auf die Papiere in seinen Händen und wartet auf mehr. Eine Anweisung zum Beispiel. Aber für Steiner ist das Gespräch beendet.

»Mach ich. Danke. Kein Problem.«

Loosi nimmt die Papiere, zieht Sanni hinter sich her und lässt erst vor dem Jobcenter ihre Hand wieder los, um Luzi und Chichi, angekettet auf einer Rasenfläche von zwei Quadratmetern, einen Klaps zu geben und mit neuem Elan in die benachbarte Agentur für Arbeit zu eilen.

»Hast du auch nur ein Wort verstanden?«

Sanni hastet hinter ihm her.

»Alles«, winkt er ab.

»Und wie war das noch gleich mit deiner zukünftigen Frau?«

Sie kichert und küsst ihn auf die Wange.

Frau Dölckers ist Sannis Sachbearbeiterin und hört freundlich zu, als sie von der Angst vor ihrer Mutter, Tabletten und Liebe auf den ersten Blick erzählt.

Liebe! Mein Gott, Sanni!

Aber in der Kinderabteilung geht es anders zu als bei den Aussortierten, und schließlich trägt Sanni hoffnungsvoll ihr Anliegen vor.

»Jetzt wohne ich bei meinem Freund, und deswegen wäre es super, wenn Sie das Geld direkt an mich überweisen würden.«

»Das ist nicht leicht, aber möglich.« Loosi und Sanni grinsen wie Honigkuchenpferde, bis die freundliche Dame anfügt: »Dazu brauche ich nur die schriftliche Einverständniserklärung Ihrer Mutter.«

Eine Mittagspause der Bürokraten, diverse Terminverschiebungen und vier Stunden später trottet Sanni ihm mit hängendem Kopf zum letzten Termin des Tages hinterher. Natürlich hat ihre Mutter nicht zugestimmt. Und auch sonst lief nichts mehr rund. Als Loosi nun vor Erschöpfung fast ins Büro der Leistungsabteilung fällt, schafft er gerade noch so ein Lächeln, während Sachbearbeiter Heinz Lachner direkt loslegt.

»Für die Schnellbeantragung einer Wohnung müssen außergewöhnliche Umstände vorliegen. Das ist bei Ihnen nicht der Fall?«

Lachner fragt Sanni. Die schüttelt den Kopf.

»Und wegen des Mehrbedarfs für kostenaufwändige Ernährung bringen Sie mir einfach ein ärztliches Attest. Der Kollege ist Montag wieder im Haus.«

Es geht um lächerliche zweiundvierzig Euro vierzig!

Sanni drückt Loosis Hand. Als könnte sie seine Gedanken lesen.

Ihre Mägen knurren, und Chichi und Luzi hängen auch schon seit acht am Halsband vorm Amt. Haben gerade mal zwei Leckerli bekommen. Bei vierzehn Euro für dreizehn Tage Restmonat ist mehr nicht drin. Der Bus hat die Hälfte ihres Budgets gefressen, Sanni wollte partout nicht schwarzfahren. Wasser haben sie ein paarmal von der Besuchertoilette geholt, mit einem Pappbecher, den sie aus dem Mülleimer gefischt haben. Für sich und die Hunde. Einer blieb immer im Wartebereich, aus Angst, den Aufruf zu verpassen. Und jetzt sitzen sie endlich hier, nach dieser Scheißwarterei, ohne einen einzigen Happen Essen, und Lachner, mit seinen dreißig Jahren der Jüngste der Leistungsabteilung, war ihre letzte Hoffnung, auf die sie alles gesetzt hatten. Erst drei Monate ist er da. Bei der Alten davor hatte Loosi null Chance. Auch beim Arzt kriegt er das Attest nicht durch, hat er schon mehrmals probiert. Leberinsuffizienz zählt bei dem nicht, und die Niere ist ihm noch nicht weit genug im Arsch. Auch wenn Loosi schon viermal fast krepiert wäre. Was wollen die denn noch?

Um nicht zu explodieren, dreht Loosi seinen Kopf zur Wand, zählt die Flecken an der Tapete, es sind fünf, und schaut Lachner mit neuen Augen an.

»Wir kommen beide frisch aus der Entgiftung, wir sind geschwächt und brauchen das gesunde Essen heute, nicht –«

»Ohne Attest kann ich nichts für Sie tun.«

»Aber wir –«, nun unterbricht Sanni Loosi, indem sie seine Hand noch fester greift, während sie Lachner mit unschuldigen Augen anklimpert.

»Bitte helfen Sie uns. Jede Fahrt mit dem Bus hierher kostet uns hin und zurück sieben Euro pro Person. Wir haben schon seit drei Tagen nichts Ordentliches mehr gegessen und nicht mal mehr Geld für was zu trinken.«

Nicht schlecht.

»Da kann ich nichts machen«, Lachner legt den Kopf zur Seite. »Tut mir leid.«

Für einen Moment ist es still im Zimmer. Während Loosi überlegt, was er tun kann. Aber er überlegt nicht wirklich.

»Haben Sie auch nur einen blassen Schimmer, wie viel diese ganze Scheiße kostet? Sie haben es doch gerade gehört. Jede einzelne beschissene Fahrt. Zählen sie die mal zusammen. Und dann die ganze Zeit, die dabei draufgeht?«

Lachner nickt, als würde er verstehen, aber aus seinem Mund kommt ein schneidendes: »Wenn Sie als Arbeitsloser eins haben, dann doch wohl Zeit.«

Am liebsten würde Loosi dem Hanswurst mitten ins Gesicht schlagen.

»Du meinst also, ihr habt die Weisheit mit Löffeln gefressen, ja? Nur weil ihr auf der anderen Seite vom Schreibtisch sitzt?«

Demonstrativ nickt er in die entsprechende Richtung und sucht den Blick des Sachbearbeiters.

»Aber ist dir klar, was uns voneinander trennt?«

In Lachners Augen sieht er, dass es noch funktioniert. Den Gesichtsausdruck hat er jahrelang perfektioniert. Als es noch überlebenswichtig war, sein Gegenüber in die Knie zu zwingen. Und heute ist es überlebenswichtig, verdammt. Und Lachner wird tatsächlich unsicher. Nervös hantiert er mit einem Stift zwischen den Fingern, senkt den vor wenigen Minuten noch so arrogant gehobenen Kopf zum Telefon, und eine Stirnader tritt hervor. Aber in die Knie geht er nicht.

»Beruhigen Sie sich, wir haben unsere Regeln, Sie –«

Jetzt reicht es. Mit einem Ruck springt Loosi auf und wischt den Schreibtisch inklusive Computerbildschirm leer, rutscht mit seinem Stuhl in der Hand über das billige Schreibtischfurnier auf die andere Seite, setzt sich fünf Zentimeter neben Lachner, drückt die Nase fast auf die seine und haucht:

»Nur ein Wimpernschlag.«

13.

Als die Ausgangssperre vorbei ist, kann Michi Xandra mit etwas Mühe und viel Gerede davon überzeugen, dass er doch noch mal wegmuss. Zu Aziz. Aber Er muss versprechen, dass er dieses Mal rechtzeitig zurück ist.

»Bis zum Abend. Ganz sicher.«

Bevor Michi geht, greift Xandra seine Hand und erklärt mit hilfloser Bestimmtheit:

»Bayer hat gesagt, dass sie für uns vielleicht keine Familie finden werden.«

Ihre kurzen Fingernägel bohren sich in seine Haut.

»Dann kommst du in ein Jugendheim und ich in eins für Kinder. Das eine ist ab zwölf, das andere bis elf. Dann sehen wir uns vielleicht nie wieder.«

Ihre Nägel schmerzen, aber noch mehr schmerzt die Angst, die explosionsartig in seinen Kopf schießt.

»Und manchmal geht es ganz schnell«, sagt Xandra mit brüchiger Stimme. »Gestern noch glaubte Ines, sie bleibt für immer hier, heute früh war sie schon weg.«

»Wer ist Ines?«, hört er sich fragen, als ob ihn die Antwort interessiert.

»Eins der Seilmädchen.«

Seilmädchen.

So haben sie die drei genannt, die jeden Tag das Seil schwingen, mal träge, mal wütend, je nachdem, wie es ihnen geht und was ihnen am Tag widerfahren ist.

Xandras Griff krallt sich immer fester in seine Hand.

Er wird nicht zulassen, dass sie getrennt werden.

Auf keinen Fall.

Wer weiß, ob diese Heime überhaupt im Taunus sind.

Auf keinen Fall verlässt er den Taunus.

Er lässt nicht zu, dass ihm auch noch Xandra genommen wird, oder der Rest der Heimat, der ihnen geblieben ist.

Als er Xandras Hand drückt, meint er, was er sagt.

»Ich lasse das nicht zu.«

Xandra sagt nichts. Sie nickt auch nicht oder drückt seine Hand. Sie krallt ihre einfach nur fest in seine. Michi spürt, dass sie ihm nicht glaubt. Er weiß nicht mal, ob er sich selbst glauben soll.

Gemeinsam betrachten sie das vergilbte Haus, in dem sie momentan wohnen und dem er bisher wenig Beachtung geschenkt hat. Kein Schild verrät seinen Daseinszweck. Mit seinen kleinen Fenstern ähnelt es mit viel Phantasie ein wenig der Villa Kunterbunt. Aber hier blättert der Putz ab, der Garten ist ein karger Sandplatz, und die beiden Stockwerke beherbergen je zehn bis zwanzig junge Seelen auf Durchreise, die ohne ein Zuhause weit entfernt leben von Pippis, Annikas und Tommys Unbeschwertheit.

Michi ist froh, dass er die Werkstatt ohne Zwischenfall erreicht. In Rödelheim staute sich bereits der Berufsverkehr. Aber zum Glück hat ihn niemand angehalten. Vielleicht kann ihm Aziz, wenn er ihn findet, sogar mit einem Nummernschild helfen.

Aziz und seine Leute hatten schon immer Lösungen für

Probleme, bei denen Papa nicht mehr weiterwusste. Wie man ein kaputtes Auto durch den TÜV kriegt. Wie man nicht vorhandene Papiere ersetzt. Wie man vorhandene Papiere fälscht. Jedes Mal, wenn Papa davon Gebrauch gemacht hatte, redete Mama einen Abend lang nicht mit ihm. Aber ein paar Tage später war auch sie froh, dass das Problem gelöst war.

Wie ein verängstigter Hund schiebt Michi das Mofa in die Halle, die bis vor Kurzem noch sein erweitertes Zuhause war. Einige der Arbeiter kennt er, aber noch sieht er kein wirklich vertrautes Gesicht. Zum Glück wagt es niemand, ihn anzusprechen. Sein Herz hüpft vor Erleichterung, als er Aziz' Wuschelkopf unter der Hebebühne entdeckt, an der er immer arbeitet. Hat Schneider überhaupt nach ihm gesucht?

»Aziz!«

Sein Schrei klingt etwas zu mädchenhaft und echot peinlich von den hohen Steinmauern. Aber Michi kann seine Freude nicht verbergen.

Sofort dreht Aziz sich zu ihm um.

»Michi?«

Aziz legt den Federspanner auf den Reifen unter dem Saab, an dem er arbeitet, und geht Michi aufgeregt entgegen.

»Michi!«

Michi stellt sein Mofa ab, und ehe er sich versieht, stürzt er sich in Aziz' weit geöffnete Arme. Ein bisschen unangenehm ist das schon. Ein paar Arbeiter drehen sich zu ihnen um. Aber die Nähe des Mannes, der ihn nach seinen Eltern am längsten kennt, tut gut.

Für einen Moment ist alles wie früher. Der weiche

Bauch, der unter den gestählten Muskeln Halt bietet. Das schweißnasse T-Shirt, das an Michis Wange kleben bleibt. Die vertraute Mischung aus Körpergeruch, Motoröl und Benzin. Am liebsten will Michi Aziz nie mehr loslassen, aber er weiß, dass er loslassen muss.

Als er sich aus der Umarmung befreit, gibt sich Aziz große Mühe, sein strahlendstes Lächeln zu präsentieren, und zeigt die breite Reihe seiner großen weißen Zähne. Es strahlt die gleiche Fröhlichkeit aus, die Michi immer an Aziz geliebt hat, aber seine Augen lachen nicht mit.

Warum weiß er schon Bescheid?

»Woher weißt du Bescheid?«

Michi schnürt es die Kehle zu.

»Wieso warst du nicht auf der Beerdigung?«

Aziz schaut ihn schuldbewusst an.

»Wieso hast du dich nicht beim Jugendamt gemeldet? Die haben dich doch gesucht!«

Michis Schrei echot in der Halle. Aber es kümmert ihn nicht. Er fühlt sich verraten.

»Michi, bitte, du musst verstehen ...«

Aziz macht einen Schritt auf ihn zu und senkt die Stimme. Perfekt ist sein Deutsch immer noch nicht. Manchmal benutzt er einen komischen Satzbau. Aber Michi liebt seinen arabischen Akzent mit dem weich rollenden R und den hauchenden Lauten.

»Ich habe keine Papiere.«

Nervös fuchtelt Michi mit seinen Händen.

»Schneider ist nicht von der Polizei, der ist vom Amt, für Jugendliche, der interessiert sich nicht für Autos.«

Aziz schüttelt verzweifelt den Kopf. So hat Michi ihn selten gesehen.

»Nicht für Autos, ich habe keine Papiere für Deutschland.«

Michi braucht einen Moment, um zu verstehen, was das bedeutet. Für Aziz. Für ihn. Und für Xandra.

»Du bist illegal in Deutschland?«

Aziz nickt.

»Aber ...«

»Der Mann vom Amt, Ibrahim hat mit ihm gesprochen. Du kennst Ibrahim?«

Michi nickt.

»Für Ämter ist besser, wenn ich nicht mit ihnen spreche. Ich kann nicht zurück nach Marokko. Du kennst meine Frau. Sie kriegt bald ein Kind. Für Kinder ist Deutschland besser. Viel besser.«

Aziz senkt den Kopf wie ein getretener Hund. Das nützt Michi jetzt gar nichts.

»Ich war nicht auf der Beerdigung. Aber ... ich war am Grab«, es fällt ihm schwer, das zu sagen. »Ich bin so traurig für dich. Und Xandra.«

»Wussten meine Eltern davon?«

»Ja.«

»Aber ...«, Michis Mund ist plötzlich ganz trocken. »Warum haben sie uns nichts gesagt?«

»Damit ihr nichts sagt, zur Polizei.«

Damit sie sich nicht verplappern konnten.

Damit Aziz nicht abgeschoben wird.

Wie Mama das wohl fand?

Aber Michi weiß die Antwort, sie wollte immer allen helfen.

»Bitte, Aziz, du musst uns zu dir nehmen!«

Michi ahnt, dass das nicht geht, aber ...

»Vielleicht, vielleicht kriegst du die Aufenthaltsgeneh-
migung, Papiere, wenn du uns zu dir nimmst! Vielleicht,
wenn ich Schneider alles erkläre –«

Aziz' Gesichtsausdruck stoppt Michi. Aziz sieht aus,
als würde er jeden Moment anfangen zu weinen. Dann
schüttelt er den Kopf. So ruhig, so bestimmt, dass Michi
versteht, dass jedes weitere Wort vergebens wäre. Wenn
Aziz eine Möglichkeit gesehen hätte, hätte er sich längst
erkundigt. Schon in seinem eigenen Interesse. Angesichts
seiner Situation. Wenn eine Adoption etwas daran ändern würde.

»Ich bin so traurig für dich, bitte, glaub mir.«

Michi nickt.

Er spürt, wie es ihm immer weiter die Kehle zuschnürt.

Traurig, denkt Michi, traurig, verdammte Scheiße.

Das

ist

nicht nur traurig.

Das ist die beschissenste Scheiße überhaupt.

Mit aller Kraft tritt er gegen sein Mofa. Es fällt mit lautem Knall auf den Boden. Der Spiegel ist zerbrochen. Der
Lenker verbogen. Aber in diesem Moment ist Michi alles
egal, und er schreit und schlägt auf Aziz ein, der ihn ge-
währen lässt.

Nachdem Michi durchgeatmet hat, spendiert Aziz ihm
eine Cola und einen Burger am Werkstattimbiss und hilft
ihm, das Mofa zu reparieren. Ein Nummernschild will er
ihm aber nicht besorgen.

»Deine Mutter würde das nicht wollen. Und dein Vater
auch nicht. Wann wirst du fünfzehn?«

Aber Michi hat ein schlagendes Argument:

»Meine Eltern würden wollen, dass du mich und Xandra zu dir nimmst.«

Auch wenn Michi versteht, dass Aziz die Hände gebunden sind, kann er seine Enttäuschung nicht verbergen. Die verdammte Wut, dass er ohnmächtig zusehen muss, wie nicht Aziz, sondern Xandra und er abgeschoben werden, wenn auch nicht in ein anderes Land, so fühlt sich doch alles, was kommen kann, nach Fremde an.

Danach muss er nur eine weitere Stunde warten, dann ist auch das Nummernschild da. Aziz schraubt es sogar für ihn an. Mit sichtbar schlechtem Gewissen und noch größerem Unbehagen.

»Pass auf dich auf«, sagt Aziz zum Abschied so herzlich, wie Michi es sonst nur aus dem Mund seiner Mutter gehört hat, und klopft ihm auf die Schulter, als würden sie sich nie wiedersehen.

Michi hat gerade noch die Kraft, aus der Halle zu fahren, an einem Auto vorbei, das ihn fast überfährt, runter vom Hof, in die nächste Seitenstraße. Dort hält er an, steigt mit weichen Knien vom Mofa und setzt sich auf den Bürgersteig.

Eine Liedzeile geistert ihm durch den Kopf. Von einem Lied, das ihre Mutter manchmal gehört hat.

You don't know what you got, till it's gone.

Englisch war nie sein bestes Fach, überhaupt war er nicht gut in der Schule. Aber die Zeile versteht er. Jetzt, da Aziz ihm die letzte Hoffnung genommen hat, versteht er, dass Aziz seine letzte Hoffnung war.

Er kann so nicht zurück zu Xandra.

Er darf so nicht zurück zu ihr.

Er will so nicht zurück zu ihr.

Er braucht eine Lösung. Für dieses kackfickbeschissene Kotzproblem, das da heißt: Seine Eltern sind verdammt noch mal tot!

»Meine Eltern sind verdammt noch mal tot!«, hört er sich brüllen. »Meine Eltern, meine go...«, ihm bricht die Stimme weg, »... meine gottverdammten Eltern sind Gott-verfickt-noch-mal tot!«

Er fühlt das Vibrieren in seiner Brust, er hört den Nachhall seiner Worte, die Heiserkeit in seinen Stimmbändern. Er fühlt seinen Körper beben, während er aufspringt und in die Welt schreit, was niemanden interessiert, niemanden außer ihm.

»Meine! Eltern! Sind! Tot!!!«

Ein Fenster geht auf. Ein Mann mit fleischigem Gesicht von zu viel Fernsehen und Schwein brüllt zurück:

»Meine auch, und jetzt halt die Klappe, oder ich rufe die Polizei!«

»Mach doch!«, kreischt Michi zurück und rennt auf das Haus zu. Der Mann knallt das Fenster zu, und Michi hält schlagartig inne.

Auf keinen Fall die Polizei.

Rasch rennt er zurück zu seinem Mofa und rast davon. Er fährt, so schnell er kann, gibt Gas, brüllt alles, was ihm noch einfällt, in den Fahrtwind und klammert sich am Lenker fest, dem Einzigen, was er noch unter Kontrolle zu haben scheint. Tränen schießen ihm in die Augen. Sie wollen nicht mehr aufhören, und das warme Nass auf seinen Wangen ist seit Wochen das erste erträgliche Gefühl. Zum Glück geht sein Schluchzen im Knattern des Motors unter.

14.

Chichi hat Glück. Sie liegt in Sannis Arm. Luzi hat Pech. Jaulend windet sie sich gegen den Zug des Halsbands. Sie wird von ihrem Herrchen hinter sich hergeschliffen, der auf sein kleines Heim zumarschiert und nichts mehr wahrnimmt außer seiner Wut. Auch nicht, dass er das Hündchen seit einer halben Stunde würgt. Bis Sanni es ihm sagt. Wahrscheinlich hat sie seit der Haltestelle überlegt, wie sie es formulieren soll. Das Ergebnis ist:

»Ich glaube, Luzi kriegt keine Luft.«

Das Beste, was Loosi hinkriegt, ist eisernes Schweigen.

Schon den ganzen Weg schlich Sanni selbst wie ein Hündchen um ihn herum. Jetzt schmeißt er ihr die Leine an den Kopf, und Luzi bleibt verschreckt stehen. Sanni befreit sich von der Leine und setzt Chichi ab. Die Hunde verstecken sich hinter Sanni, und Loosi kann sie verstehen.

Die beiden kennen sie schon, seine unbändige Wut auf den angeblichen Sozialstaat. Und auf sich selbst. Sie überfällt ihn jedes Mal, wenn er der Wahrheit ins Gesicht guckt, seiner Wahrheit. Sanni kann sie kaum ahnen. Er hofft, dass sie nicht fragt, nach seinen Vorstrafen, die die Bullen natürlich angesprochen haben, als sie nach seinem Ausraster ins Amt kamen. Und dass Anna und Joseph ihren Mund halten. Liebes Universum, lass Sanni bloß nicht nach seinem Leben fragen. Aber für den Fall, dass das Universum nicht hilft, brüllt er schon mal prophylaktisch und lässt ihr keine Zeit zum Verschnaufen, zum Denken, zum Vermuten, dass das Ganze an ihm liegen könnte.

»Das ist alles nur, weil dein scheiß Kindergeld fehlt!«

»Ja.« Sanni traut sich nur noch zu flüstern und lässt Chichi nicht aus den Augen. »Die zweiundvierzig Euro kriegen wir, glaube ich, auch nicht mehr.«

»Ach, du meinst, es geht um zweiundvierzig Euro?!«

Mehrmals rutscht er mit dem Busschlüssel am Schloss ab.

»*Ich* werde den ganzen Scheiß zahlen, den der in Rechnung stellt. Nicht wir. *Ich!* Ich brauche vier Jahre, um die zweitausendachthundert abzustottern. Und weißt du, wie viel Schulden ich auch ohne den Scheiß schon habe? Und alles nur, weil deine Mutter dein Geld kassiert!«

Er spürt, dass alle Augen auf ihn gerichtet sind. Von Sanni, von Luzi, von Chichi, von Anna, von Joseph, der ihn nur noch auslacht, und die fragenden Augen der Therapeutin. Der verdammten, hoffnungsvollen »Therapeutin«. Auch wenn sie nicht da ist.

Was erwarten sie denn alle von ihm?

Er hat nichts mehr zu geben!

Er will auch nichts mehr geben.

Er will einfach nur noch Ruhe. Er hat so eine Gefühlsscheiße noch nie ausgehalten. Es ist doch alles viel zu spät. Als ob mit Sanni noch mal alles anders werden könnte. Und obwohl er weiß, dass er es bereuen wird, sagt er auf einmal:

»Hau ab.«

Wie von der Tarantel gestochen dreht er sich um.

»Ich habe es dir schon mal gesagt. Lass mich in Ruhe! Was willst du verdammt noch mal von mir!«

Sein Schrei hallt durchs ganze Tal bis zur anderen Seite des Campingplatzes, da, wo sich das kleine Dörfchen auf den Hügel erstreckt. Die gemütlichen Häuschen, von denen er so viele Jahre geträumt hat. In einem davon hat er mal gewohnt. Zurück hat er es nie wieder geschafft. Das wird nichts mehr. Zumindest nicht in diesem Leben.

Sanni bleibt wie angewurzelt stehen. Er will ihr noch was sagen, irgendwas anderes. Aber ihm fällt nichts ein. Als er in den Bus steigt, klettert Sanni ihm nach und guckt, guckt und wartet, ihre Augen voll von naivem Glauben daran, dass alles gut wird. Gleichzeitig bebt sie – vor Angst. Ihr Herz klopft so stark, dass er glaubt, es zu hören.

Seins auch.

»Es ist so kalt hier«, sagt Sanni irgendwann. Sie spricht leise.

Monatelang hatte er gekämpft um den einzigen Schattenplatz, er braucht den Schattenplatz, hat er gesagt, den Schattenplatz für das Schattengewächs. Vielleicht meint Sanni aber nicht die Temperatur, doch er kann sich nicht mehr konzentrieren. Das Einzige, was er noch wahrnimmt, ist ihre bebende Brust. Mein Gott, wie lang hat er nicht mehr gefickt, und bevor er weiß, was er tut, ist seine Hand in ihrem Schritt.

Sanni kichert, bis sie merkt, worum es geht.

Das Scheißding will nicht aufgehen. Loosi zieht an dem Knopf, am Reißverschluss, an der Hose, spürt die Hitze zwischen Schamhaar und Stoff. Mit einem Ruck reißt er seine eigene Hose runter, wirft Sanni aufs Bett, sie guckt ihn mit erschrockenen Augen an, aber er nimmt sie nicht wahr, will sie nicht wahrnehmen, reißt nur wie blöd an ihrer Hose und den Beinen, sie sollen auseinandergehen, auseinander, ausei-

»Loosi!«

Er starrt sie an. Und plötzlich ist ihm das Ganze nur noch unendlich peinlich.

»Raus!« Er schmeißt Sanni mit aller Kraft vom Bett. »Hau ab! Hau ab aus meinem Leben!«

Ihr kleiner Körper klatscht mit voller Wucht gegen den Kühlschrank, wehrlos gegen seine Gewalt. Sie stöhnt auf vor Schmerz. Der Griff hat sich in ihr Schulterblatt gebohrt. Und bevor sie überhaupt irgendwas denken kann, springt er ihr nach, packt sie am Ärmel und schleift sie über den Boden.

»Raus aus meinem Bus!«

Ab da geht alles ganz schnell.

Ein alter Knacker schlägt um sich, verzweifelt über sein eigenes Versagen.

Ein verwirrtes Lämmchen schnappt nach Jacke und Rucksack, fällt aus dem Bus und eilt davon.

Loosis Herz rast, sein Kopf dröhnt, die durstige Kehle schreit: Versagt, versagt, du hast wieder versagt! Den ganzen Tag schon versagt! Dein ganzes Leben versagt! Und jetzt hat sie ihn völlig, die Wut, diese unbändige gottbeschissene Wut auf den King, der ihn zu dem Krüppel gemacht hat, der er heute ist!

»Scheiße!«

Gott, wie er diesen Wahnsinnigen hasst! Wie gern er ihn ausgelöscht hätte, mit Haut und Haaren! Aber das hat er bisher nicht geschafft, und er wird es auch nicht mehr schaffen. Weil ihm noch nie irgendwas gelungen ist.

»Ich haaasse dich!«

Er kann sein Beben nicht mehr beherrschen.

Und seine Kehle brennt.

Er durchwühlt Kühlschrank, Kisten und Müll.

Den noch halb vollen Zaranoff muss Anna sich gekrallt haben, während sie weg waren. Wie ein Tier reißt er die Matratze hoch, klettert in den Fahrerraum, durchsucht das Handschuhfach, den Aschenbecher, jedes seiner Verstecke vor sich selbst, sucht sogar unter den Fußmatten, wo er einst in Alkohol getränkte Kaugummis gebunkert hat.

Irgendwas muss noch da sein,

Pralinen,

Brandbohnen ...

Nichts!

Er hustet,

guckt sich um,

scannt das Feld. Neben der Zahnbürste die Mundspülung. Achtundzwanzig Prozent reiner Alkohol. Lächerlich. Zahnfleischbluten rettet ihn über die nächste Stunde hinweg.

Zurück im Wohnraum, setzt er an, das Zeug zu trinken. Chichi und Luzi stehen mit gespitzten Ohren auf dem Bett und beobachten ihn, als ob sie wieder mehr wüssten als er. Und scheiße, Mann, die beschissenen Kläffer haben immer recht!

»Scheiße! Scheiße! Scheiße!«

Samt Verpackung pfeffert Loosi die Spülung von sich.

»Leckt mich doch alle!«

Er schreit.

»Fickt mich einfach in den Arsch!!«

Er hört die Wohnwagentür, Annas Lallen.

»Wann kriegen wir die zwanzig Euro?«

Die zwanzig Euro dafür, dass sie Chichi und Luzi während seiner Abwesenheit treten konnten, wie sie wollten, während sie sie fütterten!

Gott, wie er sich und sein Leben hasst!

In den Gläsern, aus denen sie ihren Billigwein eimern, spiegelt sich die Sonne, warm und samten, und Loosi versucht, dem Kitzel zu widerstehen, doch je mehr er sich vor dem Flimmern versteckt, desto vehementer blendet das Glas – und lockt.

Weggucken.

Geht nicht.

Seine Kehle.

Er hustet.

Schreit.

Trocken!

Verdammt trocken.

Erst jetzt fällt ihm auf, wie trocken.

Seine Kehle brennt wie Sau!

Er reißt den Blick los vom Glas, guckt auf Anna, Joseph, brüllt, brüllt, und die Hunde ducken sich.

»Ihr verdammten Ficker, alle noch mal!«

Danach zerbricht die Holzwand, die das Bett trägt, unter seinen Tritten. Stühle fliegen plötzlich quer über den Platz. Er sieht nicht mehr, wohin seine Beine ausschwärmen und was sie treffen, was seine Arme greifen und vernichten, bis seine Lunge wieder beginnt, sich selbst auszukotzen.

Anna schimpft etwas wie »Herrje!«.

Joseph lacht Loosi wieder einmal schallend aus.

Und unter bellendem Husten schleppt Loosi sich Richtung Bett. Irgendwann muss die Wut doch mal ein Ende haben. Loosi fällt, stößt gegen die Heckklappe, die springt auf, und er poltert mit Karacho in den Dreck. Da, wo er hingehört.

Richtig so. Er würgt, denn der Aufprall hat ihm die Kehle zugedrückt. Verdammt, wieso sollte er noch mal aufstehen?

Keuchend starrt er die Heckklappe an.

Und atmet durch.

Scheiße, Mann.

Ein.

Erst jetzt kapiert er, was er mit Sanni angestellt hat.

Aus.

Wenn sie sich jetzt was antut.

Ein.

Seinetwegen.

Aus.

Bitte.

Ein. Einundzwanzig.

Sanni.

Aus. Zweiundzwanzig.

Sanni.

Ein. Dreiundzwanzig.

Er muss los.

Aus. Vierundzwanzig.

Er muss sie suchen.

Ein. Fünfundzwanzig.

Was machst du nur?!

Aus. Sechsundzwanzig.

Ein. Siebenundzwanzig.

Er muss los. Die Abendsonne drückt auf seine Stirn, während die schwüle Luft seine Lunge hinabgleitet. Von der Kälte des Busses keine Spur mehr, es ist die Luft eines sich dem Ende neigenden Sommertags, den er vermasselt hat.

Aus. Achtundzwanzig. Er hat den einzigen Menschen fortgejagt, der es noch mal ehrlich mit ihm gemeint hat.

Ein.

Aus.

Was sitzt er hier noch?

Aus.

Er pfeift.

Es ist aus.

Oder?

Oder?

Die Hündchen eilen herbei. Loosi steht auf. Schließt den Bus ab und rennt die Böschung hinauf in den Wald, in den er Sanni hat flüchten sehen, als ginge es um sein Leben.

»Sanni!«

Anfangs ist sein Rufen noch ein Befehl. Sanni hat zurückzukommen. So eine Scheiße kann sie ihm jetzt nicht antun. Aber je tiefer er eindringt in das braungrüne Dunkel jenseits der Straße, je öfter er ihren Namen ruft, je länger keine Antwort kommt, desto klarer wird ihm, dass er schon lange nicht mehr in der Position ist, dem Schicksal oder auch nur irgendjemandem Order zu erteilen.

»Sanni?«

Immer kleinlauter hallt sein Rufen durch Eichen und Tannen, die sein Irren stoisch beäugen. Immer klarer wird ihm, dass nicht sie ihn, sondern er sie um Verzeihung bitten muss.

Wie konnte es überhaupt so weit kommen?

Was war es noch mal, das ihn hierhergebracht hat?

Auf den Platz.

In den Wald.

Keine Zeit zum Grübeln. Es geht um Sanni. Jetzt nur Sanni, das Einzige, was jetzt zählt. Wieso hatte er sie überhaupt in der Klinik zurückgelassen?

»Sanni!«

Bitte.

»Saaanniiiii!«

Erst als er sich kaum noch aufrecht halten kann, gibt Loosi auf. Inzwischen ist es dunkel geworden. Erschöpft schleppt er sich über die Landstraße und überlegt kurz, ob er die Polizei rufen soll. Aber schnell ist ihm klar, dass das keine Option ist, nach dem, was passiert ist.

Weil er sich ablenken muss, um nicht durchzudrehen und nicht immer auf die drei Tetra Paks Fusel auf Annas und Josephs Terrasse zu starren, beginnt er, wie ein Wilder den Bus zu putzen. Obwohl er vom Rennen durch den Wald eigentlich vollkommen fertig ist.

Er wischt. Schrubbt. Poliert. Drei Stunden lang.

Schleppt zehnmal Wasser von den sanitären Anlagen zum Bus, das automatische Licht in den Duschen geht an und aus und an und aus. Ab und zu wacht ein Nachbar auf und schimpft, mal fliegt eine Fledermaus über seinen Kopf. Er fühlt sich immer einsamer, je weiter die Nacht fortschreitet, noch einsamer als die vielen endlosen Jahre zuvor.

Luzi und Chichi beobachten ihn interessiert, seit sie im Wald waren. Bis sie müde werden von seinem Wahn. Er selbst kann sich kaum noch bewegen, alle Muskeln schmerzen. Er setzt sich zwischen die beiden. Sie legen ihre Köpfe in seinen Schoß und vergraben da schließlich ihre Schnauzen in den Pfoten.

Immer nur die nächsten vierundzwanzig Stunden, denkt er, immer nur vierundzwanzig Stunden.

Er liegt immer noch mit offenen Augen im Dunkeln, als Chichi und Luzi auf einmal aus dem Bett springen, zur Tür rasen und kläffen.

»Ich bringe sie um, Loosi, ich bringe deine scheiß Köter um!«

Annas Fluchen dringt aus ihrem Wohnwagen.

Er öffnet die Tür, doch noch bevor er antworten kann, biegt eine kleine Gestalt um die Ecke seines Stellplatzes. Die Hündchen stürzen hinaus.

Vor Erleichterung will Loosi am liebsten schreien.

Aber er hält die Klappe.

Wartet.

Bis Sanni leise an den Bus tritt, hereinschaut und nach einem kurzen Moment flüstert:

»Schick mich nicht mehr weg.«

Luzi und Chichi halten endlich ihre Mäuler.

Unverändert schaut Sanni auf den Boden.

»Schick mich nicht mehr weg.«

Scheiße, verdammt, genau das sollte er tun.

Stattdessen flüstert er:

»Ich schicke dich nie mehr weg.«

»Versprich es.«

»Ich verspreche es.«

Schnell zieht Loosi Sanni in seine Arme, und Sanni nimmt seine Umarmung an. Ihr weicher Körper umfließt seine abgemagerten Knochen, und Loosi hält Sanni, bestimmt zehn Minuten. Wenn er nur ein Mal was richtig machen könnte in seinem Leben. Nur ein einziges Mal. Dann wäre vielleicht nicht alles umsonst gewesen. Immer enger schmiegt sie sich an ihn, und er klammert sich immer fester an sie und sagt, so deutlich er noch kann:

»Lass mich nicht mehr los.«

Seine Tränen laufen über ihr Ohrläppchen.

»Lass mich nie mehr los.«

15.

Michi sitzt am Boden und checkt die Lage. Es können Stunden gewesen sein, die er im Wald herumgeirrt ist. Längst hat er sein Gefühl für Zeit verloren.

Nach seinem erfolglosen Besuch in der Werkstatt hat er seine Schulfreunde abgeklappert. Die ersten beiden waren nicht da. In ihren Briefkästen hat er Zettel mit der Bitte um einen Rückruf bei Schneider hinterlassen. Den anderen, die ihm die Tür geöffnet haben, hat zunächst alles furchtbar leidgetan. Vor allem den Eltern. Nicht enden wollende Wogen des Mitgefühls sind über ihn hereingebrochen. Trauer über den Tod. Über seinen Verlust. Vorträge darüber, wie wichtig es sei, immer das zu tun, was Frau Bayer sagt, oder Schneider, oder die Psycho-Leutner. Dass Michi immer kommen könne, wann er will. Aber den beiden Waisen wirklich ein Zuhause bieten?

»Oh, Michi, es tut uns ja so leid.«

Dann hat er Kuchen oder Snickers und Eistee bekommen. Seine Freunde haben fast nichts gesagt. Und am Ende haben die Eltern, die Xandra und ihn nicht zu sich nehmen wollen, alle die gleichen Fragen gestellt:

»Bist du nicht erst vierzehn? Woher hast du das Mofa?«

Das war immer der Punkt, an dem er gegangen ist.

Schließlich fiel ihm das Adressbuch seines Vaters ein, und er ist noch einmal zu ihrem Haus gefahren, um es zu suchen. Der Höhepunkt eines Tages, an dem alles schiefgelaufen ist. Wie ein Idiot stand er vor der mit neuen Schlössern gesicherten Haustür. Nicht mal durchs Fenster einsteigen konnte er. Alle Rollläden waren runtergelassen. Nur in die Garage ist er gekommen, da passte der Schlüssel noch, und er hat sich ein paar von Papas Werkzeugen eingepackt, die er für sein Mofa brauchen kann.

Erst als es zu dämmern begann, hat er gemerkt, wie spät es geworden war. Er hat sich auf sein Mofa geschwungen und wollte eine Abkürzung nehmen, damit er schneller zurück ins Heim kommt. Am Campingplatz ist er über den Fluss gefahren und dann auf einen Waldweg abgebogen. Aber obwohl er die Gegend wie seine Westentasche kennt – wie oft ist er hier mit seinen Eltern spazieren gegangen –, hat er sich verfahren. Irgendwie ist er dabei immer tiefer in den Wald eingedrungen, auf einmal war auch noch das Benzin alle, und er musste das Mofa schieben, ohne Licht und ohne Plan, wo er überhaupt war.

Aus Gewohnheit blickt er auf sein linkes Handgelenk. Immer wieder vergisst er, dass seine Uhr beim Aufprall stehengeblieben ist. Auf ihr wird es immer kurz vor sieben sein.

Inzwischen weiß er in etwa wieder, wo er ist. An einer Grillwiese, wo sich die älteren Schloßborner Jugendlichen gern treffen. Er hockt hinter einem Strauch, der Geruch von frischem Moos steigt ihm in die Nase, seine Knie drücken in den feuchten Waldboden. Durch die Äste beobachtet er vier Jugendliche, die auf der Lichtung trinken und lachen. Ein Lagerfeuer lässt Licht und Schatten auf ihren Gesichtern tanzen, und aus dem Ghettoblaster besingt Farin Urlaub Westerland.

Einen der vier kennt er. Lasse. Der coolste Typ aus

Schloßborn. Jeder Junge sucht seine Anerkennung, jedes Mädchen will einen Kuss von ihm. Schon immer hat Michi fasziniert, wie Lasse mit einem einzigen Wort für Ruhe sorgt und alle in seinen Bann zieht.

Gewohnheitsmäßig registriert Michi sämtliche Fahrzeuge. Da wäre Lasses roter vw T2. Außerdem sein Audi 80, mit dem er schon mehrmals vor der Polizei abgehauen sein soll. Und neben der Grillstelle steht eine blaue Yamaha DT 80 LC. Sie muss dem Blonden gehören, der mit Natalie rumknutscht, dem schönsten Mädchen aus Schloßborn. Michi hat noch nie mit ihr geredet, natürlich nicht, aber jeder kennt ihren Namen. Bräuchte er keinen Sprit, würde er weiterziehen. Lasse und seinen Leuten ausgerechnet in einem derart desolaten Zustand zu begegnen, ist nicht cool, geht eigentlich gar nicht.

Einen Moment noch zögert Michi, dann klettert er aus seinem Versteck, schiebt das durstige Mofa über die Anhöhe und hofft, dass er keinen Fehler macht.

»Nee, is' klar«, sagt der Blonde.

Natalie kichert. »Fahr in Urlaub mit Farin Urlaub.«

»Nee, is' klar«, antwortet ihr Freund wieder, und je näher Michi der Gruppe kommt, desto mehr ärgert ihn, dass die *beste Band der Welt* von Sehnsucht singt.

Die beiden können sich kaum halten vor Lachen, Michi aber fühlt sich, als hätte er einen Stock verschluckt, und stolpert über seine eigenen Füße.

Erst jetzt kann er das vierte und letzte Mitglied der Gruppe richtig sehen. Das Mädchen tanzt mit geschlossenen Augen, die Nase hoch in die Luft gestreckt. Ihre zarten Füße sind nackt, ihren wehenden Rock wiegt sie wie ein Dirigent im Takt der Musik. So wirbelt sie in gleichbleibendem Abstand sicher um das Lagerfeuer, und ihre sich rhythmisch wiederholenden Bewegungen wirken wie hypnotisierend auf Michi. Er kann sich nur schwer von ihrem Anblick lösen, wendet sich dann aber endlich Lasse zu. Der gibt dem Blonden gerade eine dicke Zigarette, die Michi als Joint identifiziert. Der Blonde löst sich dafür von Natalie und ist der Erste, der Michi wahrnimmt.

»Sieh an, der Sohn vom Mechaniker.«

Seine Stimme klingt feindselig.

Lasse und Natalie drehen sich zu Michi, die Tänzerin wirbelt weiter, während der Blonde lacht.

»Ich dachte, ihr seid, warte, jetzt kommt es ...«, er dreht sich zu Natalie um: »... im Urlaub?«

»Nee, is' klar«, schießt es aus ihr heraus, und alle lachen, außer dem tanzenden Mädchen.

Michi würde gern mit einstimmen, aber aus ihm kommt nur ein trauriges »Habt ihr Sprit?«.

Die drei Raucher halten inne und beäugen Michi, bis aus dem Blonden herausbricht: »Der Sohn vom Kfz-Meister hat keinen Sprit!«

Natalie kriegt einen Lachanfall. Immer wieder murmeln sie und der Blonde gleichzeitig »Nee, is' klar« und schießen neue Lachsalven ab. Michi will sich am liebsten umdrehen und gehen. Endlich sagt Lasse, unerwartet ernst:

»Das ist nicht mehr lustig.«

Ein letztes »nee, is' klar« entwischt dem Blonden, und er kassiert einen bösen Blick von Lasse.

»Das mit deinen Eltern ... tut mir leid. Echt.«

Natalie zuckt zusammen, als wollte sie Lasse fragen: Was ist mit seinen Eltern?

Es ist also noch nicht zu allen durchgedrungen. Michi will es Natalie nicht erklären und ist froh, dass auch Lasse nicht auf die unausgesprochene Frage antwortet. Aber er spürt, wie seine Unterlippe zittert. Hastig weicht er Lasses ungewohnt sanftem Blick aus. Heulen ist das Letzte, was er jetzt braucht.

Für einen Moment herrscht Stille. Alle gucken sich an. Niemand weiß, was zu tun ist. Der Blonde reicht den Joint an Natalie weiter, steht auf und kickt eine der auf den Boden verstreuten leeren Bierflaschen weg.

»Ich hole Nachschub.«

»Bring ihm Sprit mit«, sagt Lasse.

»Was?«

»Ich habe gesagt, bring ihm Sprit mit.«

Der Blonde hebt die Arme mit einer Geste, die so was sagen soll wie: Häh?

Lasse beachtet ihn nicht. Er mustert Michi mit einer Mischung aus Neugier und Mitgefühl. Als der Blonde merkt, dass er nicht mehr im Mittelpunkt steht, wirft er mit müdem Zucken einer Augenbraue die Yamaha an. Kläglich jault sie auf, um keine Sekunde später wieder zu verstummen. Ein paarmal versucht er noch sein Glück, aber die Yamaha wehrt sich.

»Darf ich mal?«

Noch bevor der Blonde antworten kann, checkt Michi das Zündkabel. Bingo. Er kramt sein Taschenmesser aus seinem Rucksack, schneidet die poröse Spitze des Kabels ab und steckt es zurück auf die Zündkerze. Als der Blonde es erneut probiert, springt die Maschine an. Ein Lächeln huscht über Michis Lippen.

Einen Moment starrt der Blonde ihn an. Dann erwidert er das Lächeln und rauscht mit den Worten »Ich bin Tommek« davon.

Michi atmet durch.

Kurz.

Dann hört er:

»Ich bin Natalie.«

Sie hält ihm den Joint hin.

Er nimmt ihn und wartet auf etwas, wovon er nicht weiß, was es ist. Sein Blick bleibt an den Chipstüten neben den leeren Bierflaschen hängen.

»Greif zu.« Lasse nickt Richtung Chips. »Und setz dich. Das dauert, bis der zurück ist.«

Wie einen glitschigen Fisch, den man schnell loswerden, aber nicht fallen lassen will, dreht Michi den Joint ungelenk um die eigene Achse. Die paarmal, die er Hasch probiert hat, hatte er sich die halbe Lunge ausgehustet, und eine solche Blamage will er sich heute um jeden Preis ersparen.

Das tanzende Mädchen rettet die Situation. Unvermittelt steht sie neben ihm und nimmt ihm den Joint ab. In ihrem Blick liegt etwas Geheimnisvolles. Scheinbar ausdruckslos und trotzdem allwissend. So kommt es Michi zumindest vor. Desinteresse, das keins ist. Im Gegenteil, eine Art selbstverständliche Achtsamkeit, wie Michi sie in der Art noch nicht erlebt hat. Sie nimmt einen tiefen Zug und kommt ganz nah, ihr Gesicht vor seinem.

»Mach den Mund auf.«

Schon durch den ersten winzigen Hauch, der ihn erreicht, muss er husten. Er hat nicht nur Schiss, sich zu blamieren, er hat auch Schiss vor dem Rausch, Schiss vor Mamas Schelte, die nicht mehr kommen wird, Schiss vor allem, was stattdessen kommt – aber irgendwie spürt er auch: Es ist okay. Wenn das Mädchen will, darf es alles sehen.

»Einatmen«, hört er sie flüstern, und Michi beschließt zu gehorchen. Er öffnet seinen Mund. Feuchte, nach Erdbeer schmeckende Lippen legen sich auf seine und versüßen den Rauch, der in seine Mundhöhle strömt. Sein Hals brennt. Er kämpft gegen den Schmerz, der ihm in die Lunge fährt. Nicht lange, dann zerreißt es ihn auch schon, zumindest fühlt und hört es sich so an. Lasse und Natalie lachen, aber das Mädchen flüstert ruhig: »Noch mal.«

Wieder gehorcht Michi und saugt den Erdbeerkuss aus. Ein, zwei, drei weitere Male, und mit jedem wird das Husten leiser, seine Brust entspannt sich, und die Furcht lässt nach. Die Welt taucht ein in eine angenehme Unschärfe, halbe Geschwindigkeit und pufferndes Watte-Nichts. Meergrüne Augen schwirren dicht vor seinen und durchleuchten ihn. Ob die Meeresaugen mögen, was sie sehen? Gerade als er denkt: Den Rest des Lebens so zu verweilen, das wäre gut – da zieht das Mädchen seinen Kopf zurück, dreht sich um und schwebt fort. Ihr farbenfroher Rock wird vom Wind getragen, die Haare gleiten wie ein Teppich hinter ihr her, und die ganze Gestalt leuchtet zart im Mondlicht.

Als sie den Rand der Anhöhe erreicht, dreht sie sich noch einmal zu Michi. Er will ihr nach, aber ihr Lächeln wirft ihn um. Rückwärts fällt er, langsam wie ein Riesenrad, endlos durch die laue Sommernacht. Er wartet darauf, dass sein Kopf aufschlägt, aber er landet weich im großen, herrlichen Watte-Nichts.

»Spinnst du?«

Lasses Stimme hallt durch die Nacht. Eine Hand stößt Michi zur Seite. Sein Kopf prallt auf den Boden, und vor seiner Nasenspitze wackelt Lasses Knie.

»Schwul hier ja nicht rum!«

Wie ein fernes Echo hallt Natalie nach: »Nee, is' klar!«

Über ihm erscheint nun Lasses Kopf, er guckt Michi ins Gesicht und nickt anerkennend.

»Fährt ein, das Zeug, gell? Immer easy.«

Lasse lacht, und Natalie auch, und Michi hört von fern eine Stimme, die, glaubt er, sagt: Du kannst jederzeit kommen, wenn du nicht weißt, wohin – und Michi kichert im Gleichklang mit und guckt zur Bergkuppe, wo das Mädchen mit dem weisen Lächeln ins Tal hinunterschaut. Sie wirkt zufrieden. Zu Frieden. Ist das Frieden?, schießt es ihm durch den Kopf, und er bettet ebendiesen Kopf, der vom Aufprall dröhnt oder von der Dröhnung, wer weiß das schon, ins nasse Gras.

16

Wodka.
 Jägermeister.
Korn, Ouzo, Äppler.
Selbst Sekt.
Alles würde er jetzt saufen.
Wenn es da wäre.
Oder Loosi es kaufen könnte.

Aber der Kiosk hat zu, und Anna und Joseph schlafen noch. Ausnahmsweise haben sie ihren Müll weggeräumt, nicht mal einen letzten Tropfen aus ihren dämlichen Paks kann er klauen.

Selbst zur Tanke an der A3 würde Loosi laufen, zehn Kilometer, hätte er nicht seit drei Jahren Hausverbot wegen eines unbewaffneten Raubüberfalls.

Also überlegt er, irgendwo anders einzubrechen, in irgendeinen Wohnwagen vom Platz, etwas weiter weg, nicht bei den direkten Nachbarn. Aber wieso eigentlich nicht gleich bei Anna und Joseph? Die pennen eh durch bis eins. Und die verzeihen ihm. Haben sie schon oft. Süchtige halten zusammen.

Wieso er ausgerechnet jetzt so viel Druck hat?

Sicher nicht wegen der Sache mit den Schulden. Klar, die ist auch nicht toll, aber den Offenbarungseid hat er längst, und wie lange er es noch schafft, ist eh fraglich.

Es ist auch nicht mehr wegen seiner Wut oder dem

Scheiß in der Klinik. Zumindest hat sich das etwas gelegt.

Es ist wegen der Sache mit Sanni.

Also, nicht direkt.

Leute wie Dreck zu behandeln kommt vor, wenn man selbst wie Dreck behandelt wird. Er weiß, Sanni kann das verstehen. Sie guckt in ihn hinein, wie er es nur selten erlebt hat. Aber genau da, irgendwo in Sannis Durchblick, liegt etwas, das ihn kirre macht. Weshalb er geheult hat wie ein Baby. Denn wichtig ist nicht, ob Sanni ihn versteht. Wichtig ist, ob sie ihm verzeiht. Und das Irre dabei ist, dass sie ihm nicht mal etwas vorwirft. Bei so viel Großmut schreit es in ihm einfach nur noch nach Alk. Das ist doch verständlich.

Doof nur, dass, sobald ihm eine Beschaffungsidee nach der anderen kommt, jedes Mal eine Stimme dazwischenfunkt. In klaren Ansagen verbietet sie ihm, noch mal so tief zu sinken. Als ob ihm das gelingen könnte, ihm, dem Loser. Sie befiehlt, dass er stark sein muss für seine neue Verpflichtung, die so friedlich in seinem Bett schläft, als hätte es nie einen Streit gegeben. Und nach zwei gefühlten Stunden, in denen Loosi unaufhörlich um Annas und Josephs Wohnwagen gekreist ist, hört er endlich auf die Stimme.

Er schnappt sich die Unterlagen vom Amt, beginnt, sie auszufüllen, als hinge sein Leben davon ab, und schreibt und raschelt so leise vor sich hin, wie es in dem engen Raum möglich ist, denn auf keinen Fall will er Sanni wecken.

Als sie wach wird, ist Loosi bei der Frage nach der Anzahl der Mitarbeiter angekommen.

»Guten Morgen«, gähnt Sanni.

»Es ist zwölf«, kann Loosi sich nicht verkneifen und grinst. Er versucht, Sanni Wärme zu schicken.

Sanni grinst zurück, nicht ohne sich zu schämen, schließlich rödelt Loosi hier bereits seit sechs. Als sie sieht, womit Loosi beschäftigt ist, verliert sie kein weiteres Wort, schlüpft aus dem Bett, räumt auf, was aufzuräumen ist, und kocht Nudeln mit Tomatenmark. Es sind zwei der drei Sachen, die sie eingegekauft haben, und dankbar teilt sich Loosi mit Sanni den Teller, wie Susi und Strolch. Loosi und Strolch …

Danach bringt Sanni den Hunden Kunststückchen bei, pro Kunststück ein Viertel Leckerli, sonst sind auch die zu schnell weg, und Loosi widmet sich wieder den Unterlagen. Er hängt immer noch bei der Frage nach der Anzahl der Mitarbeiter fest und ärgert sich, dass er nie eine Lehre abgeschlossen hat. Das würde ihm jetzt vielleicht helfen.

Immer wieder lenken ihn die knurrenden Mägen seiner drei Frauen ab. Seinen eigenen überhört er leicht. Er weiß, dass auch Luzi und Chichi das gewohnt sind, aber Sanni unterbricht ihr Spiel in immer kürzeren Abständen und öffnet und schließt den kleinen Kühlschrank wieder und wieder, bis sie beim elften Mal das letzte Gut hervorholt: eine braune Banane. Loosi beobachtet, wie Sanni entschlossen nach weiteren Zutaten sucht, Zucker findet, mit dem sie die in der Pfanne brutzelnde Frucht überschüttet, und kurz darauf eine schwarz karamellisierte Banane präsentiert. Gemeinsam schlingen sie auch diese hinunter, geben Luzi und Chichi je noch ein Stück ab, und bei alldem tut Sanni, als sei gestern nichts passiert.

Erfüllt von tiefster Dankbarkeit kommt ihm sogar eine Idee wegen der Frage nach den Mitarbeitern. Warum nicht einfach Aziz fragen? Und fast fühlt er sich für einen Moment wie ein ganz normaler Mensch, mit einer ganz normalen Freundin, an einem ganz normalen Tag, bis er Anna und Joseph lallend aus dem Wohnwagen stolpern hört.

»Ey! Loosi! Gestern, als du weg warst, da war hier so eine Frau.«

Loosi und Sanni gucken Anna an.

»Ich soll dir das geben.«

Im Morgenmantel wankt Anna herüber und gibt Loosi einen zusammengefalteten Zettel. Sanni starrt auf seine Hände. Er will ihn nicht öffnen.

»Sah schick aus, die Dame, einen Mazda fuhr die, und die Haare, so gepflegt ...«

Ohne ihn zu lesen, zerreißt Loosi den Zettel in kleine Schnipsel. Sanni und Anna schauen ihn gleichermaßen irritiert an, aber er wird nichts sagen, und niemand traut sich zu fragen. Nachdem Anna zurückgewankt ist, nicht ohne erneut nach den zwanzig Euro zu fragen und eine Abfuhr zu kassieren, nimmt Loosi Sannis Hand.

»Du brauchst keine Angst haben.«

Sanni nimmt die Stöpsel aus den Ohren.

»Das war keine vom Jugendamt, und die will auch nichts von mir und ich nichts von ihr, falls du das glaubst.«

Er überlegt, was er ihr sonst noch erklären könnte. Was er vielleicht erklären muss.

»Ich will ... die Frau ... einfach nicht ... wiedersehen.«

Sanni mustert ihn, nickt und wendet sich wieder den Hunden zu.

Zum ersten Mal denkt er, dass sie ihm nicht glaubt. Aber dann guckt sie Loosi mit ihren großen, sanften Augen direkt ins Herz, lächelt ihn an, steckt die Stöpsel wieder in die Ohren und beginnt mitzusingen. Leise, zart, ein wenig verschämt, aber so schön, dass es ihm den Atem verschlägt. Anna fällt in ihren Stuhl, Luzi und Chichi heben ihre Köpfe, und für einen Moment legt sich ein Zauber über den Campingplatz.

17.

Das Erste, das Michi sieht, ist das Mädchen. Als hätte es sich die ganze Nacht nicht bewegt, steht es am Rand der Anhöhe und schaut über das Tal und den Fluss. Die Sonne scheint ihm ins Gesicht. Lasse schnarcht neben letzten Resten der verglimmenden Glut, und Natalie schläft in Tommeks Armen, dessen Kopf mit überdehntem Hals und offenem Mund über dem Ende eines Camping-Kopfkissens hängt. Michi muss an seine Eltern denken. Wie sie morgens im Urlaub oft noch schlafend im Bett gelegen haben, wenn er und Xandra durch die Tür spähten, weil sie Hunger hatten. Seltsam, dass so viele Menschen auf die gleiche Weise schlafen. Oder bildet er sich das nur ein, weil er sie, seit sie tot sind, überall sieht?

Tot.

Schwer nur findet Michi Halt, um sich aufzurichten und nach dem tiefen Rausch unter die Lebenden zurückzukehren.

Die Lebenden.

Seine Kleidung hängt klamm an seinem Körper. Die Jeans klebt an seinen Oberschenkeln. Mit steifen Beinen wankt er zu seinem Mofa, neben dem ein Benzinkanister steht, und füllt den Tank. Dabei übt er leise, wie er das Mädchen nach seinem Namen fragen wird. Dann trottet er hinüber.

»Ich habe mal einen Film gesehen ...«

Sie scheint Michi zu spüren, noch bevor er neben ihr steht, und spricht gedämpft, als vertraue sie ihm ein Geheimnis an.

»... da gab es einen Berg. Wenn man von dessen Gipfel in den darunterliegenden Fluss springt und überlebt, hieß es, gehen alle Wünsche in Erfüllung.«

Er merkt, dass sie ihn anschaut, wagt es aber nicht, seinen Kopf zu ihr zu wenden.

»Die Frau im Film ist gesprungen.«

Obwohl er gute zehn Zentimeter von ihr entfernt steht, spürt er ein Kribbeln im Arm. Verlegen betrachtet er den Fluss, der sich breit und weich durch die Dörfer im Tal schlängelt, und überlegt, was er sagen könnte.

»Hat sie überlebt?«

»Der Film war zu Ende, bevor sie eingetaucht ist.«

Jetzt endlich traut Michi sich, ihr ins Gesicht zu schauen. Ihre grünen Augen bohren sich in seine, und sie fragt leise:

»Warum verbringst du die Nacht hier draußen?«

Warum lässt ihn das Gefühl nicht los, dass dieses Mädchen, das höchstens zwei Jahre älter ist als er, ihm immer ein Stück voraus sein wird?

»Wovor rennst du weg?«

Ihre zweite Frage verstärkt sein Gefühl. Denn als er ihre Worte hört, spürt er: Ja, er ist weggerannt. Er hat sich nur vorgemacht, dass er sich kümmert. Kümmern muss. Dabei ist er geflohen. Vor Xandras Traurigkeit. Oder seiner eigenen?

Vielleicht sollte er doch so schnell wie möglich wieder zurück.

Am liebsten würde er dem Mädchen alles sagen. Dass er

nicht rennen will, dass er nicht weiß, wohin, dass Schneider und das Übergangsding und das endlose Schweigen,
das Schweigen der Eltern, die ihm einfach nicht mehr sagen, was er tun soll, ein Loch in sein Herz brennen, das
unerträglich schmerzt. Aber interessiert sie das?

Er öffnet seinen Mund, will ihr erzählen, was sie wissen
will, und noch mehr. Aber kaum treffen seine Augen ihren wachen Blick – hat sie überhaupt geschlafen? –, weiß
er, dass sie alles, was zählt, auch wortlos versteht. Also
fragt er lieber:

»Und du?«

Vielleicht denkt das Mädchen etwas Ähnliches. Oder
auch nicht. Jedenfalls schweigt sie. Bis sie fragt:

»Fährst du mich heim?«

Michi nickt, und das Mädchen sagt:

»Ich heiße Monika.«

Eine Welle kleinen Glücks durchströmt Michis Körper.
Monika hat ihre Arme zart um seine Taille gelegt, während sie hinter ihm auf dem Mofa klebt, bei sechzig km/h.
Nichts kann ihm passieren, denkt er plötzlich, solange
Monika bleibt. Nichts kann er falsch machen, solange er
in ihren Augen die Antwort auf seine Fragen liest. Seine
linke Hand löst sich vom Lenker, er zögert kurz, dann
schieben sich seine Finger rasch in die von Monika auf
seinem Bauch.

Wie ein Stromschlag schließt sich ihre Hand um seine.
Er saugt die Eindrücke um ihn herum auf. Den seichten
Fahrtwind im Gesicht, die leere Landstraße, die goldenen
Felder und immer wieder: Monikas kleine Brüste, die sich
an seinen Rücken schmiegen. Für einen Moment hellt

sich seine dunkle Welt auf, und er muss an nichts anderes mehr denken. Fünfzehn Kilometer später biegt er in eine schmale Straße, auf beiden Seiten große Grundstücke mit Villen. Wie Monika zuvor versprochen, schaltet er den Motor in dem Moment aus, als sie ihm ins Ohr flüstert:

»Da, die Neun.«

Michi lässt das Mofa lautlos vor das Haus rollen. Die Auffahrt ist mindestens zehn Meter breit und verjüngt sich nach hinten. Weiße Kieselsteine bedecken den Weg, der begrenzt ist von feinem, kurz gemähtem Rasen, auf dem kugelrund gestutzte Büsche stehen. Garage und Haus erstrahlen in ähnlich glänzendem Weiß wie die Steine. In die Garage passen mindestens vier Autos. Das Haus hat drei Stockwerke, ist breit wie ein Hotel, doch die kleinen, zwischen massiven Säulen liegenden Fenster ermöglichen keinen Blick in das Leben dahinter.

Michi kann sich nicht erinnern, ein derartiges Anwesen schon einmal in echt gesehen zu haben. Wie ein Palast kommt es ihm vor. Michi könnte noch einiges finden, worüber er weiter staunen würde, doch Monika löst ihre Finger aus seiner Hand, mit einer Entschiedenheit, die Abschied meint. Michi durchfährt ein kurzer Stich, der abgemildert wird, als er Monikas Lippen auf seiner Wange spürt.

Er ist noch damit beschäftigt, zu realisieren, was passiert ist, als Monika schon zu dem Rosengitter neben der Haustür schleicht und wie eine Eidechse flach an der Wand hinaufklettert. Im ersten Stock stößt sie ein Fenster auf, es muss nur angelehnt gewesen sein. Michi schaut ihr nach, spürt immer noch den Kuss auf seiner Wange, als das Knarren einer Tür ihn zurück ins Jetzt holt.

»Fahr!«

Monika hat sich umgedreht und sieht ihn erschrocken an.

»Schnell!«

Sofort tritt Michi das Mofa an. Im Augenwinkel sieht er einen Schatten. Im Hauseingang steht ein Mann.

Er schaut ihn mit demselben wachen Blick an, den Michi von Monika kennt und der alles zu sehen scheint. Bloß dass diese Augen ihn nicht mit Neugier begrüßen. Hart prüfen sie Michi, mustern sein Mofa und die Stelle, an der das unrechtmäßige Kennzeichen montiert ist. Dann verschwindet der Mann, ohne Monika eines Blicks gewürdigt zu haben, zurück im Haus.

»Fahr«, flüstert Monika erneut.

In ihren Augen sieht Michi erstmals etwas, das er nicht gleich deuten kann. Ihm ist, als würde Monika ihm für einen Moment Einblick geben in das, was sie dazu bringt, nachts auf dem Feldberg zu tanzen. Dann rutscht sie über die Fensterbank in ihr Zimmer und ist weg.

Eine Weile sitzt Michi noch da. Auf seinem Mofa. Unbewegt. Schaut vom Rosenfenster hinab zur Tür und wieder hinauf zu den vielen Fenstern, die verschlossen bleiben.

Kein Laut dringt aus dem Haus.

Nichts geht hinein.

Nichts hinaus.

»Hast du uns die Bullen geschickt?!«

Lasses Schrei hallt vom Berg durchs Tal. Sein Gesicht nah über Michis. Seine kräftigen Hände drücken auf seine Kehle. Inzwischen ist es fast Mittag. Noch während

Michi das Mofa geparkt hat – als er schon fast zurück im Übergangsheim war, ist ihm aufgefallen, dass er den Beutel mit dem Werkzeug am Lagerfeuer liegen lassen hat –, hat Lasse ihn sich geschnappt und in die Knie gezwungen. Jetzt baumelt er halb unter ihm und würde ja antworten, doch zwischen Lasses Pranken kann er nur noch verschreckt nach Luft schnappen.

Seine Adern pumpen, sein Kopf fühlt sich an, als würde er platzen. Wenn nicht wegen eines Blutstaus, dann vor Angst. Verzweifelt zerrt er an Lasses Händen, Spucke läuft sein Kinn hinunter, während er vage das Schlachtfeld ums Lagerfeuer herum wahrnimmt.

Tommeks Yamaha ist zerlegt, von Lasses Audi und Bus sind Blechteile abmontiert, aus den aufgeschlitzten Sitzen quillt Polstermaterial hervor. Einrichtungsgegenstände liegen zerbrochen auf dem Boden, und vom Kühlschrank sind bloß noch Einzelteile und Schrauben übrig.

»Ich warte«, faucht Lasse und drückt noch ein bisschen fester zu.

Michi versucht einen Ton herauszuwürgen, spürt, wie Natalie Tommek etwas zuflüstert, der abwehrt, bis sie ruft:

»Lasse, du bringst ihn noch um!«

Abrupt lässt der Druck am Hals nach, und Michi plumpst auf den Boden.

Hektisch zerrt er sich das T-Shirt herunter, als könnte er so besser atmen, und krächzt: »Würde ich dann wieder herkommen?«

»Antworte gefälligst, wenn ich dich was frage.«

Lasses Stimme donnert über den Platz.

Michis Hals schmerzt, während er keucht: »Habe ich nicht.«

Wieso sollte er? Wenn die Polizei seinetwegen hierhergekommen war, dann, weil Schneider gemeldet hat, dass er wieder abgehauen ist. Aber woher wussten die, wo er war?

»Warum suchen die dich?«

Also tatsächlich.

Mist.

»Ich …«

Plötzlich wird ihm klar, was das heißt: Er kann nicht noch mal zurück. Wenn die Polizei ihn diesmal schon offiziell sucht, wird es bei seiner Rückkehr ins Übergangsheim richtig Ärger geben. Er braucht endlich einen funktionierenden Plan für sich und Xandra. Einen realen Ausweg. So lange muss er eine andere Bleibe finden. Aber wie soll er das Lasse erklären? Und während er sie sucht, die Worte, die passen, spürt er, dass es sie nicht gibt. Für das, was das Ganze in Wahrheit bedeutet. Oder nur annäherungsweise.

»Ich habe kein Zuhause mehr.«

»Ja und?«

Lasse verzieht keine Miene. Bisher versteht er nichts.

»Ich …« Michi rappelt sich auf, einen Fuß aufgestellt, ein Knie auf dem Boden, und fleht zu irgendwas, irgendwem, dass bitte aufhören soll, was hier gerade passiert.

»Warum suchen die dich, verdammte Scheiße?!«

Lasses Schrei echot erneut durchs Tal, und noch bevor Michi weiter nachdenken kann, ploppt aus seinem Mund ein verzweifeltes:

»Du weißt doch, warum!«

Tommek wirft Lasse einen fragenden Blick zu.

»Meine Eltern sind tot!«

Sein Ruf hallt ebenso im Tal wider.

Betretenes Schweigen von Tommek und Natalie. Nur Lasse lässt sich nicht beeindrucken.

»Warum suchen die dich?!!«

Natürlich will Michi die Scheiße stoppen, Lasse und die anderen sehen ihn entgeistert an, aber er kniet nur hilflos auf dem Boden und beginnt zu schluchzen. Scheiße, ist das peinlich. Wie ein Sechsjähriger, der von Mama gescholten wurde. Schließlich stammelt Michi leise die Erklärung, von der er annimmt, dass Lasse sie hören will:

»Ich müsste in so einem Übergangsheim sein. Bis sie einen richtigen Platz haben für mich und meine Schwester. Ich bin abgehauen.«

»Na super.«

Verschwommen nimmt Michi Tommeks Blick wahr, als wollte er Lasse sagen: Ich habe es dir doch gesagt.

Die Tränen laufen jetzt langsamer.

Schnell wischt Michi sich über die Augen und meidet jeden Blickkontakt, aber er spürt, dass Lasse ihn weiter fixiert, während er nachdenkt. Die Antwort scheint ihn zu befriedigen. Wenigstens eine Erklärung. Die Bullen haben wohl nur die Gunst der Stunde genutzt. Jeder weiß, dass Lasse immer ein paar Gramm Gras dabeihat. Aber sie hatten es eigentlich nicht auf ihn abgesehen. Das kapiert Lasse jetzt.

»Kann ich nicht vielleicht für ein paar Tage bei euch bleiben?«

»Wenn du den Bus wieder in Schuss bringst, kannst du in ihm pennen.«

Vor Erleichterung hört Michi auf zu weinen, während Tommek zischt:

»Was willst du denn mit dem Kind?!«

Schnell, damit Lasse nicht länger drüber nachdenken kann, steht Michi auf und sagt: »Danke.«

Aber Tommek geht auf Lasse zu:

»Dann sind die Bullen morgen gleich wieder hier!«

»Wir stellen den Bus um.« Lasses Tonfall duldet wie immer keine Widerrede. »Auf den Grillplatz im Silberbachtal, in der Nähe vom Campingplatz.«

»Ich glaub's nicht.«

Tommek wartet, dass Lasse dem Irrsinn ein Ende bereitet, aber der lässt seinen Blick über das Schlachtfeld gleiten, als wäre er der Heerführer und schon zehn Schritte weiter in einem Plan, den nur er versteht, und Michi hofft, dass er Teil dieses Plans ist, als Lasses Blick an seinem Mofa hängen bleibt.

»Wie schnell fährt das Teil?«

»Gute achtzig.«

Tommek grunzt ungläubig, aber Lasse guckt Michi ernst an und deutet auf den Beutel mit dem Werkzeug, der noch neben der Feuerstelle liegt.

»Kannst du noch mehr Werkzeug besorgen?«

»Was brauchst du?«

»Ich mache dir eine Liste.«

Er klopft den Sand von Michis Shirt.

»Und sorry. Wegen eben.«

»Klar.«

Lasse spuckt auf den Boden, als besiegle er einen Deal. Michi macht es ihm nach. Irritierte Blicke allerseits, und schnell bückt Michi sich nach dem ersten Sitzpolster, während Tommek fassungslos beginnt, die Teile seiner Yamaha einzusammeln. Michi weiß schon, was er als Erstes reparieren wird. Als er wieder hochguckt, mustert Natalie ihn wie einen kleinen Welpen, den man gerade aus dem Tierheim gerettet hat. Und vielleicht ist das so, aber was soll's.

Nachdem Michi sämtliche Teile zusammengesucht, den Bus wieder auf Vordermann und die Yamaha zum Laufen gebracht hat, rangieren Lasse und Tommek den Bulli auf den Grillplatz im Silberbachtal. Es ist eine kleine Fläche am Waldrand, wo der Flusslauf Wald und Wiese voneinander trennt. Die Bäume umschließen die Einbuchtung nach drei Seiten, sodass der Bus von der Straße und vom Campingplatz aus nicht sichtbar ist und nur ein winziger Teil des Tals im Blickfeld liegt. Der Moosboden duftet. Die Blumen auf der anderen Seite des Flusses schimmern rot und blau in der goldenen Nachmittagssonne, und nachdem alles an seinem Platz steht, lädt Lasse alle auf eine Pizza ein.

Sie sitzen um ein neues Feuer, ein neuer Joint geht um, Michi nimmt diesmal nur einen Zug. Tommek und Natalie kriegen wieder einen Lachflash. Die meiste Zeit quasseln die beiden in fliegendem Schlagabtausch, ab und zu sagt Lasse was, sie reden über Musik, Muskeltraining, die Sterne und ein Mädchen, das Lasse gefällt. Er scheint nicht mit Monika zusammen zu sein. Bei dieser Info erfasst Michi ein Prickeln. Allerdings wird Monika heute nicht kommen, erfährt er. Und auch die beiden nächsten Tage nicht.

»Hausarrest«, sagt Natalie.

»Nichts Besonderes«, sagt Lasse. »Kriegt sie immer, wenn er sie erwischt.«

Michi hat das Gefühl, dass er an dem Hausarrest nicht ganz unschuldig ist. Am meisten quält ihn allerdings die Frage, ob die Polizei eine größere Suchaktion nach ihm starten wird. Und wie es Xandra geht.

Lasse spürt, was ihm durch den Kopf geht, zumindest wirkt das so, weil er wie aus dem Nichts nach dem Übergangsheim fragt.

»Ich will alles wissen.«

Also erklärt Michi alles. Alles, was er weiß. Es ist nicht viel. Dass nach neuen Eltern gesucht wird. Dass Michi und Xandra hoffen, von einer Familie aufgenommen zu werden. Dass sie sonst in ein neues Heim kommen, wahrscheinlich in zwei verschiedene. Und dass er nicht von hier wegwill.

Lasse hört aufmerksam zu. In seinem Kopf rattert es, das sieht man. So wenig Lasse spricht, so viel denkt er. Und Michi ist, als gäbe Lasse ihm ein unausgesprochenes Versprechen, dass er so lange denken wird, bis er eine Lösung findet. Wenn Michi ihm im Gegenzug dafür Werkzeug besorgen soll, kann Lasse so viel haben, wie er will. Er wird einfach noch mal bei Aziz vorbeischauen.

18.

Was wollte er noch mal hier? Der King weiß es nicht mehr. Mekki mustert ihn skeptisch und wartet. Erst jetzt spürt der King, wie ihm der Dreck der Straße das Gesicht verklebt. Er hat sich nicht mal die Haare gerichtet. Eine Stunde hat er gebraucht, um nach der Kacke am Bahnübergang wieder fahren zu können. Einen Scheiß hat er die Kurve gekriegt, so was von nicht. Immer wieder ist ihm die Hand von der Schaltung gerutscht. Taxi ging auch nicht, seine Beine sind einfach weggeknickt. Schüttelfrost. Schweißausbruch. Körper: Totalausfall. Seele auf Notruf. Plötzlich hat seine Hand nach dem Handy gegriffen und eine Nummer gewählt. Die beschissenste, die er hätte wählen können.

Und jetzt stehen sie hier, auf einem Parkplatz am Main, der King in seinem BMW, Mekki in seinem Chrysler. Tonio lehnt mit einer Kippe im Mund an der Motorhaube, Mekki lässt das schwarze Glas der hinteren Limotür runter, und der King guckt Mekki nur blöd an.

»Was ist passiert?«

Mekki dehnt jedes Wort, als gälte es, den Guinness-Rekord der Langsamkeit zu brechen.

»Ich ...«

Der King hört ein Schnipsen, Tonios Zigarettenstummel fliegt durch die Luft. Der King guckt dem Stummel nach, als lägen darin die Worte, die er nicht findet.

»Was ist passiert? King!«

Mekki starrt den King fassungslos an.

Der King Mekki ebenso.

»Warum rufst du mich hierher? Mann, rede mit mir!«

»Nichts ist passiert. Nichts. Alles easy. Ich ... ich dachte nur ...«

Seine Stimme bricht.

»Ich dachte, ich ... du ...«

Immer noch zittert er am ganzen Körper.

Was hat er sich bloß dabei gedacht?!

Wahrscheinlich nichts.

Irgendwas in ihm hat es einfach entschieden, hat einfach Mekkis Nummer gewählt.

Um endlich zu klären, worum es hier eigentlich geht. Nicht um seinen gerechten Anteil, um Geld, um fünfzig Prozent. Es geht um viel mehr. Aber um was genau eigentlich?

»Hör zu, Mekki, warum ich dich sprechen wollte ...«

Er kriegt den Gedanken nicht klar, dabei ist doch alles ganz einfach.

»Du ... du hast mich behandelt wie ein Stück Scheiße!«

Wow. Das wollte er gar nicht sagen. Oder doch? Und während er weiter nach Worten sucht, bekommt er langsam ein Gefühl dafür, was er all die Jahre von Mekki gewollt hat, und kann immer weniger fassen, dass er der ganzen Mein-Sohn-Laberei sein halbes Leben lang auf den Leim gegangen ist. Dass ein Teil von ihm tatsächlich immer gehofft und selbst heute noch für möglich gehalten hat, dass etwas von dem wahr ist, was Mekki ihm nur aus einem Grund vorgespielt hat – um ihn zu manipulieren. Als hätte Mekki überhaupt nur irgendwas

Väterliches oder sich je dafür interessiert, was aus ihm wird. Die Zellen in Kings Oberstübchen arbeiten jetzt auf Hochtouren, und endlich, endlich weiß er, was er sagen will, Mekki all die Jahre sagen wollte, und deshalb formuliert er, so klar er kann:

»Ich war nie wie ein Sohn für dich.« Dann spürt er, wie seine Stimme gänzlich versagt, und krächzt nur noch: »Du hast mich gezwungen, für dich zu arbeiten – sonst nichts.«

Kein weiteres Wort kriegt er mehr raus. Stattdessen macht sich ein unbändiger Zorn in ihm breit. Ein kalter. Eiskalt. Wie Mekkis Augen.

Der King will jetzt eine Wiedergutmachung. Oder eine Entschuldigung. Oder wenigstens eine Einsicht. Oder irgendwas. Doch Mekki schüttelt nur ratlos den Kopf.

Wenn er noch könnte, würde der King ihm die Fresse polieren. Und Tonios gleich mit. Gleich hier. Keine Zeugen, nur der Fluss, ihre Leichen am besten auch gleich darin entsorgen. Aber sein Körper fühlt sich wieder an wie gelähmt. Er kann nicht mal mehr einen Finger krümmen.

Tonio zündet sich eine neue Zigarette an, und Mekki lässt den King keine Sekunde aus den Augen.

»Ich habe dir gesagt, werd clean.«

Mekkis Stimme ist ganz klar.

Und auf einmal kann der King nicht anders als lachen.

Mekki hat ja so was von keine Ahnung.

Um was es hier eigentlich geht.

Das ganze Ausmaß versteht der King ja selbst nicht.

Er weiß jetzt nur:

Es reicht.

»Mir reicht's.«

Rutscht ihm einfach so raus.

Passt Mekki natürlich alles immer weniger.

Und der King lacht noch ein bisschen lauter.

Nicht, weil das alles zum Lachen wäre. Im Gegenteil. Außerdem passiert gerade einfach, was passiert.

»Weißt du, King, mir gefällt das alles nicht mehr.«

Ach? Der King ist schon weiter.

»Erst das Koks im Club, dann die Razzia.«

»Die habe ich ja dir zu verdanken.«

»Bitte was?«

Mekki zieht die Nase hoch. Nicht zu erkennen, ob Fassade oder Kränkung.

»Ich habe dich nie schlecht behandelt. Aber guck dich doch mal an. Wie du aussiehst. Ich habe keine Ahnung, wo du schon wieder rein- oder rumgerutscht bist. Solange das Business nicht gefährdet war, war es mir auch egal. Aber inzwischen ist das Business gefährdet. Du bist nur noch zugedröhnt. Das geht so nicht mehr.«

Mekki scheint ihn mitleidig anzuschauen. Aber der King weiß: Das ist kein Mitleid. War es nie. Und der King hat umsonst gehofft. Er glaubt kein Wort mehr von dem, was jetzt kommt.

»Ich kenne eine Klinik auf Bali, Indonesien. Beste Ärzte, heißeste Weiber. Die haben die schwierigsten Fälle wieder hingekriegt. Da fliegst du hin und bleibst mindestens sechs Monate ...«

Der King kapiert sofort: Wenn er nach Bali fährt, landet er schneller bei den Haien, als er aus dem Flieger steigen kann.

».·. und den Club kriegst du erst, wenn du zurück bist.

Um das *Carstle* kümmert sich bis dahin Jingo. Der fährt morgen auch allein nach Holland.«

Mit diesen Worten nickt Mekki Tonio zu, die nächste Fluppe fliegt durch die Luft, das Rückfenster surrt wieder hoch, und der King kann seine Blödheit nicht fassen. Hat er ernsthaft geglaubt, dass Mekki sentimental wird? Dass er einlenkt und ihm endlich das gibt, wozu der Sack überhaupt nicht in der Lage ist?

Stattdessen:

Rien ne va plus.

19.

Zwei Tage später steht Michi wieder in der Werkstatt, und Aziz stellt ihm eine schwere Tasche direkt vor die Füße. Sie haben sich neben die Hebebühne im hinteren Eck verzogen. Während Michi Lasses Liste vorliest, holt Aziz ein Werkzeug nach dem anderen heraus und legt sie fein säuberlich nebeneinander.

»Drehmoment, Schlagschrauber, Nüsse in allen gängigen Größen, Eisensäge, Ölkanne, Trichter, Handpumpe, Schlauchklemmenzangenset, Schläuche, Schweißgerät.«

Michi mustert das Sortiment. Es ist eine ungewöhnliche Zusammenstellung. Das findet auch Aziz.

»Ich will nicht wissen, was du mit dem Kram vorhast. Aber das alles ist nur geliehen. Korrekt?«

»Korrekt«, sagt Michi so vertrauenserweckend wie möglich und beginnt, die Werkzeuge wieder einzupacken.

»Du musst sie mir zurückgeben. Sonst musst du zahlen.«

»Danke, Aziz, das ist klasse von dir, wirklich.«

Er zwinkert Aziz zu.

»Hau ab damit …«, sagt Aziz gleichermaßen väterlich wie verärgert. »Aber wenn du meinen Rat willst«, er tritt sanft gegen den Auspuff vom Mofa, »stell das Ding in die Garage, bis du den Lappen hast, geh zurück in dieses Heim, und sobald du einen richtigen Platz hast, konzentrier dich auf die Schule und lern was Ordentliches.«

Seine dunklen Augen durchdringen Michi.

»Ehrlich, Michi, das würden deine Eltern wollen.«

Erst jetzt bemerkt Michi den scharfen Ölgeruch. Er sticht in seiner Nase. Wie früher. Der Geruch irritiert ihn. Gedankenverloren wendet er sich von Aziz ab, murmelt: »Mhm.«

Und während er die Tasche auf sein Mofa hievt, hat er das Gefühl, dass eine Zeit zu Ende geht. Dass die Werkstatt für ihn nie wieder das sein wird, was sie immer war. Sie fühlt sich nicht mehr an wie das erweiterte Zuhause, in dem er früher zwischen Männern, die ihn reparieren lehrten und an ihrem Bier nippen ließen, gespielt hat.

Nachdem Michi die Tasche mit Schnellspannern rutschfest montiert hat, drückt Aziz ihm einen Helm in die Hand. Michi nickt und fährt aus der Halle, ohne sich noch mal umzudrehen, aber im Rückspiegel sieht er, dass Aziz ihm nachschaut, bis er außer Sichtweite ist.

Eine Eule ruft. Michi läuft ein Schauer über den Rücken. Es kommt ihm vor, als ob er schon Stunden an der Weggabelung wartet, irgendwo im Wald zwischen Schloßborn und Glashütten. Überhaupt hat die Zeit eine andere Dimension, seitdem die Eltern tot sind. Mal steht sie. Stundenlang, den ganzen Tag oder auch nur fünf Minuten. Fünf Minuten, die eine Ewigkeit dauern, eine Ewigkeit voll Einsamkeit. In anderen Momenten wiederum rinnt die Zeit ihm durch die Hände wie Sand, und dann geschieht ein halbes Leben in einer Sekunde, in einem kostbaren Moment, der nie mehr wiederkommt.

Wer weiß also, wie lange er hier schon wartet. Oder wie kurz. Vielleicht ist er gerade erst vom Mofa gestiegen.

Die Tasche mit dem Werkzeug steht zwischen seinen Füßen. Der Helm liegt auf dem Sattel. Er hat sich nicht von dem Stein fortbewegt, der als Treffpunkt vereinbart war.

Endlich durchbricht das Dröhnen eines Motors die Stille. Bitte, lass es Tommek sein. Du wartest, bis Tommek da ist, selbst wenn er sich um Tage verspätet, hatte Lasse gesagt. Noch ist das Auto Hunderte von Metern weg, nähert sich nur langsam. Das spricht nicht für Tommek. Ruhe scheint Michi bisher nicht dessen Stärke zu sein.

Was, wenn es wieder die Bullen sind? Wenn Lasse ihn verraten hat?

Noch ein paar Meter, dann dürfte Michi den Fahrer erkennen. Als er hinter dem Steuer Lasse ausmacht, ist er nur kurz irritiert, dann unendlich erleichtert.

»Hast du alles?«, fragt Lasse noch aus dem Auto heraus.

»Ja«, ruft Michi über das Motorengeräusch hinweg.

Lasse schaltet den Motor aus und nickt. Dann lehnt er sich zurück, schließt für einen Moment die Augen und atmet durch. Er steigt aus und erklärt:

»Als Erstes musst du das Benzin aus dem Tank saugen.«

»Das Benzin?«

»Dann sägst du den Tank auf. Von unten. Der Wagenheber ist im Kofferraum.«

So was hat Michi noch nie gehört.

»Im Tank liegen drei Päckchen.«

Langsam rattert es.

»Ich muss kurz pissen. Fang schon mal an.«

Mit den Worten verschwindet Lasse, die Eule ruft, und Michi beginnt, eins und eins zusammenzuzählen. Im Tank. Drei Päckchen. Klar, worum es hier geht. Einen

Moment lang überlegt er, sich auf sein Mofa zu schwingen und einfach zu verschwinden. Einen der drei Wege zu nehmen, einen anderen als den, auf dem Lasse gekommen ist. Aber dann ruft die Eule wieder. Hat sie Michi vorhin noch Angst gemacht, klingt sie jetzt vertraut. Als würde sie über ihn wachen. Und verdammt noch mal, wenn er sich mit einer Sache auskennt, dann sind das Autos.

Einige Handgriffe später läuft das Benzin an seinen Armen herunter und versickert im feuchten Waldboden. Michi hat inzwischen wieder Schiss bekommen, außerdem tut ihm alles weh. Es sticht in seinem Hals, und seine Nase schmerzt, längst ist sie überreizt. Er riecht nicht mal mehr den dumpf würzigen Geruch des Joints, den Lasse regelmäßig unter den Wagen reicht und den Michi jedes Mal ablehnt. Niemals Feuer und Benzin!

Michis Hand zittert so sehr, dass er den Hammer fallen lässt. Lasse lehnt weiter unbeeindruckt an dem Opel. Warum ist Tommek nicht gekommen? Lasse hat kein Wort darüber verloren. Er hat überhaupt kein Wort gesagt. Außer den Anweisungen. Er hat nur geguckt, was Michi tut, irgendwann den ersten Joint angezündet, und seitdem bläst er den Rauch vor sich hin.

Als er das ausgesägte und ausgebeulte Blech des Tanks endlich zu sich zieht, um das erste von drei Kilo freizulegen, das erste von drei in durchsichtigem Plastik eingeschweißten Päckchen, spürt er seine Angst bis in den Magen. Benzin perlt von dem Päckchen ab, es rutscht ihm fast aus den Händen, und es ist erstaunlich, denkt Michi plötzlich, dass ein Kilo immer ein Kilo bleibt. Ob Mehl, Blei oder Drogen. Ein Kilo wiegt immer gleich, egal wie groß oder klein etwas ist.

Hastig reicht er das erste Päckchen unter dem Auto hervor. Zum ersten Mal, seit Michi zu arbeiten begonnen hat, erhebt Lasse die Stimme:

»Ich habe über dein Problem nachgedacht.«

Michi rutscht das Herz in die Hose.

»Der Plan ist der ...«

Er macht eine lange Pause. Vielleicht sucht Lasse den Plan noch. Vielleicht will er Michi aber auch einfach noch weiter einschüchtern oder auf die Folter spannen.

»Du kannst bei uns einsteigen. Wir können einen Bastler wie dich gebrauchen. Außerdem kannst du an deiner Schule für uns was verticken. Du kriegst ein Viertel. Fairer Deal, was meinst du?«

Michi robbt mit dem letzten Päckchen in der Hand unter dem Opel hervor und starrt Lasse an.

»Ich deale nicht.« Als ob das der wichtige Part gewesen wäre, und schnell erinnert er: »Und außerdem, ich brauche eine Lösung für mich und meine Schwester. Wir müssen irgendwo gemeinsam unterkommen.«

Lasse zieht in aller Ruhe an seinem Joint.

»Das ist das Beste, was ich dir anbieten kann.«

Nein.

Das ist nicht das Beste.

»Kennst du nicht jemanden, der uns adoptieren will?«

Lasse lacht.

»Ich?«

Lasse schüttelt fast amüsiert den Kopf. Aber das ist überhaupt nicht witzig!

Er dachte, Lasse würde sich umhören, jemanden suchen. Oder was hat er eigentlich gedacht? Wieso macht er den Scheiß hier überhaupt mit? Benzin und Feuer und dann noch Drogen. Lasse hat gesagt, er würde nachdenken. Er hat ihm zugesagt, dass er ihm und Xandra hilft. Das hat er doch, oder nicht? Also: Streng dich an, Lasse!

Aber Lasse schüttelt nur weiter den Kopf.

»Überleg es dir. Mein Angebot steht.«

Mit diesen Worten trägt er die drei Päckchen ein paar Meter ins Gebüsch. Seine Stimme lässt keinen Zweifel, dass es nichts mehr zu bereden gibt.

»Und merk dir die Stelle. Für den Fall, dass ich sie vergesse. Wenn das Zeug weg ist, weiß ich, wer es war.«

Mit geübten Bewegungen beginnt er, ein Loch zu graben. Michi lässt er links liegen, auf dem Boden vor dem Opel, voll Dreck und Benzin.

Nachdem die Päckchen versteckt sind und der Opel wieder fahrtauglich ist, fahren Lasse und Michi zum Grillplatz. Monika und Natalie warten bereits auf sie, und die Schatten der Flammen tanzen auf Monikas Gesicht, wie an dem Abend, als Michi sie zum ersten Mal gesehen hat. Sie lacht und raucht mit Natalie am Feuer, als sei sie niemals fort gewesen.

»Soll ich jemanden mitnehmen?«

Lasse sitzt noch im Opel. Natalie dreht die Musik leise.

»Wo ist Tommek?«

»Im Krankenhaus.«

Natalies Lächeln gefriert. Hastig drückt sie Monika den Joint in die Hand, rutscht neben Lasse auf den Beifahrersitz, der mit laufendem Motor darauf wartet, ob auch Monika seinen Shuttleservice in Anspruch nehmen will.

»Ich bleibe hier«, sagt sie und studiert Michis Gesicht.

Wieder sieht sie alles. Die Enttäuschung und Ratlosigkeit, die ihn lähmen. Enttäuscht, weil er gehofft hatte, Lasse wäre die Lösung, als ob es überhaupt eine Lösung gibt. Ratlos darüber, wie es weitergeht.

Der Opel fährt davon. Monika nimmt einen tiefen Zug und hält Michi den Joint hin. Michi lächelt, nimmt ihn nicht und schließt den Bus auf.

Es wäre der perfekte Moment, stünden die Vorzeichen anders. Wie oft hat er mit seinen Kumpels solche Momente heraufbeschworen. Allein mit dieser geheimnisvollen Tänzerin, die wie eine Echse klettern kann, unter sternklarem Himmel an einem Fluss, in dem vielleicht auch Träume in Erfüllung gehen, wenn man hineinspringt und überlebt. Aber Michi ist müde. Mit letzter Kraft schiebt er die Bustür auf, klettert hinein, lässt sich aufs Bett fallen und hofft, dass Monika nicht denkt, er interessiere sich nicht für sie. Seine Knie tragen ihn nicht mehr. Heute nicht mehr. Wenn er an die nächsten Tage denkt oder die letzten Wochen, wird alles dunkel. Düster. Finster. Tunnel. Stopp. Das Einzige, was hilft, ist Augen auf, zurück ins Hier und Jetzt.

Er dreht den Kopf zur Seite und sieht das Schlauchbootfoto, das er an den Kühlschrank geklebt hat und über das sich Monikas Schatten schiebt.

»Darf ich reinkommen?«

Ohne sie anzusehen, nickt Michi und hört Monikas Schuhe auf dem Busboden und das Rascheln des Schlafsacks, den Lasse Michi geliehen hat, als Monika sich neben ihn auf die Bettkante setzt. Ihr Oberschenkel berührt seinen Arm. Ihre Hand erscheint vor seinem Gesicht.

»Nimm einen Zug.«

Aber Michi will nicht, und Monika zieht noch mal, bevor sie den Joint durch die offene Tür Richtung Feuer schnippt.

»Deine Eltern haben dich geliebt.«

Michi wendet den Kopf. Monika hat das Foto entdeckt.

»Sie wären bestimmt stolz auf dich. Wie du das alles machst. So allein.«

Also weiß auch sie Bescheid.

»Ich glaube, manchmal ist es besser, keine Eltern mehr zu haben.«

Michi weiß nicht, was er sagen soll. Er glaubt das nicht.

Als wüsste Monika, was jetzt zu tun ist, legt sie sich hinter ihn und umarmt ihn. Ihr Körper an seinem. Ihr Atem in seinem Nacken. Sie riecht nach Rauch und Bier und süßen Erdbeerlippen.

Michis Blick fällt auf ihre Handgelenke. Er sieht zwei Narben längs der Pulsadern. Soll er Monika darauf ansprechen? Doch er will den Moment nicht zerstören. Und während er Monika riecht, ihre Brüste spürt und die Narben betrachtet, hat er für einen Moment wieder das Gefühl, dass jetzt nichts Schlimmes mehr passiert, dass ab jetzt alles gut wird oder dass zumindest Monika noch da ist, wenn er aufwacht.

20.

Den dämlichen Karton unter dem einen Arm, schiebt der King die Tür mit dem anderen ins Schloss.

Er lauscht in die Stille seines Lofts.

Herrliche Stille.

Ganz leise nur dringt durch die offenen Türen zur Dachterrasse das ferne Summen der sommerlichen Stadt. Er schaut in den Spiegel. Mekki hat recht. Er sieht beschissen aus.

Der Fetzen von Janas Kleid, mit dem er sich schließlich selbst verarztet hat, ist von getrocknetem Blut durchtränkt, sein Gesicht sieht aus wie das eines Zombies. Eine Schramme läuft quer über seine Wange. Wo hat er sich die geholt? Wieso hat er die bisher nicht bemerkt? Und dann: Motorenöl und Dreck einfach überall.

Plötzlich steht sie mitten im Flur.

Wie ein Geist. Aus einer anderen Welt.

Tritt lautlos von rechts an ihn heran.

Der Geist hat die Schuhe ausgezogen und haucht:

»Ich brauche den Karton.«

Der King starrt sie an.

Hört dem Klang ihrer Stimme nach.

Wie ferngesteuert löst er seinen Griff, mit einem Poltern fallen die Ordner auf den Boden, und der King schließt den letzten halben Meter zwischen sich und Jana und küsst sie auf den Mund.

Jana zuckt erschrocken zurück, doch kurz nur, dann stürzen sich ihre Lippen auf seine und erwidern den Kuss mit einer Sehnsucht, als hätten sie Jahre darauf gewartet. Vielleicht haben sie das.

Für ein paar Sekunden,
ein paar kostbare Sekunden,
spürt er
eine himmlische Leere,
eine himmlische Stille,
nur Gefühl,
ein Gefühl,
das er so nicht kennt,
zumindest nicht mehr,
vielleicht noch nie gespürt hat,
und
Jana ringt nach Luft, als sie King fortstößt,
»ich gehe besser«,
und
schon ist sie weg,
wieder verschwunden,
wie der Geist, der kam,
jetzt weg,
war das ein Geist?

Als der King um die Ecke schaut, ist der Geist noch da, zieht seine Schuhe an, nimmt seine Tasche und will am King vorbei.

Kings Arm hält Jana fest, packt sie, denn ihr Davoneilen gefällt ihm nicht.

Und außerdem,
im Augenwinkel,
fällt dem King auf …

War der Geist am Lichtenstein?

»Warst du am Lichtenstein?«

»Bitte was?«

Wieso hängt der schief?

»Hängt der schief?«

Der King spürt, wie seine Augenlider zucken.

Er braucht dringend eine Line.

Das alles gefällt ihm nicht.

Die Tasche, an die Jana sich klammert, als hinge ihr Leben davon ab, die hatte sie doch vorher noch nicht, die war am Morgen noch nicht hier, die hat er noch nie gesehen, die gab es noch nicht, oder?

»Oder?«, fragt er laut.

»Oder?«, fragt Jana.

»Gib mir deine Tasche.«

»Sag mal, spinnst du jetzt völlig?«

»Was ist da drin?!«

»King!«

»Gib her.«

Er greift nach dem roten Ding, Jana hält es fest, sie reißen an beiden Seiten, und Jana knallt dem King eine mit der freien Hand.

»Lass. Los.«

Entschlossen starrt sie ihn an.

Entschlossen lässt er die Tasche nicht los.

»Lass. Mich. Los. King.«

Sein Name aus ihrem Mund,

und er spürt, spürt wieder,

total durcheinander,

wie er sie nur noch küssen will, die Worte, die Lippen, die Frau, bitte nur küssen, und langsam schwindet die

Wut, über seine Verkorkstheit und die Paranoia, auch noch Jana!, so ein Quatsch!, der Safe ist sicher, lass Lichtenstein & Co. los, King, los:

Lass

los!

Vielleicht denkt Jana genau das Gleiche, denn wenn er nicht komplett verdreht ist in seinem Hirn, da oben, dann sieht er, sieht deutlich, wie sich die ganze Verzweiflung ihres Begehrens aus ihren scharfen Augen mitten in sein Herz bohrt, und bevor er weiß, was passiert, lässt Jana die Tasche fallen, zieht ihm das Hemd über den Kopf, greift tief in die Muskeln seiner Schultern, und auch er lässt die Tasche los, mit einem erleichterten Rums landet sie auf dem Parkett, und während ihre Münder immer wieder einander verschlingen, knöpft er ihr Kleid auf,

und seine Hose

und ihr Slip

und seine Socken

und ihr BH

fliegen durch die Luft,

und sie fallen übereinander her, verschlingen einander, und mit jedem Kuss auf seiner Haut und jedem Stoß seines Schwanzes in ihren Schoß dankt der King ihr, dass sie sich nicht hat vertreiben lassen.

21.

Manchmal, wenn man aufwacht, ist es, als hätte man sein Leben lang geschlafen. Die Welt erscheint in neuen Farben. Die Erinnerung ist blass und fern. Und wenn es etwas gibt, das einem noch in den Knochen steckt, wird es weich abgestreift von einer Lust auf Abenteuer, als hätte das Herz sich vollgetankt mit Zuversicht, während man schlief. Selbst wenn es kaum mehr einen Grund dafür gibt. Monikas Hände, die er beim ersten Blinzeln unverändert auf seinem Bauch liegen sieht, scheinen Michi Grund genug.

Ihre Handflächen sind leicht nach oben gedreht, das Morgenlicht wirft einen Schatten auf die Narben an ihren Armen, und Michi streicht die kleinen Hubbel, so behutsam er kann. Sie sind das Erste, was er heute von Monika fühlt. Seine Finger kribbeln ob der Berührung ihrer Haut. Die Adern pulsieren im Takt ihres Herzens, dessen regelmäßiges Schlagen er an seinem Rücken spürt.

Vorsichtig dreht er sich in Monikas Armen und guckt in ihre klaren Augen. Das Licht, das durch den Spalt der Vorhänge fällt, spiegelt sich in ihren Pupillen. Aufmerksam und hell schauen sie auf ihn herab. Nicht nur wenn sie steht, ist sie zwei Zentimeter größer. Auch jetzt liegt sie so, dass er zu ihr aufschauen muss, als würde sie ein Stück über ihm schweben.

Vielleicht stört es sie, vielleicht will sie sich richtig platzieren für das, was kommen könnte, denn sie rückt ein Stück hinab. Ihre Nasenspitze streift seinen Nasenrücken, Vögel besingen den erwachenden Tag, und auf seinen Lippen spürt er ihren Atem.

Ein Stich durchfährt ihn.

Vielleicht geht es Monika genauso. Ihre Lippen legen sich nun weich auf seine, die sich ausgetrocknet anfühlen, sie schmiegt sich an ihn, und er fühlt, wie es immer härter wird zwischen seinen Beinen.

Bloß jetzt alles richtig machen! Hoffentlich merkt sie nicht, dass er keine Ahnung hat. Seine einzigen sexuellen Erfahrungen sind wenige Versuche der Selbstbefriedigung, für die er teils beschämend lange, teils erschreckend kurze Zeit benötigte. Es ist das erste Mal, dass er einem Mädchen so nah ist. Er will Monika küssen, genießen und in jedem Fall cool sein, doch er ist verdammt noch mal ein blutiger Anfänger.

Ihre Lippen holen ihn zurück.

Sie kleben plötzlich auf seinen.

Kein Raum zum Grübeln.

Ihr Atem strömt über seine Oberlippe hinauf zu seiner Stirn, beruhigt dort seine Hast, und ihre sommerlich hitzigen Hände ruhen schwer in seinen, die vom Schlaf noch kalt sind, während ihre Brüste sich an seine Hühnerbrust schmiegen.

Vor Erregung schreckt er zurück und stößt mit dem Hinterkopf gegen die Wand.

Er grinst verlegen.

Monika nicht.

Sie löst ihre Hand aus seiner, bettet seinen pochenden

Hinterkopf in ihre Handfläche und führt sein Gesicht zu sich zurück. Diesmal küsst sie ihn nicht. Sie wartet.

Wartet.

Es sind diese vier Sekunden, die Michi die Angst nehmen. Still und leise schleicht die Angst von dannen, und langsam, langsam reibt er seinen Mund an Monikas, leckt ihre Zähne, tänzelt mit seiner Zunge in ihren Mundraum hinein, wo er auf Monikas Zunge stößt, die seine empfängt und sich wie ein flauschiger Bademantel um einen kalten Körper legt. Fordernd ergreift sie Besitz von ihm, und Michi folgt bereitwillig, lässt sich führen, wird weiter folgen, durch die ganze Welt, wenn Monika will, schießt es ihm durch den Kopf.

In seinem Schritt wird es noch härter. Er schiebt seine Leiste gegen Monikas Schoß. Der ist heiß, und Monika zieht mit ihrer linken Hand seinen Po noch näher und näher, und das harte Ding drückt gegen ihren Reißverschluss und den Schritt und die Scham. Soll er sich jetzt ausziehen, ihr das Kleid hochschieben und ihren Slip herunterstreifen?

Ein erbärmlich lautes Knurren durchbricht die Stille.

Es kommt von seinem Magen.

Seine Zunge zuckt in ihrem Mund. Monika lacht.

»Ok«, sagt sie.

Einen Moment noch lächelt sie ihn an, dann ist vorbei, was gerade erst begonnen hatte.

Monika schnappt seinen Arm und zieht ihn mit sich aus dem Bus. Sie rennen über das Moos zum Fluss, dessen Oberfläche im Morgenlicht glitzert. Monika hält Michi fest an der Hand. Die Sonne blendet, die Vögel kreischen, und wie selbstverständlich zieht Monika ihn ins Wasser hinein, in den Klamotten, die sie beide die ganze Nacht getragen haben. Die Steine schmerzen unter seinen nackten Füßen. Aber Monika schreitet voran, als gäbe es keinen Schmerz. In der Mitte des Flusses reicht ihnen das Wasser bis zur Taille, und sie beginnen zu schwimmen. Jeder schwimmt mit dem freien Arm. Sie lassen ihre Hände nicht los. Gucken sich immer wieder an. Und jetzt muss Michi lachen. Das erste Mal lachen. Seit dem Tunnel. Seit dem Schwarz.

»Du bist verrückt«, hört er sich schreien.

Monika strahlt vor Vergnügen.

Erst am anderen Ufer lässt sie seine Hand los und beschleunigt zum Sprint.

»Wer als Erster am Baum ist!«

Sie meint den Apfelbaum, der in fünfzig Metern Entfernung am Wiesenrand steht. Sie rennt, so schnell ihre Beine sie tragen.

Michi lässt ihr absichtlich einen Vorsprung.

Erstens würde er vielleicht verlieren, und das wäre peinlich. Und zweitens will er den Anblick dieses Mädchens so lange genießen wie möglich.

»Gewonnen!«

Monika schlägt an den Stamm und lässt sich ins Gras fallen. Ihr Gesicht verschwindet in den dichten Halmen. Sie sucht den Boden ab und hält kurz darauf zwei Äpfel in die Höhe.

Michi erreicht den Baum, als sie den ersten Biss macht. Den anderen Apfel wirft sie ihm zu. Michi beißt sofort hinein und saugt den süßen Saft durch die Zähne. Er spürt, wie sein Magen sich freut, legt sich neben Monika und kaut genüsslich. Er spürt auch, wie die nasse Kleidung an seinem Körper klebt, ihn mit kühlen Schauern durchströmt. Eilig nagt er seinen Apfel zu Ende, guckt zu Monika, was sie macht, was sie denkt, was sie will, sie blickt in den Himmel, er isst auch den Krotzen, sucht nach einem zweiten Apfel. Monika schmunzelt, sie hat erst zweimal abgebissen. Schließlich legt Michi seinen Kopf neben Monikas ins Gras.

Im Himmel kletten zwei Wolkenstreifen aneinander.

Michi wagt nicht, Monika in die Augen zu gucken, während er flüstert:

»Du bist so schön.«

Monikas Kiefer hört auf zu malmen.

»Du siehst mich doch gar nicht an.«

Rasch dreht er sich zu ihr, betrachtet ihre nun geschlossenen Lider, als wolle sie damit die Wahrheit verunmöglichen, die freche Nase, die sanften Lippen, um zu prüfen, ob er sich geirrt haben könnte.

»Du bist so schön.«

Seine Stimme klingt plötzlich viel tiefer. Er spricht, als liege in seinen Worten ein wertvoller Schatz.

Monika hält die Augen geschlossen. Sie tut, als hätte sie nichts mehr gehört. Aber ihre Wangen schimmern, und auch Michi spürt, wie er errötet.

»Meine Mutter möchte dich kennenlernen.«

Jetzt schlägt Monika die Lider wieder auf, dreht sich auf die Seite und lächelt Michi mit ihren warmen Augen an.

»Die ist in Ordnung. Manchmal. Im Gegensatz zu Mister Arschloch.« Kurz verdüstern sich ihre Augen. »Sie hat gesagt, wenn sie sich ein Bild von dir machen kann, hat sie vielleicht eine Idee. Meine Mutter kennt tausend

Leute. Ich glaube, sie will jemanden finden für dich und deine Schwester. Und wenn du in der Nähe bleibst ...«, kurz tanzt sie mit ihrem Finger in seiner Armbeuge, bevor sie ihre Hand wieder zurückzieht, »... würde mich das freuen.«

Michi weiß nicht, was er sagen soll.

Das ist ... das ...

»Danke.«

Monika blitzt ihn fröhlich an.

»Kannst du Donnerstag zu uns zum Abendessen kommen?«

Natürlich kann er das. Sein Kopf nickt wie verrückt.

»Deal?«, fragt Monika und hält ihren Apfelkrotzen in die Höhe wie ein Glas.

»Deal«, sagt Michi und stößt mit seinem Apfelkrotzen gegen ihren.

22.

Janas Wange klebt an Kings. Ihr Schweiß rinnt über seine Lippen und schmeckt nach Meer. Ihre Brüste drücken im regelmäßigen Rhythmus ihres Atmens gegen seinen nassen Oberkörper. Beide atmen sie gleichzeitig langsam ein und aus, blinzeln benommen aus dem Fenster über den Main, durch Frankfurts Hochhäuser hindurch, hinüber auf die andere Seite nach Sachsenhausen, in eine andere Welt.

Ein seltsames Gefühl von Frieden erfasst ihn. Am liebsten möchte er schlafen. Am besten für immer. Mit offenen Augen schlafen, und nur widerwillig zieht er seine Wange von Janas zurück.

»Mekki hat mir den Club weggenommen. Komplett.«

Er sucht ihren Blick.

»Und den Import will er auch.«

Dass Mekki ihn außerdem tot sehen will, berührt den King erstaunlicherweise wenig.

Jana sagt lange nichts. Blickt ihn nur weiter an, und ihre Stimme klingt warm, als sie sagt:

»Er hätte dir den Club eh nie gegeben.«

King merkt, dass er nicht wirklich überrascht ist.

»Er wollte, dass ich in den Unterlagen irgendwas finde, und wenn nichts da gewesen wäre ...«

»... hättest du es reinschreiben sollen.«

Er spürt, wie er schwerfällig nickt.

Moment mal.

»Du hast gesagt, die Bücher waren nur Tarnung?«

»Weil du mir sonst nicht geglaubt hättest.«

»Was nicht geglaubt?«

»Den Rest. Das hier.«

Sie meint ihre nackten Körper, eng aneinander, in vollkommener Harmonie, als sollten sie immer so sein.

»Warum sagst du es mir jetzt?«

»Weil ich keine Spielchen mehr will.«

Und für einen Moment liegen sie nur so da, und der King denkt: Weil ich keine Spielchen mehr will.

Verdammt, er hat Jana, er hat Jana tatsächlich geknackt.

Und plötzlich sieht der King ganz klar.

Es geht Mekki nicht um den Club. Es geht ihm auch nicht um den Import. Um Kings Entzug oder gar den King selbst ging es ihm eh noch nie, um den ganzen Rettet-den-King-Bullshit. Der Grund, warum Mekki das Shootout eröffnet hat, ist, dass ihm die Felle davonschwimmen. Mekki hat gespürt, dass Jana sich von ihm abwendet. Jetzt fürchtet Mekki nur noch um eins: Who's next? Und wie eine Salbung, ohne die Doppeldeutigkeit ihrer Worte erahnen zu können, flüstert Jana:

»Bleib, wo du bist.«

Sie gleitet vom King hinunter, lächelt, und während der King beobachtet, wie ihr nackter Körper ins Bad läuft, kühlt ein Windhauch seine nasse Haut. Er guckt zu der Tür, durch die Jana verschwunden ist, und weiß nicht, was er fühlen soll. Ein scheiß fucking Albtraum wird das.

Und dann – auf der anderen Seite –

Jana.

Ja-na.

Ja, hat sie gesagt.

Zu ihm.

Und er zu ihr.

Und es fühlt sich gut an. So gut.

Aber:

Vielleicht

IST

alles nur ein Traum.

Und gleich wacht er auf,

und dann ist da:

keine Razzia,

auch kein *Kingdom*,

überhaupt nie Koka,

und vor allem kein Kind, das seinen Vater braucht.

Das Zittern seiner Hand reißt ihn aus seinem Tagtraum. Er guckt an seinem Arm hinunter. Nichts war ein scheiß fucking Traum. Eklig klafft die Wunde auf seiner Hand. Dreck und Blut verkleben die Haare an seinen Armen. Wäre er bloß im Auto sitzen geblieben. Denn hier in diesem Leben gilt: *Regel Nummer 3: Wer Schwäche zeigt, muss töten, oder er wird getötet.*

Bei dem Gedanken merkt er, dass er das Zittern nicht mehr kontrollieren kann, scheiße, Mann. Scheiße.

Er braucht eine Line!

Aber vor Jana, nie mehr, no way, wenigstens das zieht er jetzt durch, er muss sich wieder ordnen.

Als Erstes greift er zum Handy und ruft Jingo an.

Der hebt sofort ab.

»Mann, King. Und jetzt?«

Er weiß natürlich schon Bescheid.

»Was soll sein? Ich komme und hole dich ab.«

Denn der King weiß:

»Ich muss jetzt schnell sein.«

Das sagt er zu Jana, die mit einem nassen Tuch, einem Eimer und Erste-Hilfe-Zeugs zurückkommt.

»Schneller als Mekki.«

»Ja«, sagt Jana, und in ihren Augen liegt eine tiefe Trauer, als wüsste sie mehr als der King.

Nachdem sie seine Wunden versorgt hat, sucht Jana ihre Sachen zusammen und geht ins Bad, um sich anzuziehen. Innerhalb kürzester Zeit sieht sie aus, als hätte es die letzten Stunden nie gegeben. Es ist so schnell gegangen, dass der King kurz glaubt, einen Blackout gehabt zu haben. Das Kleid sitzt. Die High Heels hat sie bereits an den Füßen. Die Haare hochgesteckt. Makellos, wie immer. Nur um ihren Mund glaubt der King noch ein letztes Echo zu sehen, bevor sie nach der Türklinke greift und wieder ihre perfekte Fassade aufsetzt.

»Pass auf dich auf«, sind Janas letzten Worte, als sie die Tür hinter sich zuzieht.

Der King spürt, wie seine Füße ins Wohnzimmer tanzen.

Gestern ein Arschloch verloren. Heute Jana gewonnen. Aber so was von hundertpro.

In seinem Freudentaumel schiebt er den Lichtenstein zurecht, Safe alles roger.

Jetzt muss er sich um die Paranoia kümmern, keine Zeit mehr für Gefühlsduselei.

Er stürzt sich auf sein kleines Etui im unteren Fach des Couchtischs und zieht,

endlich,

endlich,

eine Line.

Zwei.

Und jetzt fertig machen für den großen Ritt.

Er duscht.

Kalt.

Sandelholz.

Bügelt den Armani.

Wirft die Krokodile an die Füße.

Schnieft die dritte Line.

Und denkt:

Jetzt geht's wieder.

Und spürt:

Die Wut kommt zurück.

Die brauchbare.

Die heiße.

Stronger than ever.

Harder than steal.

Ziel justiert.

Lebenslänglich oder tot.

Bevor er Jingo abholt, muss er noch den einen Anruf machen. Den wichtigsten Anruf des Jahres, vielleicht des Lebens. Ganz sicher hat Mekki Pablo informiert und ihm das Blaue vom Himmel erzählt.

Er muss sich jetzt konzentrieren.

Sich daran erinnern, wer er ist.

Im schlimmsten Fall muss er auch Pablo daran erinnern. Aber da wahre Chefs nicht gern erinnert werden, sollte der King besser weiterhin darauf vertrauen, dass Pablo noch um Kings Wert weiß.

Nur ein Mal verwählt er sich. Die scheiß Finger wollen nicht so wie er. Als es endlich tutet, schiebt der King die Brust raus und die Eier nach vorne. Am anderen Ende der Leitung der obligatorische Knacks.

»Ja?«

Annik, Pablos Schnalle, flötet ins Telefon.

»Gibst du mir den Chef?«

Alle heißen Chef. Aber Pablo, der ist einer.

»King?«

»Ja.«

Annik mag den King, und der King mag Annik. Die Kleine ist gewieft und hat Temperament. Wie ein Flummi mit Säbel. Und dann dieser bezaubernde holländische Akzent.

Zweimal ruft Annik was vom Hörer weg in den Raum.

»King!«, versteht der King schließlich, dann fragt Annik: »Was willst du?«

»Ich bin heute in der Stadt.«

»Pablo sagt, du wärst heute nicht mal in Holland.«

»Doch. Wir könnten an der Gracht spazieren gehen.«

Gracht, der Code für »dringend«. Wenn es um etwas Wichtiges geht, das keinen Aufschub duldet. *Boot* dagegen: »Die Lieferung macht ein Problem.« Seitdem einer von Kings besten Leuten einem Lauschangriff ausgesetzt war – der Schlucker sitzt jetzt ein –, am Telefon nur noch Codisch.

Annik ruft wieder was auf Holländisch in die Ferne.

»*Mi Latina*, zehn Uhr«, schon klickt es wieder in der Leitung.

Langsam lässt der King sein Handy sinken.

Wow.

So leicht.

Pablo weiß noch:

King

ist

der King.

Jetzt muss er nur noch ins *Carstle* und mit Jingo im Konvoi ab auf die Autobahn.

23.

Gleich am Morgen bricht Loosi in die Werkstatt auf, die einst sein zweites Zuhause war. Verändert hat sich dort wenig. Es stinkt nach Abgasen und Schmiere, nach Schweiß und Motoröl. Das Metall lärmt unverändert laut, sodass die Männer brüllen müssen, um sich zu verständigen. An den Wänden warnen immer noch dieselben Schilder. Nur die Gesichter sind andere. Älter. Pessimistisch. Hektisch und angespannt, und niemand grüßt ihn mehr.

Zielstrebig geht Loosi zu der letzten Hebebühne in der hinteren Ecke. Fast fühlt es sich an wie früher, als er Aziz an ihr arbeiten sieht. Als wäre nichts passiert, seit sie sich das letzte Mal gesehen haben.

»Hey, Maestro!«

Aziz braucht einige Sekunden, bis er sich umdreht und sich in seinem Gesicht das Lächeln ausbreitet, das er nur seinen Freunden schenkt.

»Bei Allah, ich dachte, du bist tot!«

Seine Augen strahlen vor Freude.

»Dachte ich auch, aber dann flog eine Taube gegen mein Fenster.«

Aziz lacht und reißt Loosi an sich. Umarmt ihn, als hätte er ein verloren geglaubtes Haustier wiedergefunden. Loosi genießt die Umarmung, auch wenn er es Aziz nicht zeigen kann. Schnell kommt er zum Geschäft.

»Ich mach einen Autoservice auf. Sauber und legal.«

Jetzt lacht Aziz laut.

»Sauber und legal? Du?«

Als er merkt, dass Loosi nicht mitlacht, kneift er die Lippen zusammen.

»Das ist … echt … cool.« Aziz' Sprachlosigkeit macht klar, dass er Loosi das nicht zutraut. »Du fängst also noch mal von vorne an, ja? Ich meine, ich habe gehört … du trinkst viel und so?«

Also stimmt es, man hat ihn bespitzeln lassen. Ging mal das Gerücht um. Eigentlich eine Ehre.

»Ich kriege ein Darlehen vom Amt. Damit ziehe ich einen Service auf, Reparaturen und Waschanlage, und ich brauche dich als Partner.«

Aziz zieht ihn zur Seite. Guckt sich um, ringt um Worte.

»Ich … Sorry, Mann.« Aziz braucht mehrere Versuche, bis das Feuerzeug brennt, mit dem er sich eine Zigarette anzündet. »Tut mir echt leid, aber die Frau will Schmuck, die Kinder iPhone, iMac, iDreck hier, iScheiß da, du kennst den Kram.« Nervös zieht er zweimal tief das Nikotin ein. »Ich weiß, ich schulde dir was. Aber ich kann hier nicht raus, ehrlich.«

Aziz bemerkt nicht, dass er mit seinem rechten Fuß unaufhörlich in kleinen Stößen gegen einen schwarzen Fleck auf dem Hallenboden tritt. Wie ein kleiner Junge, der beim Stehlen erwischt worden ist.

»Wenn du willst, spreche ich mit Jingo, ehrlich, wenn du willst …« Er wirkt immer nervöser. »Vielleicht kannst du zurück ins Geschäft.«

Loosi starrt ihn an.

Zurück ins Geschäft?

Und die ganze Scheiße von vorne?

Nie im Leben.

»Ich weiß, Jingo und du –«

»Nein, danke.«

Was für eine bescheuerte Idee.

Er nickt Aziz so freundlich zu, wie er kann, wendet sich ab und geht.

»Warte.« Aziz läuft ihm nach. »Ich spendiere dir einen Burger an der Theke, und du erzählst mir, was …«

Loosi hört nicht mehr zu, läuft weiter, starrt die Schrauber in den verschmierten Blaumännern an, die Narben in ihren Gesichtern, für immer in sein Gedächtnis gebrannt, denn er wird nicht mehr wiederkommen. Sein Blick bleibt an dem Schild »Lebensgefahr« hängen, und nur von fern dringen Aziz' letzten Worte zu ihm durch, »… und ich habe Respekt, echt, wie du das machst, mit Hartz IV und dem Alk, tut mir echt leid, Mann!«, und als er am Ausgang ankommt, so aufrecht er nur kann, verschlägt es ihm den Atem.

Ein BMW,

Baujahr neunundneunzig,

heute fast ein Oldtimer,

verchromte Felgen,

fährt durch die Mitte des Hofs, direkt auf ihn zu,

rollt wie in Zeitlupe an ihm vorbei,

und hinter dem Steuer grinst siegessicher sein schlimmster Alptraum –

und erkennt ihn nicht.

24.

In seinem BMW fühlt er sich sicher. Das war schon immer so. Blech, aber gutes. Begrenzter Raum, aber seiner. Nur die Musik, die er mag. Und das Steuer: in seiner Hand.

Kurz vor Antwerpen verlässt Jingo die Autobahn, der King rast an ihm vorbei und hebt kurz die Hand. In fünf Stunden treffen sie sich wieder.

In Amsterdam ist er fünfzehn Minuten zu früh im *Mi Latina*. Als Annik eintritt, schlürft er den zweiten Johnny. Kaum gleitet ihr zarter Körper an seinen Tisch, haucht sie in ihrem bezaubernden Akzent: »Wir gehen.«

Dem King bleibt nicht mal Zeit, einen Zwanziger auf den Tisch zu legen.

»Übernimmt Pablo«, sagt Annik und zieht den King hinaus.

Ungefähr fünfzehn Minuten führt Annik ihn durch die verschachtelten Grachten. Es ist ein lauer Sommerabend, und sie sehen aus wie ein ganz normales Paar, vielleicht ein bisschen extravagant, er in High-End-Garderobe, sie in buntem Glamour, ein rosa Plüschteil um den Hals. Wie alle anderen Paare halten sie sich an den Händen, Annik schlenkert ihre Arme und plappert und lächelt. Das, was die beiden vom Rest der Amsterdamer unterscheidet, sieht niemand. Und langsam beunruhigt Anniks unbeschwerte Selbstverständlichkeit King ein wenig.

Als sie endlich in das Foyer einer Stadtvilla eintreten, die der King noch nie gesehen hat, läuft Pablo mit weit ausgebreiteten Armen auf ihn zu. Ein paar erlesene europäische und südamerikanische Gäste stehen herum oder surfen angeheitert auf der Musik in den Speisesaal. Offensichtlich steigt eine von Pablos Networkingpartys. Der King entspannt sich. Denn er wurde gerade dazu eingeladen.

»Du willst also eigene Geschäfte machen«, sagt Pablo, noch ehe er die Umarmung löst.

Woher weiß er das schon wieder?

Pablo grinst.

»Wie lange kennen wir uns jetzt?«

»Sieben Jahre.«

»Seit wann hasst du Mekki?«

»Vierzehn Jahre.«

»Wie oft hast du mich angerufen, um an den Grachten spazieren zu gehen?«

Der King denkt nach. Scheiße, so durchschaubar ist er. Jetzt grinst er selbst.

»Wird verdammt Zeit, King.«

Pablos Augen blitzen fröhlich, während er Annik auf den Po klapst, etwas auf Holländisch sagt und ihr nachsieht.

»Du hast Glück«, Pablo führt den King in den herrschaftlichen Saal, Stuck, Kronleuchter, Parkett vom Feinsten, in der Mitte eine zehn mal zwei Meter große Tafel, gearbeitet aus einem durchgängigen Stück Amazonasstamm.

»Ein paar Freunde sind gerade in der Stadt, und da dachte ich, wir feiern deine kleine *Kingdom*-Party schon mal vor.«

Pablo grinst noch breiter, als Annik einer Frau am oberen Ende der Treppe winkt. Es ist Jenni. Sie sieht umwerfend aus. Und geht auf den King zu.

Er weiß, was das bedeutet.

Pablos »Freunde« sind nicht zufällig in der Stadt. Und das hier ist keine gewöhnliche Networkingparty. Die hier ist nur für den King. Wo Jenni ist, ist Juan nicht weit. Pablo will den King nach oben schießen. Auf dem direktesten Weg.

Setz dich hin und schnall dich an, weil uns jetzt nichts mehr halten kann!

Der King dreht die Musik noch ein bisschen lauter. Er brettert auf der Autobahn zurück gen Grenze, der Bass drückt das Trommelfell zusammen wie blöd, und er gräbt sich noch ein Stückchen tiefer in seinen Sitz, während er an Pablos Handschlag am Ende der Party und ihre Abmachung denkt. Er kann es immer noch nicht fassen: Er hat es tatsächlich geschafft. Der Rest wird jetzt wirklich ein Klacks.

Kurz nachdem die Lichter von Jingos Opel in Kings Rückspiegel aufblitzen und der King mit Jingo Arsch an Haube die Grenze bei Geleen passiert, heftet sich nach hundert Metern Deutschland ein schwarzer vw an Jingos Wagen.

Erst mal rauf aufs Gas,

die Mukke weitere zehn Dezibel lauter.

Hier kommt der Sound, der dein Trommelfell brandmarkt.

Hinter der nächsten Kurve zieht der King den bmw auf die Überholspur, drosselt das Tempo, bis Jingo rechts an ihm vorbeifährt, und reiht sich hinter ihm ein. Wie erwartet holt der vw auf, will vorbeiziehen, der King gibt Gas wie verrückt, wieder auf die Überholspur, direkt vor die Nase vom vw, mit Karacho und Krach, so laut und auffällig er kann, an Jingo vorbei.

Der vw rast jetzt ihm hinterher.

Ein Arm setzt das Blaulicht auf das Dach.

Lichthupe.

Sirene.

Brav.

Der King bremst ab und lässt den vw passieren.

Der reiht sich vor ihm auf der rechten Spur ein, in der Heckscheibe erscheint die Anzeige: »Polizei – folgen Sie uns zum nächsten Parkplatz«.

Während der King von der Autobahn abfährt, zieht Jingo an ihm vorbei und versucht, nicht rüberzugucken.

»Wir müssen Sie bitten auszusteigen.«

Der junge Polizist steht am offenen Fahrerfenster und beugt sich zu King runter.

»Verdacht auf Drogenhandel.«

Der King steigt aus, lässt sich von dem einen abtasten, während der andere den Kofferraum aufmacht. Zielsicher reißt der den Boden raus und schlitzt den Ersatzreifen auf.

Nur leider,

leider,

findet er da nichts.

Der King kann sich das Grinsen kaum verkneifen.

Klar hat er damit gerechnet. Auch dass die Bullen erst mal so tun, als seien sie an Jingo interessiert. Der King musste die Nummer abziehen, für die er offiziell mitgekommen ist. Wäre ja sonst zu auffällig gewesen, das ganze abgekartete Ding. Er hat mitgespielt, den alten Trick: Wenn der Kurier Gefahr läuft, erwischt zu werden, lenkt der andere die Bullen ab.

Drei Kilo reinsten Weißes hatte Mekki ihm ins Lieblingsversteck der Anfänger packen lassen. Wie gut, dass der King nicht blöd ist und alles noch mal gecheckt hat vor der Abfahrt in Frankfurt. Er hatte so eine Ahnung. Drei Kilo, das wären mindestens zehn Jahre gewesen. Leider, leider werden die Zollbullen Mekki sagen müssen, dass der King ein wenig schneller war – von wegen, das Koks hat sein Hirn zerfressen. Ganz im Gegenteil: Er ist voll da. Hier. Im Gegensatz zu der wöchentlichen Lieferung, die mit Jingo auf dem Weg ins *Carstle* ist, und den drei extra Kilo, die statt in seinem Kofferraum schön sicher zu Hause hinter dem Lichtenstein liegen.

Immer verärgerter klopfen die Zollis, inzwischen gemeinsam, den gesamten Innenraum vom BMW ab und werfen dem King böse Blicke zu, während er sich kaum noch halten kann vor Freude. Gelassen raucht er seine Zigarette und genießt mit jedem Zug die Unwissenheit der Gesetzeshüter. Mit jedem Ausatmen lässt er sich seinen Etappensieg ein Stück mehr auf der Zunge zergehen, bis ein Rauschen, ein Piepsen und Gerede über Funk im Polizeiauto den King aus seinen Gedanken reißt.

»Wir müssen Sie bitten einzusteigen« findet er nur noch lächerlich. Ist doch klar, dass die nichts gegen ihn in der Hand haben. Aber die Jungspunde lassen es sich nicht nehmen. Spezialeinsatz mit Maulwurfinfo will ordentlich geprüft sein.

Ein paar Minuten sitzt der King noch grinsend auf der

Rückbank der Bullenkarre, aber nach diversen Telefonaten darf er wieder in sein Auto zurück. Der Ältere der beiden presst seine Lippen zusammen, schreibt einen Zettel wegen sechzig km/h Geschwindigkeitsüberschreitung. Langsam verstehen die beiden, dass der King sie an den Arsch gekriegt hat, nicht sie ihn. Jetzt wollen sie ihm reinwürgen, was geht. Klar. Was soll's? Das Geld interessiert ihn nada. Die Punkte regelt Klaus.

Zehn Minuten später zieht er die vierte Line des Tages. Die hat er sich verdient. Bei Pablo hatte er sich alles verkniffen. Denn: *Regel Nummer 4: Nie vor Pablo.*

Die Bullen waren sogar zu blöd, sein Geheimversteck im Rückspiegel zu finden. Und das bei seiner Zappelei. Wie dumm können zwei Anfänger sein.

Mit zweihundert Sachen ...

Bin ich schon am Limit?!

... lässt der King Aachen rechts liegen, seine Hymne hat er auf Endlosschleife gestellt, in zwei Stunden ist er zurück, in dreißig Stunden feiert er in seinem Loft, auf seinem Dach, mit zweihundert VIPs und solchen, die es werden wollen, den Anfang von Mekkis Ende.

Et tu, Brute, wie du mir, so ich dir,
und das Koks schießt in sein Glied.

Nur eins quält den King, seit er das Zeug im Ersatzreifen entdeckt hat: Das Koks beweist, dass Mekki wusste, dass er trotz »Verbot« nach Holland fahren würde.

Wer also hat gesungen?

25.

Still ist es um ihn herum.
Leer ist es in ihm drin.

Zielsicher hat sein Körper ihn zum nächsten Kiosk gezerrt.

Er sieht die Menschen an ihm vorbeieilen, die Straßen hinauf, die Straßen hinab. Aber ihre Schritte sind nicht zu hören.

Was hat er sich nur dabei gedacht, ausgerechnet noch mal in die Werkstatt zu fahren? Hat er wirklich geglaubt, dass ihn sein altes Leben nicht einholen würde? Dass er tatsächlich einen Neustart wagen kann?

Alles purer Quatsch. Der Autoservice. Sanni. Und dann ...

Warum in Gottes Namen hat die »Therapeutin« nicht einfach den Mund gehalten? Warum musste sie überhaupt da sitzen? Ihm gegenüber. Niemals hatte er damit gerechnet, ihr ausgerechnet in einer Klinik wiederzubegegnen. Und warum ist sie ihm sogar bis auf den Campingplatz gefolgt?

Er hatte sich arrangiert.

Er hatte sie doch nicht mal erkannt.

Er hat sich verdammt noch mal arrangiert.

Er hat den ganzen beschissenen Scheiß abgehakt.

Vor der Auslage zählt er die Schnapsflaschen und sein Geld. Immer und immer wieder. Sein Gaumen schmeckt den Glückstropfen bereits. Das Herz pumpt, nur einen Kauf entfernt von Friede und Untergang.

Eine Flasche Wodka oder vier Tetra Wein?

Zwanzig Minuten steht er vor den Alkoholika.

Als ein Kind den Kiosk betritt, entscheidet er sich zu rennen. So schnell er kann.

26.

Es gibt nur eine Klingel ohne Namen. Kurz darauf knistert Janas Stimme aus der Gegensprechanlage.

»Hallo?«

»Ein Verehrer.«

Rauschen.

»Was willst du hier?«

»Ich bin nur der Lieferboy. Ich habe Rosen für Sie.«

Kurz darauf summt der Türöffner.

Er summt immer noch, als der King schon auf halber Treppe nach oben ist.

Als er Jana zwei Stockwerke später gegenübersteht, schaut sie böse, nimmt ihm die Blumen ab, marschiert durch den Flur ins Wohnzimmer und schmeißt sie aus dem Fenster.

»Jetzt hau ab.«

Aber der King zwitschert: »Wer schneller unten ist, der Hochholer oder die Rausschmeißerin!«

Wenn Jana gleich lacht, dann, weil sie den King für Mekki ausspioniert, nur dann spielt sie Kings Spiel mit. Das ist der Test, den er sich ausgedacht hat. Also dreht er sich auf dem Absatz um und ist schon wieder am Treppengeländer, als er hört, wie Jana leise die Tür hinter ihm schließt.

Der King bleibt stehen und überlegt. Ok, sie spielt nicht mit. Test bestanden. Was aber, wenn sie gemerkt hat, dass es ein Test ist?

So kommt er nicht weiter.

Außerdem würde Janas Loyalität gleichzeitig bedeuten, dass es Jingo war, der gesungen hat. Fuck. Klassische Lose-lose-Situation.

Der King geht zurück zur Wohnungstür, klingelt. Die Tür geht auf, Jana guckt ins Treppenhaus, nach oben, nach unten, und zieht den King in ihre Wohnung. Fest schließt sie die Tür hinter sich.

»Was soll das? Willst du, dass Mekki uns beide abknallt?«

»Hast du Mekki meinen Plan gesteckt?«

Janas Augen blitzen den King scharf an. Auf ihrer Stirn glänzt der Schweiß. Ihr Dekolleté wiegt auf und ab. Sie ist kurz davor, ihn leidenschaftlichst zu küssen. Das spürt er. Oder hofft es zumindest. Denn er kann es immer noch nicht glauben. Jana, die Unberührbare, sieht immer noch so aus, als habe sie sich aber so was von in ihn verschossen!

Dann knallt Janas Hand auf seine Wange.

Der Schmerz schießt durch seinen Kiefer. Für einen Moment ist der King aus dem Konzept.

»Du bist so ein Arsch!«

Sie bebt vor Angst. Oder Zorn.

»Du glaubst, ich habe dich verraten? Ich?«

Es ist Angst. Und Wut. Und Ohnmacht. Das alles glaubt er in ihren Augen zu lesen. Er kennt es selbst nur zu gut. Oder ist alles nur gespielt? Jana ist die perfekte Playerin.

»Von wem wusste er denn sonst, dass ich trotz seines ›Verbots‹ nach Holland fahre?«

Jana guckt irritiert.

»Was hätte ich davon?«

Guter Punkt. Was hätte sie davon?

»Ich habe gedacht, ich habe echt gedacht, wir … du hättest vielleicht eine Chance …«

»Wir?!«

Yes!

Und Jana schnaubt noch ein Stück heftiger: »Aber … du … du denkst nicht mehr klar!«

Sie wendet sich von ihm ab, wieder zu ihm zurück und spuckt ihm fast ins Gesicht vor Wut:

»Mekki ist uns immer einen Schritt voraus. Immer!«, sie rudert hektisch mit ihren Armen. »Und wenn dir jemand hierher gefolgt ist, dann ist das das Todesurteil! Für uns beide!«

Wow.

Nun bebt nicht mehr nur ihr Dekolleté. Ihr ganzer Körper atmet ihren Zorn, ein einziger Vorwurf an Kings Mut, den sie für Kopflosigkeit hält, und vielleicht hat er wirklich den Verstand verloren. Ist endlich wieder in seinem Herzen.

Romeo und Julia.

Aber jetzt fällt ihm das Wichtigste ein:

Dass er bei Pablo war, das hat er ihr nicht gesagt. Das kann Mekki nur von Jingo haben. Und nur das rechtfertigt drei Kilo. Wie auf Kommando, von einem imaginären Befehlshaber an die Leine genommen, der irgendwo im Bauch oder zwischen den Beinen sitzt, packt der King Janas grazile Arme, reißt ihren Körper an sich und küsst sie.

Kaum spürt er ihre Lippen auf seinen, weicht sie zurück, und jetzt spuckt sie ihm tatsächlich ins Gesicht.

»Werd wieder klar!«

Ihr Augen wandern hektisch zum Fenster, scannen die Straße. Zärtlich streichelt er ihre Wange. Sie zittert und lässt es geschehen.

»Du bist ja total fertig, Jana, beruhig dich erst mal.«

»Nein, beruhig du dich. Du denkst nicht mehr klar. Mekki hat total recht.«

Das hat gesessen.

Aber vielleicht hat sie hier noch einen Punkt.

Er denkt nicht mehr klar.

Wieso hat er ausgerechnet Jana verdächtigt?

»Ok.« Er nickt.

»Ok.« Jana nickt. »Und jetzt erzähl mir endlich deinen Plan.«

Sie scheint zu entspannen und guckt ihn aufmerksam an. Mitfühlend.

»Ok.«

Er ist so weit. Er senkt die Stimme, als könnte jemand sie hören.

»Ich gebe Mekki die drei Kilo zurück. Ich lege sie in seine Limo, so wie er sie mir in den BMW gelegt hat. Und das Einzige, was ich von dir dafür brauche, ist der Code zu seiner Garage samt Transponder.«

Jana macht große Augen.

»Das ist dein großer Plan?«

»So einfach wie genial.«

»Der Plan ist Kinderkacke.«

Sie scheint es nicht fassen zu können.

Das läuft nicht so wie gedacht.

»Denk doch mal na-«

»Denk du endlich wieder klar!«

Jana sieht aus, als ob sie am liebsten heulen würde. Sie wendet sich ab, atmet tief durch, und als sie sich zu ihm dreht, ist sie wieder ganz die Kühle, die Unberührbare. Sie hat sich wieder voll im Griff. Wie macht sie das?

»Selbst wenn ich dir den Code gebe und du es bis in die Garage schaffst, spätestens die Köter würden es riechen.«

»Deswegen mache ich es morgens früh um sechs, wenn Harry mit ihnen weg ist.«

»Du hörst mir nicht zu. Harry checkt mit den Viechern immer noch mal alles ab, bevor Mekki in die Limo steigt.«

»Deswegen lege ich vergiftetes Fleisch aus. Die verrecken schneller, als sie schnüffeln können.«

»Da schöpft Mekki doch Verdacht.«

»Wenn ich eins von Mekki weiß, und das hat er übrigens mit jedem Psychopathen dieser Welt gemeinsam, dann, dass die Scheißköter ihm heiliger sind als jeder Mensch. Ich wette mit dir, der packt sie sofort in sein Auto und düst los, um sie zu retten. Dann mein Anruf bei der Bullerei, und Mekki – in flagranti.«

Jana überlegt. Und sagt mit ernüchternder Bestimmtheit:

»Du musst jetzt aufgeben. Du musst jetzt eine Begründung finden, warum du dich Mekki widersetzt hast und trotz seines Verbots nach Holland gefahren bist. Und warum du eben zu mir gekommen bist. Ich bin sicher, Mekki weiß längst Bescheid. Erzähl ihm irgendwas und mach ihm ein Friedensangebot. Beweis ihm, dass du es einsiehst, alles, was er gesagt hat, und fang noch mal ganz unten an.«

Unendliche Trauer in ihren Augen.

Sie traut es ihm nicht zu. Immer noch nicht.

Das muss ein Ende haben.

»Ich habe Pablo.«

Plötzlich ist Jana hellwach.

»Was heißt, du hast Pablo?«

»Pablo liefert ab jetzt nur noch an mich. Mekki ist raus.«

»*Der* Pablo liefert ab jetzt nur noch an *dich*?«

»Pablo war mein Kontakt. Von Anfang an. Ich habe Mekki ins Geschäft gebracht.«

»Das kann doch gar nicht sein.«

Jana murmelt mehr zu sich als zum King. Die Neuigkeit bringt sie aus dem Konzept. Ja, der King kann schweigen. Wenn es angebracht ist. Aber jetzt ist seine Zeit gekommen.

»Millionen, Baby, wir reden ab jetzt über Millionen. Jährlich.«

Nervös wendet Jana sich ab und greift nach einer Packung Zigaretten. Noch nie hat der King sie rauchen gesehen. Die Flamme zittert, als Jana sich die Ziggie anzündet.

Abrupt dreht sie sich wieder zu ihm um.

»Woher hast du das Kapital?«

»Ich habe mehr, als du denkst. Was fehlt, schießt Pablo vor.«

»Du verarschst mich.«

Der King grinst.

Für einen Moment scheint Jana in Gedanken zu schweifen. Irritiert guckt sie in die Luft. Dann nickt sie in sich hinein. Als hätte sie das alles längst gewusst.

»Wie hast du das geschafft?«

Jana setzt sich auf den Tisch, mit verschränkten Beinen

wie ein Buddha, und mustert den King eindringlich, während sie raucht. Und er spürt, wie sein Grinsen wächst, denn erstmals schaut Jana ihn mit einem Ausdruck der Bewunderung an. Tiefster Bewunderung. Gleich geht dem King wirklich einer ab. Und auf einmal haben Janas Augen auch so ein seltsames Funkeln. Wie bei einer Verschwörung. Als bekäme sie plötzlich Spaß an der ganzen Sache, an der sie bislang nur gezweifelt hat.

Mein Gott!

Wie gern würde er sie jetzt ficken!

Während der King ihr eine Antwort schuldig bleibt, bläst Jana ihm Rauch ins Gesicht und sagt kaum hörbar:

»Dein Kontaktmann bei den Bullen, der ist sicher?«

Einen Moment zögert er noch. Aber Janas Augen glitzern wie zartes Sommermoos in einem schattigen Wald, dass er glaubt, sich einfach hineinlegen zu dürfen, komme, was wolle, geschehe, was muss, um endlich frei zu sein, bis in alle Ewigkeit.

»Bei Anruf King: Zugriff.«

Jana nimmt einen letzten tiefen Zug, bläst Rauchringe in die Luft und lacht. Sie lacht laut los. So herzlich, als hätte der King einen guten Witz gemacht.

»Du denkst wirklich, du kommst durch mit der Nummer?«

Es ist kein gehässiges Lachen, kein leichtfertiges, kein erfreutes, kein sarkastisches, kein verlegenes. Es ist das Lachen einer Frau, die weiß, wie es läuft, die einfach nur überrascht ist, wie er so naiv sein kann. Aber wenn sie gedacht hat, dass Pablo sein einziger Trumpf ist, hat sie sich geschnitten. Es wird Zeit, dass er ihr klarmacht, wie gut er sich in den letzten Jahren wirklich vernetzt hat.

»Jana, du hast ja keine Ahnung. Ich war bei Pablo in Bogotá, ich habe seine verdammte verloren geglaubte Schwester gerettet, und ich war bei Jenni und Juan! Weißt du, wer das ist?«

Jana verschluckt sich an dem Rauch, hustet. Ok, sie weiß, wer das ist.

»Ich habe den verdammten ganzen fucking Clan in der Tasche, verstehst du?«

Jetzt drückt Jana ihre Zigarette im Aschenbecher aus und schaut den King unverwandt an.

»Jana, glaub mir, der Plan ist so naiv wie genial. Ich bin einer der Großen. Das weiß auch Mekki. Deswegen kommt niemand, nicht mal er, auf die Idee, dass ich das in seinem Fall so schlicht durchziehe, direkt nachdem er den Scheiß bei mir versucht hat.«

Jana schweigt.

»Vielleicht.«

Ein letztes trauriges Zucken umspielt ihre Mundwinkel. Und vielleicht ist das der Grund, warum sein Schwanz jetzt aufsteht und schreit und nur noch zu ihr will. Sein Hirn hat mal wieder einen Komplettaussetzer.

»Wenn du mir immer noch nicht glaubst, kannst du dich persönlich überzeugen. Ich habe die Übernahmeparty in mein Loft verlegt, sie steigt morgen.« Die nächsten Worte lässt er sich auf der Zunge zergehen. »Pablo wird mein Gast sein.«

Jetzt weiß Jana endgültig nicht mehr, was sie sagen soll. Herrlich, dieser Gesichtsausdruck!

»Du musst jetzt gehen.«

Mit einem Ruck steht sie auf und schiebt den King durch die Tür.

»Ein Kuss wenigstens, einen Kuss!«

»Ich gebe dir den Code morgen auf deiner Party. Mekki ändert ihn täglich.«

»Und den Transponder?«

Als die Tür ins Schloss fällt, starrt der King noch einen Moment auf den weißen Lack direkt vor ihm, auf der Höhe, wo normalerweise der Spion eingebaut ist. Ob Jana noch dahintersteht und lauscht?

Sein Schwanz legt sich wieder schlafen, und endlich, endlich, strömt wieder Blut durch sein Hirn, und er kann wieder denken: Yes.

Yes!

Er hat die letzte Hürde genommen. Jana ist so was von tausendpro on his side. Niemals hat sie ihn verraten.

Der Rest ist nun aber wirklich Kinderkacke.

Als er im Loft ankommt, organisiert die Brünette bereits den Aufbau für die große Party.

Was für ein Anblick!

Rechts vom Pool gegenüber der Fensterfront soll das Buffet stehen. Das DJ-Pult haben sie am anderen Ende aufgebaut, direkt vor dem Geländer mit Blick über die Metropole, Frankfurt am Meer. Wenn da die Sonne untergeht, Halleluja! Schier endlos scheinende Batterien von Alkoholika reihen sich rund um den Pool, wie eine Festung aus Glas und explosivem Elixier.

»Wenn das nicht die Party des Jahrhunderts wird.«

Zumindest seines Jahrhunderts.

Die Brünette dreht sich um.

»Geil, oder?«

Allerdings.

Er ist geil.

Aber nicht mehr auf das rote Mädel, Valerie, Veronika, Vanessa, irgendwas mit V, selbst nach einem Jahr weiß er ihren Namen noch nicht. Er denkt jetzt nur noch an Janas Arsch, ihre Titten, ihre weichen Lippen.

So was von mit sich zufrieden wirft er einen Blick in die Spiegelung des Pools. Die Krone wächst ein bisschen weiter. Er ist und bleibt eben der King. Selbst Pablo weiß das. Die Crème de la Crème der kolumbianischen Drogenmafia weiß das. Warum hat Jana überhaupt noch gezweifelt?

»Wir haben noch zweiundzwanzig Stunden, bis sie kommen«, haucht ihm das Mädel ins Ohr.

Als ob die Uhrzeit wichtig wäre. Der King fickt, wen er will, wo er will, wann und so lange er will. Auch wenn die ganze Party zusieht.

»Bring mir einen Scotch«, faucht er sie an.

Im Bruchteil einer Sekunde kapiert sie, dass ihre Zeit vorbei ist, und lässt vom King ab. Prüfend schlendert er noch an den Tellern und Gabeln entlang, die das Catering auf den Tischen aufgereiht hat. Zwei Minuten später fällt er ins Bett, allein, und liegt nicht mal eine Minute, da ist er schon weg.

27.

Bis zu dem Abendessen bei Monika ist es noch fast eine ganze Woche, und nach der kurzen Freude über den unbeschwerten Morgen hat Michi nur noch eine Sorge: dass Xandra in der Zwischenzeit weggebracht wird.

Lasse hat entschieden, ihn zunächst in Ruhe zu lassen. Er darf im Bus bleiben, ohne weitere Gegenleistung. Was allerdings langsam zum Problem wird, ist das Geld. Das Urlaubsgeld, das er noch hatte, geht schneller drauf, als Michi dachte. Vor allem für Essen und Benzin. Wasser holt er sich aus dem Fluss. Bis zum Abendessen bei Monika schafft er es vielleicht noch. Danach braucht er eine Lösung. Aber die braucht er sowieso. Und als er am Montag die Ungewissheit nicht aushält, fährt er zum Heim.

Er versteckt sich in einem Hausvorsprung gegenüber dem Hof. Xandra sitzt auf der Bank und liest. Als keine anderen Kinder mehr im Hof sind, tritt er aus seinem Schutz hervor. Xandra blickt zu ihm, als hätte sie die ganze Zeit gewusst, dass er da ist, und nur auf den richtigen Moment gewartet. Sie steht auf und schlendert zu ihm herüber. Als sie ihn erreicht, guckt sie ihn nicht an. Sie steht nur so da, in der einen Hand das Buch, in der anderen Poppy.

»Wie geht's dir?«, fragt er schuldbewusst.

Xandra zuckt kraftlos mit den Schultern.

»Sie wissen nicht, wen sie noch fragen sollen. Aus der Verwandtschaft. Oder so. Und kleine Kinder sind beliebter. Vorgestern ist Jens geholt worden. Der war vier.« Kurz guckt sie Michi mit zitterndem Augenaufschlag an. »Dass du wieder abgehauen bist, ist nicht hilfreich, hat Schneider gesagt. Ich glaube, die gucken nur noch nach Heimen.«

Schnell erzählt Michi von Lasse und Monika und dem geplanten Abendessen und verspricht Xandra, täglich nach ihr zu sehen.

Von da an treffen sie sich jeden Tag an dem Hausvorsprung. Am Donnerstag fährt er zu Hause vorbei, Xandra wollte, dass er dem Elternhaus von ihr zuwinkt. Aber als er dort ankommt, bleibt seine Hand am Lenker kleben. Mindestens eine Stunde steht er davor und betrachtet die Fassade. Mama hatte manchmal darüber geredet, dass sie bröckeln würde. Papa hielt das für Quatsch. Michi auch. Jetzt bemerkt er den rissigen Putz unter den Fensterbänken. Mama wollte, dass sie sich rechtzeitig kümmern, bevor es zu spät ist.

Dann ist es endlich so weit.

Er steht vor der gusseisernen Klingel der Villa. Kaum ist das Läuten verstummt, hört er jemanden herbeieilen. Als die Tür aufgeht, springt Monika ihn vor Freude fast an. In dem weißen Kleid mit kurzen Ärmeln und Rüschen sieht sie aus wie auf dem Weg zur Kommunion. Michi muss schmunzeln. Gleichzeitig starrt er sprachlos wie ein Frosch mit großen Augen dieses leuchtende Mädchen an, das ihn geküsst und zu sich nach Hause eingeladen hat. Unsicher, ob er sie nun wieder küssen soll, küssen darf, verpasst er den Moment, denn weitere Schritte nahen.

»Herzlich willkommen, Michi. Wie schön, dass du uns besuchst.«

Große goldene Locken, die ein zartes Gesicht umrahmen, beugen sich von hinten über Monika. Einst muss das Gesicht wie das von Monika gewesen sein. Die rosigen Wangen auf sonst blasser Haut, die Stupsnase, das breite Kinn wirken wie eine gealterte Version der Tochter.

»Ich heiße Marianne.«

»Vielen Dank für die Einladung.«

Michis Hand schießt höflich nach vorne. Es ist das Beste, was ihm in diesem Moment einfällt. Mariannes fester Händedruck überrascht ihn.

Als er eintritt, bemerkt er als Erstes den grauen Marmorboden. Er kennt sich zwar nicht aus, aber auch alles andere wirkt teuer. Sämtliche Möbel sind riesig, scheinen antik, glänzen makellos. Große Bilder glitzern in goldenen Rahmen. In den Ecken wachsen hübsch formierte Pflanzen, die aussehen, als habe sie heute erst der Gärtner geschnitten, und auf jedem Tischchen und jeder Kommode steht ein Strauß Blumen. Es duftet nach Jasmin und Nelken.

»Wahnsinn«, flüstert Michi Monika zu.

Marianne hat ihn gehört und lächelt, bis Monika ihm zuhaucht:

»Ein goldener Käfig.«

Entschieden führt Marianne Michi ins Esszimmer, in dem leise klassische Musik läuft.

Auch hier wieder altes Holz, gepaart mit moderner Technik, allerdings umgeben von Glas, als bestünde das

Zimmer nur aus Fenstern, die den Blick freigeben auf einen kunstvoll angelegten Garten mit Palmen um einen Swimmingpool.

»Gleich fallen dir die Zähne aus.«

Monika lacht nicht über ihren Witz, sondern über Michi, der artig den Mund schließt. Über dem offenen Kamin, in dem ein Feuer brennt, obwohl Sommer ist, entdeckt Michi ein Gemälde. Es erstreckt sich über die gesamte Breite der Wand. Es zeigt zwei rote Quadrate, ein helleres und ein dunkles. Sie liegen nebeneinander auf fast, aber eben nur fast weißem Hintergrund. Simpel. Hätte auch er malen können. Aber es sieht schön aus. Es hat etwas Beruhigendes.

»Was ist dein Vater von Beruf?«

Das klang etwas ehrfurchtsvoller als beabsichtigt.

»Hermann ist Richter«, hört er die Stimme der Mutter, bevor Monika antworten kann. Marianne betritt das Zimmer mit einem Silbertablett, auf dem eine Suppenterrine steht.

»Jeden Tag trifft er Entscheidungen über Leben und Tod«, schießt Monika hinterher.

»Und die trifft er gut.« Mariannes Ton erstickt jede mögliche weitere Bemerkung im Keim.

Nachdem sie Suppenterrine und Kelle auf dem gedeckten Tisch abgestellt und das Tablett auf die Vitrine gelegt hat, weist sie Michi mit einer Geste einen Platz zu. Monika setzt sich ihm gegenüber, neben ihre Mutter. Die faltet eine Serviette neu, an der sie irgendetwas gestört hat, was Michi beim besten Willen nicht aufgefallen wäre.

Er betrachtet, wie Marianne die Suppe auf die Teller verteilt, dann guckt er zu Monika, die ihn spitzbübisch studiert. Ihm schießt durch den Kopf, dass das hier vielleicht seine letzte Chance ist. Aber als Marianne die Hände zum Gebet schließt, kommt ihm alles absurd vor.

»Segne, Vater, diese Speise …«

Was erwartet er von diesem Besuch?

Monika fällt mit ein: »Uns zur Kraft und dir zum Preise …«

Still faltet auch er seine Hände, senkt den Kopf und wartet die letzten Sätze ab: »Komm, Herr Jesus, sei unser Gast, und segne, was du uns bescheret hast.«

Als er den Kopf wieder hebt, beobachtet er Monikas Mund, der etwas sagt, was er nicht versteht, bevor sich ihre Lippen an den Rand ihres Glases legen. Wie es zu ihrem Mund gewandert ist, hat er nicht bemerkt.

»Guten Appetit«, sagt Marianne.

»Guten Appetit«, reißt Monika ihn aus seiner Träumerei, und ein wenig über sich selbst amüsiert fügt Michi hinzu:

»Nix verdröppelt, nix verschütt.«

Monika grinst.

Marianne schaut ihn an wie einen Außerirdischen.

Michi nimmt seinen Löffel, schiebt sich den weich pürierten Spargel in den Mund. Geht runter wie Öl, die letzten Tage hatte er nur Brot, Käse und Äpfel. Sein Magen übernimmt das Kommando, und Michi schaufelt einen Löffel nach dem anderen in sich rein. Er ist dankbar und freut sich auf die Gänge, die noch kommen. Marianne reißt ihn aus seiner Glückseligkeit:

»Schmeckt es dir in Hattersheim nicht?«

Beschämt richtet er sich auf, schluckt und sucht Monikas Blick.

»Monika hat mir alles erzählt.«

Marianne lächelt wieder ihr wärmstes Lächeln, was Michi nur noch mehr verwirrt. Hat Monika wirklich alles erzählt?

»Du bist derzeit in einem Heim, übergangsweise. Zusammen mit deiner Schwester.«

Gut, nicht alles.

»Ja. Da gibt es nicht so leckeres Essen wie bei Ihnen.«

Zwar war Mamas Kartoffelsalat der beste, immer wieder denkt er in letzter Zeit an ihn, und bei dem Gedanken daran vergeht ihm für einen Moment der Appetit, aber so gut wie das hier, nein, so gut waren ihre Kochkünste nicht. Da ist er ehrlich. Mama hatte andere Stärken.

»Ich weiß nicht, ob ich jemals eine so leckere Suppe gegessen habe wie Ihre.«

»Wir haben eine Köchin.«

»Oh.«

Er guckt Marianne an. Das Lächeln hat sich nicht verändert und ermutigt ihn, mehr zu erzählen. Wenn der Teller leer ist, fällt ihm vielleicht noch was ein. Zum Glück erlöst Marianne ihn.

»Monika hat mir erklärt, du hoffst auf eine Adoption?«

»Ja, für meine Schwester und mich.«

Trotz des Hungers und obwohl es verdammt gut schmeckt, legt er seinen Löffel zur Seite. Jetzt keinen Fehler machen. Er guckt Marianne direkt an und hofft, dass er mit dem, was er sagt, etwas bewirken kann.

»Wenn uns niemand gemeinsam aufnimmt, kommen wir in zwei verschiedene Heime, wo wir dann für immer bleiben müssen. Das kann jeden Moment passieren.«

Marianne nickt still. Ihr Lächeln weicht einer dunklen Ernsthaftigkeit.

»Du vermisst deine Eltern sicher sehr.«

Als er ihre Worte hört, spürt er, wie wahr sie sind. Sein Blick verharrt zwischen Marianne und dem Fenster am anderen Ende des Raumes. Er sieht nicht mehr scharf. Verzweifelt sucht er den Gedanken, den er hatte. Er hatte Papa noch was sagen wollen. Aber was? Es ist, als wäre er in ein schwarzes Loch gefallen. Aber er muss. Er muss. Er hebt den Kopf wieder, und es gelingt ihm ein Lächeln. Er entscheidet sich, keine Zeit mehr zu verlieren und ganz direkt zu fragen.

»Ich hatte gehofft, dass Sie mir und meiner Schwester vielleicht helfen können.«

Jetzt legt auch Marianne ihren Löffel neben den Teller und guckt Michi mit durchdringender Herzlichkeit in die Augen.

»Genau weiß ich es noch nicht, aber ich habe mich ein wenig erkundigt.«

Monika rutscht kaum merklich auf ihrem Stuhl hin und her. Sie will ein Happy End, denkt Michi, wie er. Soweit man das, was möglich ist, so nennen kann.

»Bevor man ein Kind adoptieren darf, muss viel überprüft werden. Ob die potentiellen Adoptiveltern ein regelmäßiges Einkommen haben, zum Beispiel. Ob sie genug Platz haben. Ob sie sich bisher nichts haben zuschulden kommen lassen. Ob sie geeignet sind für das Kind, und das Kind für sie. Das heißt, ob sich das Kind auch wohlfühlen kann bei ihnen.«

»Ich bin pflegeleicht. Und meine Schwester noch mehr. Die liest nur.«

»Das glaube ich gern.« Marianne lächelt. »Aber du musst verstehen, dass das Ganze seine Zeit dauert. Bis alles geprüft ist, lebt das Kind erst mal weiter im Heim.«

»Sie meinen, Xandra und ich, wir müssen in jedem Fall erst mal in ein weiteres Heim?«

»Normalerweise ja. Außer man findet Pflegeeltern. Die nehmen meist viele Kinder, und da wärt ihr dann so lange, bis euch jemand adoptiert.«

»Wie lange?«

»In der Regel dauert die Prüfung potentieller Adoptiveltern zwischen sechs und zwölf Monaten.«

»Aber …«, Michi sucht nach Worten.

Währenddessen hakt Marianne ein:

»Das heißt nicht, dass die Zeit nicht genutzt werden kann. Sie ist genau dafür da, ein geeignetes neues Zuhause für dich und deine Schwester zu finden.«

»Aber wenn die nichts hier in der Gegend finden? Xandra und ich dürfen ja auch nicht in dasselbe Heim, bis elf … ab zwölf …« Verzweifelt sucht er in seinem Kopf nach Argumenten. »Kann man das nicht beschleunigen? Wegen außerordentlicher Fähigkeiten? Ich kann wirklich gut reparieren. Vor allem alles mit einem Motor. Mein Vater …« Das nächste Wort will ihm nicht über die Lippen, »… war …«, er hustet, »… mein Vater war Kfz-Meister.« Er holt tief Luft. »In Schloßborn. Bitte, wir müssen hierblei…«

Seine Stimme bricht. Monika nimmt seine Hand.

Marianne spricht jetzt ganz sanft.

»Ich erkundige mich gern in meinem Bekanntenkreis, und ich denke, es ist nicht aussichtslos. Es gibt Paare, die keine Kinder bekommen können, aber sich welche wünschen. Ich denke nur, du musst dich mit dem Gedanken abfinden, dass alles etwas Zeit braucht.«

Zeit?

Das ist, was sie nicht haben.

Für einen Moment sieht er nur Mariannes warme Augen. Dann fährt Monikas Kopf harsch herum. Ein Auto ist auf die Einfahrt gefahren und hält vor dem Haus. Leise. Elegant. Eins der größeren Modelle. Oder ein teurer vw. Immer wieder vw, wenn es Qualität sein soll. Wen interessiert das jetzt!

Mit einem letzten Blick zu Michi erhebt sich Marianne und hastet zur Haustür.

»Das war's«, sagt Monika.

Sie umklammert seine Hand noch ein bisschen fester, schiebt mit der anderen ihren Löffel ordentlich neben dem Teller zurecht und betrachtet Michi in einer Mischung aus Trostlosigkeit und Wut.

Das Motorengeräusch verstummt, eine Autotür öffnet sich und fällt zu. Schritte.

»Grenoble hat das Meeting abgesagt«, sagt eine Männerstimme.

»Wir haben Besuch«, sagt Marianne.

Die Haustür fällt ins Schloss, und Michi folgt Monikas Blick zur Wohnzimmertür, durch die ihr Vater tritt.

»Das ist Michi, das ist Hermann.«

»Guten Abend«, sagt Michi.

Die Sonne steht tief, erfüllt den ganzen Raum, und Michi erkennt dunkle Ringe unter Hermanns Augen. Vielleicht schläft er ähnlich schlecht wie er selbst, wenn auch aus einem anderen Grund.

»Du hast inzwischen einen Helm.«

Hermanns Stimme zerschneidet scharf die Stille. Er muss den Helm draußen gesehen haben. Michi hat ihn auf dem Mofa gelassen.

»Ja«, sagt Michi. Seine Stimme will noch nicht richtig.

Irgendwie sieht Hermann nicht so aus, als würde er über Schicksale nachdenken. Jedenfalls nicht über Michis. Sein Gesicht bewegt sich nicht, und seine Hand streicht derart abwesend das Jackett glatt, dass Michi nicht mehr aus diesem Mann herauslesen kann als die vollendete Mischung aus Desinteresse und Gefühllosigkeit.

Manchmal ist es besser, keine Eltern mehr zu haben, fällt ihm ein, als jedes von Hermanns präzise artikulierten Worten ihn wie ein Schwert durchfährt:

»Was, meinst du, würde dein Vater dazu sagen, dass du nachts herumfährst, dir die Birne dumm rauchst und unschuldige Mädchen mit in den Abgrund ziehst?«

»Hermann, bitte«, Marianne spricht jetzt leise.

Michi schaut von Hermann zu Monika, will ihre Zustimmung, dass er offen sein darf, aber ihr Gesicht ist verhärtet, und sie starrt auf ihre Hände, beschäftigt mit etwas, das sie nicht mit ihm teilt. Die Lippen zusammengekniffen, die Lider gesenkt, die Schultern gespannt zum Kampf, scheint ihr Körper explodieren zu wollen, aber aus ihrem Mund kommt kein Wort.

Michi nimmt all seinen Mut zusammen:

»Wenn ich Ihre Tochter in etwas reinziehe, was sie nicht will, braucht sie es nur zu sagen. Dann gehe ich und lasse sie in Ruhe.«

Dabei guckt er nur zu Monika.

»Das wäre wohl das Beste«, sagt Hermann.

Marianne öffnet den Mund und schließt ihn wieder.

Stille.

Dann räuspert sich Monika. Sie ringt, als stünde sie einer Übermacht gegenüber, dem unbesiegbaren Heer der Rhetorikarmee. Sie erwidert Michis Blick, aber jedes Wort richtet sie gegen ihren Vater:

»Sobald ich einen Schritt aus diesem Haus setze, mache ich alles aus freien Stücken. Michi ist das Beste, was mir seit Langem passiert ist. Denn er hat ein Herz. Im Gegensatz zu manch anderem in diesem Raum.«

Monika bebt am ganzen Körper. Erst jetzt dreht sie ihren Kopf zu ihrem Vater, dessen Blick töten könnte, aber Michi hat nur noch Augen für Monika, während sie fortfährt:

»Jetzt schick mich ruhig wieder in mein Zimmer, von mir aus, bis die Ferien vorbei sind. Du kannst mich einsperren, so lange du willst. So wie du werde ich nie.«

Abrupt wendet Hermann sich wieder zu Michi.

»Wie heißt du mit Nachnamen?«

Wie ferngesteuert antwortet Michi: »Berger.«

Und Hermann verlässt den Raum.

Danach murmelt Marianne: »Entschuldige bitte, Michi«, setzt sich wieder, und die drei essen weiter, aber Marianne fragt Michi nichts mehr.

Drei Gänge und fünfzig Minuten Geplauder später schmeißt Monika sich mit aller Wucht auf ihr Bett und vergräbt ihren Kopf unter dem Kissen. Alles in ihrem Zimmer ist edel und blitzblank, jedes der geschmackvollen Möbelstücke auf das andere abgestimmt. Neben einem Sessel, der wie ein aufgeschnittenes Ei aussieht, mit rotem Kuschelstoff bespannt, steht eine Geige auf einem Ständer, der den Mittelpunkt des Zimmers vor der verglasten Fensterfront bildet. Bestimmt spielt Monika sehr gut, denkt Michi, und überlegt, was er sagen soll.

Weil ihm nichts einfällt, lässt er den Blick über den Pool schweifen. Von hier oben erkennt er einen Wasserfall, der von einer zwei Meter hohen Felswand hinunterströmt, von hinten beleuchtet wird und durch das offene Fenster einlullendes, gleichmäßiges Plätschern schickt. An der Wand neben dem Fenster zum Garten hängen Urkunden von Sport-, Musik- und Schreib-Wettbewerben. Das zweite Fenster geht zum Hof, es ist das, durch das Monika hereingeklettert ist, nachdem Michi sie hierhergefahren hat. Schließlich lässt er seinen Blick auf Monika ruhen, die reglos auf dem Bett liegt.

»Dass meine Mutter dir jetzt noch hilft, können wir vergessen.«

Monikas Worte klingen dumpf zu ihm herüber.

»Und nach den Ferien muss ich sowieso zurück in die Schweiz.«

»Schweiz?«

Sie taucht unter dem Kissen hervor, verzieht den Mund und säuselt mit gespitzten Lippen: »Institut de Bertadort.« Sie streckt den Mittelfinger Richtung Zimmerboden, unter dem ihre Eltern vor dem Kamin Zeitung lesen. »Das teuerste Internat, das er finden konnte. Natürlich. Es geht ums Geld. Es geht immer nur ums Geld.«

»Warum sagst du mir das erst jetzt?«

»Was?«

Sie weiß, was er meint. Auch wenn sie ihn mit gespielter Naivität anschaut. Und weil er nur traurig zurückblickt, senkt sie schließlich den Kopf.

So sitzen sie eine Weile, bis er fragt:

»Vielleicht gibt es auch im Taunus ein teures Internat?«

Monika beginnt zu lachen. Sie lacht über ihn. Er kann nichts Lustiges daran erkennen, dass er vergeblich Lösungen zu finden versucht, für alle. Als ob er wüsste, ob der Taunus bald überhaupt noch eine Rolle spielen wird. Aber Monika scheint es zu beruhigen, dass Michi sie mit aussichtslosen Ideen zum Lachen bringt. Es scheint, als würde sie mit Michi für ein paar kostbare Sekunden ihre tiefe Angst vor ihrem Vater verlieren, so wie Michi allein mit ihr seine Angst vor dem Nichts.

»Kommst du denn in den Ferien immer heim?«

Monika nickt und nimmt seine Hand. Sie presst ihren Mund auf seinen, und in ihrer stürmischen Annäherung, fast einem Angriff gleich, spürt Michi mindestens so viel unerfüllte Träume wie in seiner eigenen Brust. Jäh reißt Monika sich los, springt vom Bett, nimmt ihre Geige vom Ständer, schmeißt sie mit Karacho auf den Boden und zerschmettert sie mit einem Tritt.

Sie zwitschert fast vor Vergnügen, als sie Michi anschaut:

»Ups, ein Erbstück.«

Die Freude ist von kurzer Dauer. Als sie ihren Blick abwendet vom zersplitterten Edelholz, hat sie bereits erkannt, dass dies nichts an der zerrütteten Familie ändern wird, und sackt zurück aufs Bett.

Behutsam legt Michi seine Arme um sie. Sie weint an seiner Schulter, und er zieht sie an sich, ähnlich wie ein paar Wochen zuvor Xandra, und während sie schluchzt und schnieft, klingelt es an der Haustür.

Sie hören Stimmen und Schritte, die sich nähern, dann

geht die Zimmertür auf. Hinter Monikas Vater stehen zwei Polizisten.

Michi versteht schneller als Monika. Die Tür ist versperrt, das Rosenfenster zu nah am Feind, Michi entscheidet sich für das Fenster hinter dem Bett.

Mit einem großen Satz hastet er hinüber. Drei Meter über dem Pool, der bis an die Hauswand reicht. Michi denkt nicht, er springt einfach. Im Flug hört er Monikas entsetzten Schrei und das Fluchen der Männer, dann taucht er ein ins überraschend warme Nass, taucht auf, und als Monika erkennt, dass er ihr zuwinkt, jauchzt sie vor Freude und ruft: »Wünsch dir was!«

Klar, was er sich wünscht.

Triefend klettert er aus dem Becken, die nasse Kleidung hängt schwer an ihm, und so schnell er kann, rennt er zum Zaun am hinteren Ende des Gartens. Immer wieder rutscht sein Schuh ab in den kleinen, schräg gehäkelten Drahtquadraten des mindestens zwei Meter hohen Zauns. Gerade will er sich obendrüber hangeln, als der erste Polizist ihn erreicht und am Bein packt. Michi tritt in die Luft und wirft seinen Oberkörper auf die andere Seite. Sein freier Fuß verliert den Halt, kurz baumelt er im freien Fall, bevor der zweite Polizist ihn schnappt und Michi mit seinem Kollegen zusammen in den Garten zurückziehen will. Mit aller Kraft gräbt Michi seine Finger in den Zaun, der Draht schneidet tief in seinen Magen, und Michi hält das alles aus und kämpft, kämpft, als ginge es um sein Leben, bis der erste Polizist seine Hände von Michis Bein löst und seine Finger vom Zaun zu reißen beginnt. Vor Schmerz schreit Michi auf, verliert für eine Sekunde den Halt, der Zug des zweiten Polizisten an seinem Bein lässt ihn direkt vor die Füße der beiden fallen, und das Letzte, was er hört, ist Monikas verzweifelter Schrei:

»Du bist kein Richter, du bist ein Henker!«

Dann erlischt der Himmel über ihm.

28

H ier.«
Nicht ohne Stolz platziert Loosi den Packen auf
Steiners Tisch. Für dieses Bündel abgeholzter Bäume ist
er die letzten Wochen trocken geblieben. Hat sich von
Aziz' Absage nicht unterkriegen lassen. Hat Sanni über-
redet, ihre Mutter noch mal wegen des Kindergelds anzurufen.

»Ich bin das Kind, und das Kindergeld ist für das Kind,
nicht für die Mutter! Wenn du morgen um elf nicht bei
Frau Dölckers bist und unterschreibst, bringe ich dich
vor Gericht!«

Das hat sie tatsächlich ins Telefon geschrien. Am nächsten Tag um elf hat widerwillig ein Kugelschreiber übers
Papier gekratzt und Sanni stolz auf sich selbst der Mutter
auf die dicke Schulter geklopft und »Danke« gesagt. Danach standen Großeinkauf und Festessen an.

Zweimal hat ihn außerdem noch die Klinik auf dem
Handy angerufen. Er ist natürlich nicht drangegangen.
Jeden Fitzel Kraft, den er noch hat, hat er lieber in die
fünfzig Seiten gesteckt. Er will das jetzt. Für Sanni. Damit er ein gutes Vorbild ist. Wobei sie ihm bisher mehr
geholfen hat als er ihr. Nur mit ihrer Hilfe und der von
ein paar Nachbarn hat er die tausend Fragen der vielen
Formulare im Bürokratendeutsch geschafft, und dafür
klopft er sich selbst ein bisschen auf die Schulter.

»Mhm.« Steiner überfliegt die Seiten und guckt auf. »Ich will Ihnen lieber gleich sagen, dass Sie sich keine großen Hoffnungen machen sollten.«

In ihren Augen liest Loosi, dass sich die Sache mit dem Computerbildschirm rumgesprochen hat.

»Sie können nichts vorweisen, was Sie als Kfz-Mechaniker qualifizieren würde, keine Lehre, keine andersartige Ausbildung, geschweige denn einen Meisterbrief. Ich glaube Ihnen ja, dass Sie gewisse Fähigkeiten besitzen, aber Ihre Konkurrenten sind alle Vollprofis. Und was soll das überhaupt genau sein, ein Autoservice? Wieso fährt man nicht gleich in eine Werkstatt?«

»Weil es bei mir billiger ist.«

»Aber ohne Garantie.«

»Nein. Die gebe auch ich, steht in der Beschreibung vom Unternehmenskonzept, auf Seite dreizehn.«

»Aber die Kunden haben keine Garantie, dass Sie was können, bevor sie Ihnen einen Auftrag geben, richtig?«

»Ich verspreche Ihnen, wenn Sie mir eine Chance geben, dann läuft das mit Mundpropaganda. Ich brauche ein halbes Jahr.«

Steiner nickt, und ihr Gesichtsausdruck sagt: Sicher, das sagen sie alle. Es ist jene gelernte Arroganz der Machtinhaber, die im Gegenüber den letzten Funken Hoffnung im Keim erstickt.

»Also, ich denke nicht, dass wir Ihren Antrag bewilligen.«

Loosi will so was sagen wie:

Ich brauche die Chance!

Ich komme Ihnen gleich rüber!!

Wozu habe ich denn dann die letzten fünf Wochen …

Aber er will es nur für ein paar Sekunden.

Er hat schon zu oft um Chancen gebettelt.

Er ist schließlich auch schon rübergekommen.

Die Aktion mit dem Computer war sein letzter Kraftakt, die tausend Fragen sein letztes Aufbäumen, und das hier ist das finale Todeszucken.

Hör auf, Loosi, das war's.

Und er lauscht nur noch seiner inneren Stimme, nicht mehr Steiner, als die beschwichtigt:

»Aber natürlich werde ich den Antrag ganz regulär prüfen.«

Ganz bestimmt wird sie das.

Draußen setzt Loosi sich auf eine Bank und fragt sich, was er jetzt tun soll. Er spürt: Die Luft ist raus.

Irgendwo klopft ein Specht. Ungewöhnlich, hier in der Stadt. Loosi versucht ihn auszumachen. Guckt in die Äste des einzigen Baums auf dem Parkplatz. Aber er kann ihn nicht entdecken. Leicht beruhigt vernimmt er nur ab und an sein munteres Klopfen. So sitzt er da und grübelt und döst und schaut und schlägt die Zeit tot und denkt schließlich: Jeder stirbt an dem beschissensten Gefühl, das es gibt. Der Einsamkeit.

Als Loosi wieder auf die Uhr guckt, ist es zehn nach fünf. Der Parkplatz hat sich geleert, und Loosi spürt, wie die Hitze in ihm aufsteigt. Er weiß nicht mehr, wie er sich noch vor Sanni verstecken soll. Oder vor Anna und Joseph. Oder vor sich selbst. Klar, er kann wieder auf Zeit spielen. Wie immer in den letzten Jahren, die Verzögerungstaktik hat er drauf. Deswegen ist er auch hier sitzen geblieben. Aber jetzt sind vier Stunden um, und immer, immer kommt irgendwann die Wahrheit raus. Loosi spürt, wie sie aus seinem ängstlichen Herzen schießen und alles vergiften wird. Und während er noch mit sich ringt, ob er jetzt heimgehen oder einfach auf dieser Bank bleiben und weiter dem Specht lauschen soll, sieht er Steiner aus der Drehtür eilen.

Loosi hat sie noch nie gehen sehen. Sie sieht nicht unglücklich aus.

Eigentlich wollte Loosi nie mit denen hier tauschen. Graue Zimmer, immer die gleichen Schicksale, Tag für Tag neue, und doch immer die gleichen deprimierten Gesichter und Geschichten. Aber vielleicht lernt man, das abzuschütteln, bevor man um siebzehn Uhr den Stift fallen lässt, seine Jacke anzieht und aus der Tür tritt. Ist so was wirklich möglich? Vielleicht sollte er sich mal hier bewerben. Als Security. Wenn er wieder anfängt zu trainieren … Vielleicht kriegt er seinen Körper noch mal …

Quatsch!

Sieh es ein.

Sieh es endlich ein, Loosi.

Du Loser.

Dein Leben – im Arsch.

Das ist der Moment, in dem Loosi sich von dem Specht verabschiedet, der sich immer noch nicht gezeigt hat. Er beobachtet, wie Steiner in einen V70 D3, Baujahr 2012, steigt, dann bricht er auf in Richtung Bushaltestelle.

Ein Juckeln des Anlassers lässt ihn innehalten.

Das Teil kurbelt durch.

Zündet nicht.

Hört sich an wie ein Diesel.

Vielleicht ist das seine Chance.

Seine reelle Chance.

So schnell ihn seine Beine tragen, rennt er hinüber und klopft an das Fahrerfenster. Steiner lässt es runter. Ziemlich genervt.

»Macht er das immer? Dass er eine Weile drehen muss, bevor er zündet? Oder hängt es davon ab, ob er kalt oder warm ist?«

Steiner zögert.

»Das macht er jetzt seit zwei Monaten. Ich kenne das schon. Am Ende kriegt er sich immer wieder ein.«

»Passiert das vorwiegend, wenn er warm ist?«

Widerwillig nickt Steiner: »Ja. Meine Tochter hat sich das Auto vorhin für zwei Stunden geliehen.«

Das weiß er natürlich längst. Loosi hat alle Autos beobachtet, die ein- und ausparkten. Er hat die Tochter gesehen, ohne zu wissen, dass es die Tochter ist.

»Und jetzt ist er noch heiß?«

»Sieht so aus, aber ich kenne das Problem. Ich muss nur warten.«

Steiner will das Fenster wieder hochfahren, als Loosi noch schnell den Kilometerstand liest.

»Über zweihunderttausend hat der schon runter? Haben Sie mal die Injektoren austauschen lassen? Also, die Einspritzdüsen?«

Erstmals guckt Steiner Loosi neugierig an.

»Nein.«

»Ich sage Ihnen, die sind durch. Wenn das noch die ersten sind und die zweihunderttausend runterhaben, spritzen die irgendwohin, sind nicht mehr dicht, lassen den

Druck auch bei stehendem Motor durch. Das macht die Brennräume voll. Der ist versoffen.«

Kurz beißt er sich auf die Lippen. Aber Steiner mustert Loosi jetzt mit wachen Augen.

»Das heißt, ich kriege den jetzt gar nicht mehr an?«

»Auch das ist Ihnen schon mal passiert, richtig?«

»Drei Mal.«

»Ich würde ihn bis morgen früh stehen lassen. Es sind immer noch dreißig Grad, das erhitzt zusätzlich, und Ihre Tochter scheint ihn gut heiß gefahren zu haben. Aber morgen früh, wenn er abgekühlt ist, sollte er wieder rundlaufen. Dann können Sie zur nächsten Werkstatt. Ist eine Sache von einer Stunde.«

»Und was kostet das?«

»In einer normalen Werkstatt so circa dreihundert.«

»Sie können das auch reparieren, ja?«

Loosi nickt.

»Und bei Ihnen kostet es wie viel?«

»Fünfzig. Aber für Sie mache ich das natürlich umsonst. Und das meine ich bitte nicht als Bestechung. Ich meine nur, wenn ich helfen kann, dann mache ich das gern.«

Das entspricht sogar der Wahrheit, natürlich mit einer unterschwelligen Bitte, die er aber völlig im Rahmen findet, und Steiner scheint das auch so zu sehen.

»Warum sind Sie eigentlich immer noch hier?«

Loosi sucht nach einer Antwort, die nicht blöd klingt, und während er sucht, scheint Steiner wortlos zu verstehen.

»Also, hören Sie zu, Sie gehen mir ein bisschen auf die Nerven. Aber …«, sie nickt, »ich gucke mir Ihre Unterlagen an. Ich mache Ihnen keine Hoffnung, wie gesagt, aber ich gucke sie mir in Ruhe an. Mein Auto gebe ich in die Werkstatt, aber ich danke Ihnen für den Rat.«

Mit den Worten steigt sie aus dem Auto und geht, und als Loosi eine Stunde später in die Einfahrt zu seinem Stellplatz auf dem Campingplatz einbiegt und der Sand unter seinen abgetragenen Alditretern knirscht, hüpft sein Herz immer noch vor Freude.

Anna und Joseph stolpern mit Einkaufstüten, aus denen die obligatorischen Tetra Paks herausragen, in ihren Wohnwagen. Sanni sitzt mit ihren Stöpseln in den Ohren auf der Stufe zu seinem Bus und summt. Sie spielt mit Chichi, während Luzi im Schatten döst, und Loosi will am liebsten gleich mit der guten Nachricht rausplatzen, aber er hält sich zurück.

Sanni schaut auf und nimmt die Stöpsel aus den Ohren. »Und?«

Ihre Augen voller Zuversicht.

Er will den Moment noch ein bisschen hinauszögern.

»Hast du Cola gekauft?«

Schon ist er am Kühlschrank. Gähnende Leere. Ok, macht nichts. Er ist voller Adrenalin. Er kann nicht glauben, dass er Fortuna noch einen Schubs gegeben hat. Wenn das wirklich klappt, wenn das wirklich klappt!

Jetzt lacht er Sanni an.

Sie springt auf.

»Ich glaube es nicht! Kriegst du den Service?«

»So schnell geht das nicht! Die müssen erst prüfen, aber ...«

Sanni küsst ihn vor Freude auf den Mund, und danach erzählt er ihr die ganze Geschichte, und Sanni hat nur noch Augen für ihn, den »Helden des Tages«, wie sie ihn nennt. Er kann sich kaum halten vor Freude. Wer hätte das noch von ihm gedacht?!

»Wir schaffen das!«

Zum ersten Mal glaubt Loosi, was er sagt. Und Sanni strahlt ihn ebenso an, wie er glaubt, dass er sie anglotzt, und mit einem Schwung hebt er sie hoch und wirbelt sie im Kreis.

»Wir schaffen das!«

Sanni kreischt vor Freude, als er mit ihr auf dem Arm einmal um den Bus rennt.

»Loosi!«

Luzi ist nun wach und springt mit Chichi im kläffenden Chor um die beiden herum, und er schreit sein unerwartetes Glück oder Schicksal oder Irrsinn, oder was ist es eigentlich?, so laut er kann in alle Himmelsrichtungen:

»Wir schaffen alles!«

»Loosi ...«, verlegen zischt Sanni ihm ins Ohr, ohne jedoch ihr breites Grinsen zu verlieren. »Das wissen wir doch noch gar nicht.«

»Ah, ah, ah. Was höre ich da raus? Du hörst mir jetzt mal gut zu.« So eindringlich er kann, guckt er ihr in die Augen und sagt mit fester Stimme: »Die Zeit des Zweifelns ist vorbei.«

Sanni lächelt verschämt.

»Hast du mir gerade zugehört?«

Sanni nickt.

»Was habe ich gesagt?«

»Die Zeit des Zweifelns ist vorbei.«

»Und jetzt lauter.«

»Die Zeit des Zweifelns ist vorbei.«

Sanni lächelt noch breiter.

»Und jetzt alle!«

»Die Zeit des Zweifelns ist vorbei«, schreien sie uni-
sono.

Zärtlich küsst Loosi Sanni auf den Mund, als Anna ihren Kopf aus dem Fenster ihres Wohnwagens streckt.

»Sag mal, geht's noch da drüben?!«

»Ja, hört nur her, uns liegt ab jetzt ganz Deutschland zu
Füßen! Ach, was sage ich, die ganze Welt!«

Sanni lacht ihn teils aus, teils lacht sie mit ihm mit, und
er wirbelt sie noch weiter durch die Luft. Mit jeder Um-
drehung mehr verblassen die Zweifel, die doch überall
lauern, spätestens hinter der nächsten Ecke, das Nichts
der Verlierer, der Tunnel, der niemals endet. Und Loosi
denkt nur noch: Her mit dem Licht, her mit dem Ja!
Wieso, verdammt noch mal, sollte er nicht ein Mal Glück
haben im Leben?! Das muss gefeiert werden! Heute ist
der Tag für eine Ausnahme, und Sanni kommt aus dem
Lachen nicht mehr raus, und Loosi lacht mit und ruft:
»Das müssen wir feiern!«

Anna, die alles beobachtet hat, reagiert sofort und greift
nach den Tüten. Das war ihr Stichwort. »Jawoll! Wir
feiern!«

Ihr Kopf verschwindet, in Loosis Kopf dreht es sich
wie in seinem Körper. Ja, lasst uns feiern! Endlich!
Endlich! Das hat er am meisten ersehnt, seit Steiner
und er auf dem Parkplatz auseinandergegangen sind,
und ein paar Minuten später haben Anna und Joseph
Gläser und Wein auf den Tisch gestellt, und Loosi setzt
sich dazu und zieht Sanni auf seinen Schoß, die verwirrt
lächelt.

»Loosi, ich …« Sie senkt die Stimme. »Du hast gesagt, das bringt dich um. Als wir in der Klinik waren, da hast du das gesagt.«

»Ein Mal, das eine Mal werden wir wohl feiern dürfen wie jeder andere auch.«

Sanni greift unsicher seine Hand.

»Ich habe das im Griff, glaub mir.«

»Aber …«

Aber Loosi hört nicht mehr zu. Joseph füllt die Gläser mit dem roten Fusel, der den Zaranoff heute wohl oder übel ersetzen muss, und kurz darauf stoßen sie an und grölen:

»Johnny Walker, du hast mich nie enttäuscht!«

Loosi singt aus vollem Hals, und Anna und Joseph lachen, und Loosi zögert nur einen kurzen Moment, denn diesmal, weiß er, hat er es im Griff, und dann trinkt er, trinkt, und schon hält er Anna den leeren Becher wieder hin.

Er fühlt, wie sich der Alkohol ausbreitet.

Wohlig warm ergreift er Besitz von ihm.

Wohlig warm wie das Glück, das heute zum Greifen nah gerückt ist, und er singt:

»Johnny Walker, du bist mein bester Freund!«

Er lächelt Sanni zu, die mit Chichi und Luzi ein Stück von ihm abgerückt ist. Sie hat ihre Stöpsel wieder in die Ohren gesteckt und sieht traurig aus. Sie trinkt nichts.

Komm, Sanni. Komm rüber.

Will er sagen.

Aber er weiß nicht, wie.

Und so dreht er Annas Ghettoblaster noch ein bisschen lauter und grölt aus vollem Hals.

»Kein Mensch hört mir so gut zu wie du, Johnny, du lachst mich auch nie aus!«

Und für ein paar kostbare kurze Minuten fühlt Loosi sich zurückversetzt in eine Zeit, als sein Leben aus Partys bestand und das meiste noch hätte gut werden können.

29.

Als er aufwacht, spürt er die Hand der Roten auf seiner Schulter. Gewissenhaft kommt sie ihrer Pflicht nach, für die er sie nicht schlecht zahlt, und sagt:

»Jingo ist hier.«

Der King starrt auf die Uhr.

16:13.

Hat er den ganzen Tag geschlafen?!

Er scheucht die Rote weg und richtet sich auf. Sein Blick fällt auf jemandem, der ihn vom anderen Ende des Raumes anstarrt. Der Typ sieht fertig aus. Mein Gott, Junge, krieg dein Leben auf die Reihe, will der King rufen. Die Wangen sind ja nur noch Löcher. Der Saft unter der Haut hat sich zurückgezogen. Die Augenlider zucken nervös im Takt der Musik, die von fern dröhnt, über Pupillen, wie tot, der Schweiß steht ihm auf der Stirn. Und kaum dass der King sich fragt, wer das überhaupt sein kann da in seinem Zimmer, ruft er, in vager Vorahnung:

»Verschwinde!«

Der Typ guckt ihn ratlos an.

Genauso ratlos wie der King,

der sich nicht mehr wirklich fragt,

mit wem er da spricht.

Die vage Vorahnung bestätigt sich,

so klar ist er dann doch noch.

Scheiße,
das Wrack da
gegenüber,
die knochig verzogene Fratze mit tiefen Kratern,
das ist sein Spiegelbild.
Erbarmungslos starrt der King den King an.
Wenn das ist, was aus ihm geworden ist ...
Der King im Spiegel lächelt. Milde. Traurig.
Ein fucking Albtraum!
Wach auf!
Und der King schreit:
Wach auf!
Und der King im Spiegel schreit:
WACH AUF!
Aber er ist schon wach.
WANN IST ER NUR SO ABGEFUCKT?!

Als er endlich den Blick von sich lösen kann, beschließt er: Morgen hört er auf. Nur eine zieht er noch, nur heute noch. Oder zwei. Er muss den Krempel zusammenkriegen in seinem Oberstübchen.

Reiß dich zusammen!

Dass schließlich aus zwei Lines drei werden, dann vier, ok, es ist das letzte Mal, und jetzt funkeln sie wieder, ein wenig, die Augen, voll Zuversicht, so muss es gehen.

Unter der Dusche wäscht er den Horror von eben ab. Zurück im Schlafzimmer, meidet er den Spiegel. Ohne zu prüfen, wie er aussieht, schlüpft er in den Gucci-Anzug, den roten. Zusammen mit dem orangefarbenen Hemd ist das sein Papageienkostüm, wie Jingo es nennt. Es ist Jingos Lieblingsklamotte, und als er die Terrasse betritt, strahlt sein Anzug mit der untergehenden Sonne um die Wette.

Das Catering steht. Der King schnappt sich ein paar Garnelen. Der erste Scotch des Abends fließt seine Kehle hinunter, und zufrieden legt er sich in seine Lieblingsliege, als die schöne Rote, die sich nichts mehr anmerken lässt, Jingo hereinführt.

»Mann, King, ich habe endlos versucht, dich anzurufen! Wieso bist du nicht rangegangen? Ich habe gedacht … Ehrlich, ist das gut, dich zu sehen!«

Beschwingt streckt Jingo ihm die Hand zum High Five entgegen. Der King lacht und schlägt ein.

»Das gute alte Ablenkungsmanöver, und unser Schnee verlässt die Niederlande!«

Jingo strahlt über beide Ohren. Sein breitestes Lachen. Das hat der King bei ihm schon in beiden Fälle erlebt: Wenn Jingo es ehrlich meint und wenn nicht.

»Ich habe gedacht, das war's, danke, Mann!«

Betont anerkennend klopft Jingo ihm auf die Schulter. Der King spült Jingos Laienspiel mit drei Schlucken Scotch runter und weist ihn mit gönnerhafter Geste an, sich auch eine Liege zu nehmen. Jingo zieht sich die Liege so zurecht, dass er den King direkt anguckt, und die Rote bringt auch Jingo einen Scotch mit Eis, so wie er ihn mag.

Der King entscheidet, direkt zur Sache zu kommen.

»Hast du geplaudert?«

»Was?«

»Mekki wollte mich hochgehen lassen.«

»Das … King … wie?«

»Drei Kilo im Ersatzreifen. Die Zollis wussten, wo sie suchen müssen.«

Jingo trinkt sein Glas in einem Zug. Irritiert guckt er zu der Roten, die ihren knappen Mini für den Abend noch knapper tunt.

»Echt, King, ich habe dir gesagt, das ist zu heiß. Ich habe dir auch gesagt, fahr nicht mit nach Holland, wenn Mekki das nicht will.«

»Nur du wusstest, dass ich mitfahre.«

»King! Ich habe damit nichts zu tun. Bin ich denn blöd?«

Jingo verzieht den Mund. Wie ein schmollendes Kind. Wie die Marokkaner das gern machen, zumindest die, die der King kennt. Verletzter Stolz. Oder bloße Schauspielkunst. Jingos Augen tun erstaunlich unschuldig.

»Du hast mir den Deal meines Lebens angeboten.«

Richtig. Das hat er. Aber wer weiß, was Mekki geboten hat, und das offensichtliche Unschuldsgetue passt nicht zu Jingo. Der King glaubt ihm kein Wort.

Er muss jetzt doppelgleisig fahren. Jingo darf nichts mehr wissen, nichts, was gefährlich werden kann. Gleichzeitig muss der King ihn in dem Glauben lassen, dass er ihn weiterhin einweiht.

Das mit der Garage macht der King selbst. Das ist ihm zwischen Aufwacheritis und Spiegelalbtraum klar geworden. Davon erfährt niemand etwas. Außer Klaus. Bei Anruf Haft.

Also.

Was kann er Jingo sagen, was Mekki schon weiß und ihm nicht das Genick bricht? Oder was Mekki noch nicht weiß, aber dem King nicht gefährlich wird auf den letzten Metern? Die Zeit läuft. Morgen früh muss das Koks in die Limo. Anruf Klaus, Anfahrt, abführen. Dreizehn Stunden, würde er sagen. In dreizehn Stunden ist alles vorbei.

»Pablo liefert ab jetzt nur noch an mich. Mekki ist raus.«

Jingo verschluckt sich und spuckt einen Eiswürfel aus.

»Die erste Fuhre sind hundert Kilo. Ich leih dir eine Million als Startkapital. Sobald die abbezahlt ist, kriegst du wöchentlich deinen Anteil vom Verkauf.«

Und dann knallt er Jingo die Worte ins Gesicht, von denen er glaubt, dass sie Mekki am meisten treffen:

»Ich habe Jana gebumst.«

Demonstrativ lehnt er sich zurück und krault seine Eier. Jingo starrt ihn an.

»Friss mich doch die Kuh.«

In Jingos Augen: Neid. Bewunderung. Und – Angst. Woher die Angst? Als würde er denken: Das gibt Sodom und Gomorrha. Aber ist das noch wichtig für ihn?

Mit dem Scotch in der Hand stürzt er sich ins Becken, trinkt aus dem Glas, das jetzt voll ist mit Chlorwasser, und Jingos Freude wirkt echt, so echt, als er das Glas über das Terrassengeländer pfeffert und von fern das Klirren herauf hallt.

»Du bist der King, King!«

Je voller die Bude wird, desto nervöser wird der King. Verliebte oder solche, die es werden wollen, tanzen auf der Dachterrasse. Getriebene küssen und fummeln im Pool. Süchtige kiffen, koksen, schmeißen E, und die wahren VIPS kriegen was ab von den Päckchen, die der King aus dem Ersatzreifen beschlagnahmt hat. Ein kleiner Spaß, den er sich erlaubt. Er wird Mekki nur zweieinhalb Kilo in den Wagen legen, den Rest verteilt Jingo hier an Ort und Stelle. Akquise für die kommenden Großlieferungen. Jingo spielt seine Rolle gut, als wäre er nicht der Verräter, schnappt sich nur die obersten Etagen. Gerade flirtet er mit einer Blondine, 70A, genau nach Jingos Geschmack. Wahrscheinlich will er auch ein bisschen bumsen.

Aber von Pablo noch keine Spur.

Irgendwann, das Loft platzt schon aus allen Nähten, steht endlich Jana vor der Tür.

»Hi.«

Dem King verschlägt es bei ihrem Anblick die Sprache. Nicht wegen ihrer unbezweifelbaren Schönheit. Nein. Ihm wird in diesem Moment klar, dass es kein Zurück mehr gibt.

Er lächelt dumm und schaut Jana wie ferngesteuert nach.

Sie gibt ihm keinen Kuss, quetscht sich unter die Sardinen und wartet. Der King fühlt sich in seinem knallbunten Papageiengefieder für ein paar Sekunden wie ein Teenager, der seiner ersten großen Liebe gegenübersteht. Nur: Die interessiert sich nicht für ihn.

Wenige Augenblicke später weiß er, warum. Mekki und seine Pitbulls kommen durch die Tür.

WAS ZUM TEUFEL MACHT DER HIER?

Die vier Lines zeigen keine Wirkung mehr, und jetzt fühlt sich der King wie der blöde Pubertierende, dem Papa niemals, nie seine Geliebte überlassen wird. Hätte er doch noch eine fünfte gezogen.

»Je später der Abend ...«, säuselt Jana.

Der King meidet ihren Blick, und Mekki vollendet den Satz:

»... desto mächtiger die Gäste.«

Mit Eiseskälte durchbohrt Mekkis Blick den King, der nur noch Augen für ihn hat. Jana kann ihn vielleicht sein Herz kosten, aber die Antarktis sein Leben. Und was dem King stark missfällt, ist die Aufmerksamkeit, mit der Tonio und Harry die Gäste scannen, die Hände an ihren Pistolen.

»Was genau feierst du eigentlich, King?«

Der King beschließt zu schweigen.

Mekki beschließt, sich der Zielgeraden zu nähern.

»Geht's um den Aufruhr an der Grenze gestern? Die Lieferung kam unversehrt im *Carstl*e an. Und auch du bist wohlbehalten zurück, King ...« Als Mekki sieht, wie Jingo einem Bankenvorstand eine Line anbietet, gerät er kurz aus dem Konzept. »Verschenkst du etwa meine Ware? Hier, auf deiner Party?«

»Natürlich nicht.«

Plötzlich weiß der King, wie es weitergeht.

»Die habe ich gefunden. Drei Kilo, stell dir vor. Lagen einfach so auf dem Weg. Zufälle gibt's.«

Mekkis rechtes Auge zuckt. Er bemüht sich sichtlich um Fassung.

»Zufälle gibt es nie.«

Beide Seiten haben jetzt Freude an dem Spiel. Wenn auch der King ein bisschen mehr. Er hat sich gefangen und kann förmlich riechen, wie Mekki herauszufinden versucht, an welcher Stelle sein Plan nicht aufgegangen ist. Der Noch-Möchtegern-Boss mustert die Alk-Armada, die Pool-Fummler, und dann treffen sich Mekkis und Jingos Blicke, treffen sich einen Moment zu lange, bevor Jingo versucht, in der Menge unterzutauchen. Das schmeckt bitter.

»Weißt du, King, ich habe dich wirklich gerngehabt. Auch wenn du es mir nicht glaubst.« Mekki konzentriert sich wieder auf ihn. »Aber langsam habe ich den Eindruck, du willst dir *alles* nehmen, was mir gehört.«

Bei den Worten küsst Mekki Jana auf den Mund.

Direkt vor Kings Augen.

Drei Sekunden.

Fünf Sekunden.

Wieso knallt er Mekki nicht einfach endlich ab? Hier, jetzt, ein Blutbad de luxe vor Hunderten von Zeugen, das wäre der Freischuss. Ein für alle Mal hätten alle Respekt vor dem King. No more questions asked. Wieso hat er seine Pistole eigentlich nie zur Hand, wenn er sie braucht? Also sagt er:

»Du hast es immer noch nicht kapiert. Dein vermeintlicher Sohn will nur das, was dir noch nie gehört hat.«

Tonio und Harry richten für einen Moment alle Aufmerksamkeit auf den King. Aber was für den King der letzte Flug zum Mond war, nötigt Mekki nur frühzeitig aus seinem Kuss, und seine Augen glitzern wie die eines Diktators, dessen einziges Interesse nicht ist, ob, sondern wie der Feind fällt.

»Cara mia, tu mir den Gefallen und tanz mit unserem Bengel.«

Es wird sein letzter Tanz, hätte Mekki anfügen können. Und jetzt glaubt der King, auch den Grund für Mekkis Erscheinen zu kennen. Er will Jana auf den Zahn fühlen. Ohne zu zögern, folgt sie Mekkis Anweisung. Und ohne zu zögern, folgt der King Jana.

Seine Stirn fühlt sich inzwischen an wie kochendes Wasser. Mit seinem roten Ärmel wischt er sie notdürftig ab. Er sieht seine Hand über seinem Auge zittern. Nicht nur vom Entzug.

Jana schreitet zum letzten freien Fleckchen zwischen DJ und Pool, und der King weiß, es ist die letzte Chance, mit ihr zu sprechen. Danach wird es Tote geben. Die Frage ist, wie viele. Und wen es treffen wird.

Während der King Jana zu den Klängen eines R&B-Songs führt, haften Mekkis Augen auf den beiden wie Kleister, und erst als Jana mit dem Rücken zu Mekki tanzt, faucht sie King an.

»Bist du jetzt komplett durchgedreht? Ist Pablo wenigstens hier?«

Wie in Todesangst guckt sie sich suchend um, als sei Pablo die Antwort auf alle Probleme. Und gewissermaßen ist er das auch.

Schon dreht der Tanz sie weiter, wieder in Mekkis Richtung, und Janas Fassade zeigt die unnahbare Schöne, wegen der Mekki ihr verfallen ist wie jeder andere, wie am Ende der King, und zum ersten Mal hat der King selbst Angst. Ja, er hat Angst, das hier könnte wirklich sein letzter Tanz sein. Und er spürt, er will Jana küssen, genau in diesem Moment, nichts mehr sonst. Er will nur noch Jana. Sie zwei. Eins.

»Was, wenn wir einfach alles hinter uns lassen?« Jetzt tanzt der King mit dem Rücken zu Mekki. »Pablo hin, Mekki her. Wir lassen den ganzen Dreck einfach zurück. Nie mehr Angst. Weder vor Mekki noch vor den Bullen. Nur noch wir zwei. In unserem Haus. Mit unseren Kindern.«

Sie drehen sich weiter, und Jana guckt ihn an, als spräche er Chinesisch.

»Willst du jetzt kneifen?«

Der King schweigt. Was soll er sagen? Wenn er ehrlich ist: ja. Wahrscheinlich wäre es das Beste.

Janas Lider flackern, verstecken für einen kurzen Moment die tiefe, beruhigende Finsternis. Nur mit großer Mühe setzt sie ihre Maskerade wieder auf, bevor sie zurück in Mekkis Richtung tanzt. Pure Angst spricht aus ihr. Der King versteht. Pure Angst, dass die Flucht nie endet. Hier nicht, nicht irgendwo anders.

Für die nächste Drehung lauscht der King der Musik, keiner der beiden sagt etwas, er taucht einfach nur in Janas Seele und genießt die Stille zwischen ihnen, die Hoffnung, die Sehnsucht, die Gefühle, die ihm gelten und ihr.

»Ist Pablo hier?« Janas Worte reißen ihn aus seiner Trance.

»Noch nicht.«

Jana scheint zu grübeln. Als ob sie die richtigen Worte finden muss. Genau die richtigen Worte. »Wir beide, du und ich, wir sind uns nicht unähnlich. Ich war auch mal süchtig. Schlimmer als nach Koks.«

Bitte was?

Jana?

Das würde allerdings erklären, warum sie seitdem auf unberührbar macht. Bloß nicht noch mal abhängig, von irgendwas – oder irgendwem.

»Deswegen weiß ich auch, wie das Spiel läuft.« Jana hat kaum ihre Lippen bewegt. »Bei dem einen ist es die Mutter, bei dem anderen die Trennung von der ersten Freundin, beim nächsten ist es Mekki.«

Ihre Lippen sind das, woran der King sich jetzt festhält,

denn, wenn er ehrlich ist, bei dem Gedanken an Mekki zittern seine Knie wieder wie Fackeln im Sturm.

»Du willst Rache. Darum der ganze Hickhack. Und ich sage dir, du *musst* dich jetzt rächen. Du *musst* das jetzt abschließen. Sonst sucht er dich für immer heim. Und sei es nur in deinen Träumen.«

Vielleicht denkt Jana wirklich klarer als er. Und vielleicht versteht sie ihn wie kein anderer. In ihrem Augenwinkel glaubt der King sogar eine kleine Träne zu sehen.

Wieder haben sie eine halbe Runde hinter sich, ohne dass der King etwas gesagt hat. Jetzt bekniet ihn Jana:

»Wir können nicht mehr zurück.«

Ihre Worte hallen in ihm nach, und je länger er sie in seinen Armen hält, desto sicherer spürt er, wie sehr Jana ihn verstanden hat. Er ist so berührt, dass er nicht weiß, was er sagen soll. Ihm fällt nur noch eins ein.

»Ok.«

Seine Stimme klingt klar. So klar, dass sie ihn selbst überrascht. Sonnenklar, was jetzt zu tun ist. Und Jana lächelt. Er sieht, wie sie ihn mit ihren feuchten Augen küsst. Vielleicht sieht sie, was er denkt. Lange schweigt sie und tanzt. Er atmet ihren Geruch. Zitrone und Wassermelone. Er fühlt ihren starken Rücken unter seiner Hand. Und ihre Augen schimmern, als sie sich wieder aus Mekkis Blickfeld wiegt und sagt: »Drei, null, acht, eins, neun, sieben, null.«

Fast lacht er.

»Das ist dein Geburtstag.«

In Mekki steckt also auch ein Romantiker. Für einen Moment erlischt jegliche Wut. Ja, der »Boss« tut dem »kleinen King« sogar ein wenig leid. Denn am Ende wird jeder Mann an der Frau gemessen, die er halten kann. Und der King wird gewinnen. Er muss.

Kurz schaut er den Noch-»Boss« mit anderen Augen an, und Jana flüstert in sein Ohr: »Den Transponder habe ich in die Schublade gelegt.«

Das war's. Er hat Mekki. Yes. Game over.

Als die Musik verstummt, wird er jäh aus seinen Sieges-gedanken gerissen. Für einen Moment herrscht Stille, dann kreischt die Meute.

»Was soll das?«

»Hang the DJ!«

Buhrufe. Pfiffe.

Déjà-vu.

Aber: Diesmal keine Razzia.

In der Tür steht ein Mann in einem schlecht sitzenden Anzug mit zwei Handlangern im Gepäck und winkt den King herbei.

»Ihre Wohnung ist seit Monaten gekündigt. Sie haben auf keines unserer Schreiben reagiert. Sie schulden dem Eigentümer Mekki Mortilone den Mietrückstand von einem halben Jahr. Inklusive Mahngebühren und Voll-streckung der Gerichtsvollziehung beläuft sich die Ge-samtsumme auf neununddreißigtausenddreihundert-fünfundsiebzig Euro und sieben Cent.«

Der King bricht in schallendes Lachen aus und winkt die Brünette herbei: »Hol mir den Vertragsordner.«

Die Brünette verschwindet im Büro, kehrt nach weni-gen Minuten zurück und flüstert dem King ins Ohr:

»Er ist nicht da.«

»Entschuldigen Sie mich einen Moment.«

Der King meint den Mann im schlechten Anzug und seine zwei Schergen, und noch während der King der Brünetten in sein Büro folgt, weiß er, dass er nichts finden wird. Keine Eigentumspapiere. Keine Kontoauszüge. Keine Steuereintragungen. Mekkis Leute machen ihre Arbeit sauber.

Der King macht auf dem Absatz kehrt und ruft:

»Leute, ich brauche mal vierzigtausend!«

Keinesfalls geht er jetzt an seinen Safe.

Die Gäste grölen.

Beginnen, Geld zu sammeln.

Die Brünette läuft von einem zum anderen.

Der King dreht sich zu Mekki: »Das ist gut.« Jana steht längst wieder neben ihm, und der King amüsiert sich sogar: »Das ist richtig gut. Das muss man dir lassen.«

Nach einer Viertelstunde blättert der King dem Typen im Anzug neununddreißigtausendundvierhundert Euro in Zehn- bis Fünfhundert-Euroscheinen in die Hände und lächelt.

»Den Rest können Sie behalten.«

»Schön. Das deckt Ihre Schulden. Das Recht, hier zu wohnen, haben Sie aber leider verloren. Ich muss Sie bitten, die Wohnung umgehend zu räumen.«

Der King lacht noch lauter als zuvor. Ebenso sämtliche Gäste. So eine Party haben sie noch nie erlebt. Dann zieht der King den Typen zur Seite.

»Ich zahle dir das Dreifache«, flüstert er ihm ins Ohr. »Glaub mir, du legst dich mit dem Falschen an.«

Der Mann öffnet seine Hand: »Den Schlüssel bitte.«

»Das ist lächerlich.«

Mekki stellt sein Champagnerglas der nächsten Kellnerin aufs Tablett und klopft dem King auf die Schulter: »Aus dir hätte was werden können.«

Mit den Worten ist er aus der Tür. Jana folgt ihm, und nach ihr die Pitbulls.

Einen Moment weiß der King nicht, was er tun soll. Er weiß doch immer, was er tun soll. Aber Mekki hat Jana. Und der King steht hier mit dem Typen in dem schlecht sitzenden Anzug, der sich als Gerichtsvollzieher ausgibt, mit den zwei Hampelmännern, die definitiv keine Beamten sind, und irgendwo im Raum steht Jingo, der nicht mehr der Jingo ist, der bereit war, für den King zu sterben.

Hektisch wischt der King sich übers Gesicht.

Dann dreht er sich ein paarmal im Kreis, bis er die Gäste nicht mehr hört. Zwischen seinen Fingern sieht er Jingo auf ihn zugehen. Sein Gesicht zeigt Alarmstufe Rot, und der Nicht-Gerichtsvollzieher ruft:

»Ich muss Sie jetzt alle bitten zu gehen.«

Lautstarkes Geschrei in der Menge, und der King versteht: Ein leeres Loft, das muss er um jeden Preis verhindern. Chaos. Erst mal Chaos. Das verschafft ihm Zeit.

»Keine Panik auf der Titanic!«

Der King winkt seinem Volk zu.

»Alles muss raus. Ab auf die Straße damit! Musik wieder an, die Party geht unten weiter, nehmt, was ihr wollt: Alle Möbel gehören euch!«

Es folgt ein Freudenschrei aus Dutzenden Kehlen.

Die Musik dröhnt wieder los.

Sofortiges Gewusel.

Eifrigste Möbelinspektion.

Denn:

»Der King ist einfach zu cool!«

Und:

»Der King hat gesprochen!«

Niemand beachtet mehr den Nichtgerichtsvollzieher und dessen Männer. Gegen zweihundert Bedrogte kommen drei Schlächter nicht an. Vier Männer heben das Sofa hoch, auf dem der King vor zwei Nächten noch die eine der drei Mädels gevögelt hat, die nun kreischend aufspringen, und der King läuft an Jingo vorbei,

ans Geländer,

und sieht Jana nach,

wie sie zwischen Tonio und Harry auf die Rückbank von Mekkis Limo steigt. Nur vage erkennt der King durch die verdunkelte Heckscheibe ihre unbewegliche Silhouette. Sie fährt davon, und der King muss hoffen. Hoffen, dass Janas Spiel Mekki überzeugt.

30.

Wir haben zwei schöne Plätze für euch.«

Michi will es nicht hören.

»Für dich im Jugendheim Landsberg, für Xandra im Kinderheim Hattersheim.«

Es ist später Nachmittag. Sie sitzen wieder bei Schneider im Büro. Xandra streichelt Poppy, und Schneider redet auf Michi ein. Erzählt von netten Erziehern, einer neuen Zukunft, gleichaltrigen Freunden und staatlichen Helfern, wozu Schneider sich selbst zählt. Michi soll sich und Xandra eine Chance geben.

»Wir sind nicht eure Feinde, verstehst du?«

Versteht er nicht.

Nicht mehr nach dem Verrat von Monikas Vater, der darauffolgenden Befragung durch die Polizisten und der Schelte durch Bayer, die nicht mehr annähernd so sachlich mit ihm gesprochen hat wie noch beim ersten Mal. Vielleicht sind Schneider und die Psycho-Leutner von einer anderen Sorte. Das fällt ihm schon auf. Aber geholfen haben sie bisher auch nicht. Zumindest nicht ihm. Xandra vielleicht. In der Zeit, als er weg war, hat Xandra die Psychotante täglich gesehen. »Ich mag Frau Leutner«, hat sie gesagt. Aber Michi mag sie nicht. Die gesamten drei Tage, die er seit Hermanns Verrat wieder mit Hausarrest im Heim verbringen musste, hat Leutner nur immer wiederholt: »Ich weiß, wie du dich fühlst.«

Einen Scheißdreck weiß sie. Nein, er findet nicht, dass er irgendjemandem außer sich selbst eine Chance geben sollte.

»Warum können wir nicht ins selbe Heim?«

Xandras Stimme reißt ihn aus seinen Gedanken, und er wendet den Blick ab von Schneider zu seiner kleinen Schwester. Sie hat aufgehört, Poppy zu streicheln, klingt ruhig und hat im Gegensatz zu ihm die Hoffnung noch nicht aufgegeben. Die Hoffnung in jene Menschen, die ihnen vermeintlich helfen wollen. Mit ihrem aufrechten Sitz, der klaren Sprache und ihrem überraschend entspannten Blick wirkt sie, als hätte sie in den Wochen, in denen er von einer Angst zur nächsten gehechelt ist, eine Sicherheit entwickelt, die ihm unheimlich ist. Wie hat sie das geschafft?

Schneider lächelt und sagt:

»Im Kinderheim wirst du dich langweilen, Michi.« Wie zuvor Leutner nickt nun er vielsagend. »Und im Jugendheim wirst du die anderen noch nicht verstehen, Xandra. Das wird auch dich langweilen.«

»Aber Michi langweilt mich nie.«

Schneiders freundlicher Blick bleibt auf Xandra ruhen. Sie guckt zu Michi. Gemeinsam gucken sie aus dem Fenster, als würde dort die Antwort liegen auf die Frage, was sie jetzt noch tun können, dann gucken sie zurück zu Schneider.

»Wir haben wirklich unser Bestes gegeben.«

Schneiders warmer Tonfall klingt versöhnlich. Als ob er sich wünscht, dass Michi und Xandra die getrennten Heime selbst wollen.

Vielleicht hätte Schneider tatsächlich gern eine andere

Lösung gefunden. Aber wie soll Michi eine Zukunft in etwas sehen, das ihm alles entreißt, was ihm noch geblieben ist? Ängstlich beobachtet er seine kleine Schwester, die in kindlichster Logik Vor- und Nachteile abzuwiegen scheint und sich nervös umschaut. Und zum ersten Mal denkt Michi, am Ende ist es nicht er, der sie zurücklässt, am Ende ist sie es, die ihn hinter sich lässt.

Er ist verwirrt, und gleichzeitig wird ihm klar, dass das einzige Argument für oder gegen ein neues Heim die Lage ist. Er muss in Xandras Nähe bleiben. Sie ist das letzte bisschen Familie, das er hat.

»Wo ist Landsberg?«, fragt er Schneider. Es ist das Erste, was er nach Stunden sagt. Er gibt sich Mühe, so cool wie möglich zu klingen. Schneider ist froh, überhaupt was von ihm zu hören.

»Bei München«, sagt er, und Michi weiß nicht, wer schneller zuckt. Xandra oder er. München ist am anderen Ende Deutschlands! Da könnte er gleich mit Monika in die Schweiz.

»Aber für dich, Xandra«, schießt Schneider hinterher, »habe ich eine Überraschung: Du kriegst einen Platz in Hattersheim. Zusammen mit Claudia.«

Wer ist jetzt wieder Claudia? Es ist, als hätte Xandra ein neues Leben begonnen, während Michi damit beschäftigt war, sein altes wiederzugewinnen. Vielleicht hat er einen Fehler gemacht, denkt er plötzlich. Vielleicht hätte auch er bleiben sollen. Im Übergangsding. Einfach nur warten.

»Und Frau Leutner kannst du auch weiterhin sehen.«

Langsam dreht Xandra ihren Kopf und guckt Michi direkt ins Gesicht. In ihren Augen sitzt tiefste Trauer.

Und ein Ausdruck, den er bisher nur von seiner Mutter kannte. Zum Beispiel als er vom Rad gestürzt ist und sein ganzes Bein geblutet hat. Oder als er eine Fünf in Kunst bekommen hat für ein Bild, an dem er drei Wochen gemalt hatte. Oder als er einmal, von angeblichen Freunden gehänselt, weinend nach Hause kam und sich in seinem Zimmer verkrochen hat. Es ist ein Ausdruck, der sich über sein Gegenüber stellt, in vollkommener Weisheit und Liebe. Ja, Xandras Augen sind voll von Mitgefühl und als wollte sie von ihm die Erlaubnis, dass sie bleiben darf.

»Wann sollen wir dahin?«, fragt Michi schnell.

Schneider lächelt entspannt, er denkt, sie haben sich damit abgefunden.

»Morgen.«

Schweigend läuft Xandra vor Michi den Gang hinunter. Mit hängenden Schultern. Sie dreht sich nicht zu ihm um. Vielleicht gibt es nichts mehr zu reden. Aber Michi kann nicht auf sich sitzen lassen, dass er abgeschoben wird, nach allem, was er versucht hat. Vielleicht hat er Mist gebaut, zu viel Mist, aber hat er nicht das gleiche Recht, im Taunus zu bleiben, wie Xandra? Und allein schon wegen ihrer Haltung versucht er es ein letztes Mal.

Er folgt ihr bis in ihr Zimmer und sagt Dinge wie: »Wir müssen zusammenhalten«, »Ich bin immer für dich da«, »Auch wenn du lieber mit dieser Claudia in dieses Heim willst – ich gehe nicht nach Landsberg«, »Wir müssen zusammenbleiben«, »Wir sind das Einzige, was wir noch haben«, »Wenn wir nichts tun, werden wir getrennt. Das würden Papa und Mama nicht wollen«.

Am Ende seines Monologs guckt Xandra ihn nervös an, packt ihre Sachen und seine mit, denn während seiner Abwesenheit ist alles aus seinem Zimmer zu ihr gewandert. Sein Bett wurde gebraucht. Nur die LPS passen nirgendwo rein. Es tut weh, sie zurückzulassen.

Zwei Stunden nach Beginn der Bettruhe schleichen sie mit Xandras Rucksack und vier Taschen durch das Haus. Michi hält Xandras Hand. Im Hof ist es stockdunkel. Wolken verschleiern den Himmel. Mit einem Ruck hasten sie zum Tor. Ein Fenster geht auf.

Michi zieht Xandra hinter einen Baum. Ein Mädchen guckt aus dem Fenster, als würde es etwas suchen. Xandra beobachtet es unentschlossen. Dann schließt sich das Fenster wieder.

»Das war Claudia.«

Xandra schaut ihr lange nach, selbst als sie nicht mehr zu sehen ist. Und plötzlich durchfährt Michi ein Stich. Was, wenn er Xandra zu etwas zwingt, das sie gar nicht will?

»Bist du sicher, dass du nicht lieber mit Claudia in dieses Heim willst? Ich schaffe das auch allein.«

»Du hast nicht mal einen Plan.«

Da hat sie recht. Kümmert er sich überhaupt noch um sie oder sie sich um ihn? Sie deutet Richtung Ausgang, und kurz überlegt er noch, aber bevor sie und auch er es sich noch mal anders überlegen können, zieht er seine kleine Schwester, die gar nicht mehr so klein scheint, im Schatten der Nacht schnell hinter sich her auf die Straße. Sie müssen eine Weile suchen, bis sie ein Mofa finden. Xandra steht Schmiere, während er es kurzschließt.

Eine halbe Stunde später passieren sie das Ortsschild

nach Kronberg. Ihnen bleiben sechs Stunden, bis Alarm geschlagen wird.

Kurz vor Monikas Haus hüpft das Mofa über ein Schlagloch. Xandra schlingt ihre Arme fester um Michis Taille. Anders als Monika. Nicht sehnend, fragend, sondern mit einem letzten Rest Vertrauen, dass der große Bruder vielleicht doch das Richtige macht.

Seine Hände kämpfen sich durch die Dornen. Immer wieder rutschen seine Schuhe ab. Zerkratzt und blutig kommt er oben an. Monika sitzt in kurzer Hose und T-Shirt mit dem Rücken zum Fenster auf dem Bett. Sie hat Kopfhörer auf und hört Musik. Ein paar Kerzen werfen schwaches Licht.

Vorsichtig gleitet Michi über den Sims, schleicht sich an Monika heran und hält ihr den Mund zu, während er ihren Hinterkopf an seinen Bauch zieht. Monika fuchtelt mit den Armen durch die Luft, versucht zu schreien, bis sie die Nase nach oben reckt und Michi erkennt. Ihr von Tränen nasses Gesicht ergreift ein Strahlen, ihr Nacken entspannt, und Michi lässt ihren Mund los.

»Ich hatte solche Angst, dass dir was passiert ist!«

Sie wirft sich in Michis Arme.

»Wo genau liegt dein Internat in der Schweiz?«

»In der Nähe von Genf.«

»Wie weit ist Genf von Landsberg weg?«

Seine Stimme hat eine Dringlichkeit, die Monika ohne Zögern aufstehen und einen Atlas aus dem Regal nehmen lässt. Gemeinsam messen sie die Kilometerzahl.

»Sechshundert«, sagen sie im gleichen Atemzug.

Allmählich kriegt er das Gefühl, nur noch seinen eigenen Arsch retten zu können. Alles hat sich verändert. Nichts bleibt mehr, wie es war. Er kann nicht mehr denken. Er will nicht mehr denken. Lösungen gibt es keine mehr. Aber er muss denken. Ein Mal klar denken. Um vielleicht doch noch eine Lösung zu finden, für sie alle. Wo kann man glücklich werden? Denk, Michi, denk!

Und dann fällt es ihm ein. Playa del Sol. Jeden Sommer waren sie dort. Außer in diesem Jahr. Weil der Unfall sie noch vor den Pyrenäen gestoppt hat.

Er schiebt Monika ein Stück von sich, sodass er sie besser sehen kann. Sie hat aufgehört zu strahlen, und ihre Augen sind rot.

»Willst du immer noch abhauen?«

Monika guckt ihn fragend an.

»Nach Spanien?«

Monika nickt.

»Mit mir und meiner Schwester?«

»Ja.«

Er guckt auf den Wecker neben dem Bett. Es ist Viertel nach eins. Sie passen nicht alle drei aufs Mofa. Drei bis vier Stunden braucht er, bis er mit dem Bus zurück ist. Dann bleiben ihnen noch maximal zwei Stunden. Bis überall Aufruhr herrscht. Bis dahin müssen sie in Frankfurt sein. Am Bahnhof. Mit dem Zug schaffen sie es vielleicht über die Grenze. Also:

»Um fünf hole ich dich ab.«

Er steht auf, dreht sich nochmals um und beugt sich über sie. Küsst ihren wunderbaren Erdbeermund und schmeckt den frischen Geschmack auf seiner Zunge nach.

»Kannst du Geld besorgen?«

»Wie viel?«

»So viel du kannst.«

»Reichen dreitausend?«

Monika grinst, und für einen Moment fühlt sich das verdammt gut an.

31

Inzwischen hat der King die sechste Line des Abends intus und spürt geradezu, wie das Koks sein Hirn frisst. Wie die Drogen den Fluss umleiten, den Fluss seiner Gedanken, aber dafür die Angst kleiner wird und das lähmende Gefühl des Ausgeliefertseins. Am liebsten würde er kotzen. Am besten in Mekkis Bett. Das wäre eine Lebensaufgabe. Jeden einzelnen beschissenen Tag in Mekkis Bett kotzen.

Wie lange ist er eigentlich auf und ab gelaufen? Im Kreis. In seinem Schlafzimmer, dem letzten Hideout, das ihm die Meute gelassen hat, die draußen das Loft leer räumt.

Er denkt schon lange nicht mehr klar.

Die Uhr zeigt vier.

Er hat noch zwei Stunden.

Und bevor sein scheiß Spiegel ihn wieder vollquatschen kann, haut er ihm mit Karacho seine Faust in die Fresse. Mit lautem Klirren gehen die Scherben zu Boden. Zwischen seinen Fingern rinnt Blut. Er setzt sich auf sein Bett und denkt nochmals von vorn.

Er muss es jetzt durchziehen.

Frankfurt ist und bleibt seine Heimat. Hier ist er Mensch, hier will er sein.

Tränen schießen ihm in die Augen. Sein Blick fällt auf einen Splitter des Spiegels. Der reflektiert nur seine Pupille. Riesig ist die. Logo. Und trotzdem noch voll echtem Gefühl. Traurig und feucht. Diese scheiß Sentimentalität. Sonst macht das Koks sie doch platt.

Draußen kreischt jemand, dass der Tisch ihm gehört. Es klingt wie das Geplärr des Kindes. Das scheiß Kind in seinem Ohr.

Fucking Gefühlsduselei.

Wieso ist Pablo nicht hier?! Besser ruft er da erst an, wenn alles vorbei ist.

Der King atmet tief durch, stützt die Ellbogen auf die Knie und legt den Kopf in seine blutenden Hände. Nicht nur sein eigenes klebt daran. Bloß nicht nachdenken, die Bilder nicht zulassen, weiter verdrängen, wie skrupellos er war, ihn der Weg nach oben gemacht hat.

Gleich platzt sein Kopf.

Lautes Klopfen lässt ihn aufschrecken. Sein Kopf schießt in die Höhe, als die Tür aufschwingt.

Johnny Walker … schallt herein, im Schlepptau das koksgetränkte Grölen seiner Gäste. Sie feiern den King, auch wenn er sich in seine Gemächer zurückgezogen hat.

Jingo lugt durch die Tür.

Er zögert.

Tritt ein.

Die Tür fällt zu.

Er betrachtet das Blut und schiebt eine der Scherben mit dem Schuh zur Seite. Der King spürt, wie irre er in Jingos Augen aussehen muss, als ihm der Geduldsfaden reißt.

»Du kommst wohl, um mich aus dem Fenster zu schmeißen. Und dann verpackt ihr das als Selbstmord. Meinst du, ich sehe nicht, was hier abgeht?«

»Was redest du für –«

»Und davor noch die scheiß Geschichte mit dem Raus-
schmiss aus dem Loft! Einfach nur, weil Mekki es kann!
Weil der Sadist Spaß hat an dem Scheiß! Aber ich sage dir,
das war Mekkis Todeszucken.«

Die Tür fliegt nochmals auf. Die Brünette stolpert
herein, eine Palme in der Hand, und will den King küssen.

Der King packt sie hart an der Kehle und will sie aus
dem Zimmer schieben. Sie röchelt, die Augen weit aufgerissen.

»Lass sie los!«

Jingo schreit direkt in sein Ohr. Und der King stößt die
Brünette von sich. Sie sackt in die Knie, Jingo hilft ihr auf,
schiebt sie sanft einem anderen Mädel in die Arme, das
zu Hilfe eilt, und wendet sich wieder dem King zu.

»Drehst du jetzt total durch? Das ist Valerie! Valerie,
die du hundertmal gevögelt hast! Und ich, King, ich bin
Jingo! Dein Freund!«

Jetzt weiß er wenigstens wieder den Namen der Frau.
Danach hört er nicht mehr zu. Ein letztes Mal guckt er
über das Geländer der Terrasse. Bunt und klein funkelt
Frankfurt zu seinen Füßen. Er muss jetzt unauffällig in
den Club.

»Ok, Jingo, mein Freund. Wenn du immer noch mein
Freund bist, dann fährst du jetzt mit mir zum Club. Da
bringe ich ein paar Sachen hin.« Und dort wird er Jingo
außer Gefecht setzen.

»Ok«, sagt Jingo.

Der King nimmt die Pistole aus dem Nachttisch, steckt
sie sich hinten in den Hosenbund und geht langsam vom
Schlafzimmer zum Flur. Zwei Frauen laufen mit ein paar
Küchengeräten vorbei. Der King deutet mit einer Geste

an, dass das Schlafzimmer nun auch freigegeben ist, und eine schrille Stimme ruft durchs Loft:

»Der King räumt die königlichen Gemächer!«

Ein lautes Johlen.

»Long live the King!«

»Long live the King!«

Erhobenen Hauptes quetscht der King sich durch Töpfe und Handtücher und Bücher und Stühle, die an ihm vorbeigetragen werden wie kleine Trophäen. Nur den Panther, den wusste niemand zu transportieren, unverändert sitzt er bereit zum Sprung, während immer mehr Menschen in den Chor einstimmen, der Kings Hymne wird, im Takt von Marius Müller-Westernhagens *Johnny W.*, der aus den Lautsprechern auf die Straße dröhnt.

In all dem Gewusel räumt der King endlich den Safe, jetzt ist ihm alles egal, ist eh nur Geld und ein bisschen persönliches Zeug, das alte Plüschäffchen seiner Schwester muss natürlich mit, außerdem die zweieinhalb Kilo, schön sauber in einem Aktenkoffer verstaut, und die zwei Spritzen Blausäure für die Köter. Zuletzt gibt der King den Leuten ihre vierzigtausend zurück, macht hundert draus, schmeißt die Scheine in die Menge, und die Gäste grölen, was das Zeug hält:

»*Long live the King!*«

Ein paar Bodybuilder tragen ihn das Treppenhaus hinunter. Hieven ihn über sein Bett, unter seiner Matratze hindurch, die schon den Weg Richtung Straße gefunden hat. Unten tönt die Musik nur noch leise von der Terrasse herunter. Sein Sofa steht mitten auf dem Bürgersteig, und zu den drei Frauen von vorhin hat sich ein Mann gesellt, der mit der einen Hand die Brust der Blonden knetet, während die andere Hand unter dem Rock der Braunhaarigen fummelt. Ein paar letzte Eifrige tanzen um sie herum, ein paar andere Versprengte schlafen auf Stühlen und im Wäschekorb. Gäste steigen in ihre Wagen, Mobiliar und Kisten quellen aus Kofferräumen und Schiebedächern, ein Junge schnürt mit seiner Freundin Kings Matratze auf dem Dach eines Saabs fest, und nur noch vereinzelt schallt es mal von hier und da:

»Long live the King!«

In den Autos wird Musik aufgedreht, und erschöpft singend rollt die Karawane voran, von der Konstabler Richtung Rödelheim oder wo die Schlucker sonst wohnen, ein Hupkonzert ertönt, und breit lachend winkt der King jedem zu, der an ihm vorbeifährt, bis nur noch sein BMW übrig bleibt. Ein vom Krach angelockter Junkie klemmt sich einen Verstärker unter den Arm und rennt. Der King hebt reflexartig den Arm, doch lässt ihn unverrichteter Dinge wieder sinken. Soll der arme Teufel ihn doch verhökern für den nächsten Fix, wen interessiert noch der Verstärker. Aber Jingo schnappt sich den Kerl, will dem King beweisen, was nicht mehr zu beweisen ist, schmeißt den Verstärker auf die Rückbank, neben die wenigen anderen Dinge, die Jingo für kostbar erklärt hat, darunter der Lichtenstein, und dann sagt jemand, der hinter dem King steht:

»Die Schlüssel, bitte.«

Und der King gibt dem Nichtgerichtsvollzieher den Schlüssel vom Loft, jeder spielt sein Spiel, und als endlich auch der King mit Jingo auf dem Beifahrersitz im BMW davonfährt, folgen der Nichtgerichtsvollzieher und seine

Schergen ihnen komischerweise nicht, denken vielleicht, Jingo erledige den Job, und der King verabschiedet sich von seinem Pöbel und dem Reich, das er regiert hat, still, denn wer weiß schon, was als Nächstes wirklich kommt.

32.

Komisch eigentlich. Dass ihm das mit dem Geld kein schlechtes Gewissen bereitet. Genauso wenig, dass er Lasses Bus nehmen wird. Irgendjemand wird den Bus finden, in ein paar Tagen. Lasse wird ihn sicher gestohlen melden. Kann man so sehen, dass Michi ihn gestohlen hat. Oder dass es eine kurze Leihgabe war. Wie das Mofa, das er in Hattersheim kurzgeschlossen hat. Michi stört das alles nicht, und auch nicht, dass er ab jetzt auf der Flucht sein wird. Fühlt sich längst so an. Rennt er nicht seit dem Unfall davon?

Was ihm dagegen Sorgen bereitet, ist, ob Spanien auch Xandra überzeugt. Wenn er drüber nachdenkt, ist es eher ein schlechter Plan, aber immerhin ist es einer, und der einzige, der ihm eingefallen ist. Als Erstes müssen sie Spanisch lernen, er sucht sich eine Arbeit, eine Lehrstelle, Xandra soll weiter zur Schule gehen, Monika soll machen, was sie will, und alles wird gut. Besser jedenfalls als alles andere. So kommt es ihm zumindest vor.

Als sie endlich am Grillplatz ankommen, hängt Xandra wie eine Halbleiche an ihm. Mit letzter Kraft hält sie die zwei Taschen, die nicht mehr vorne zwischen seine Beine und den Lenker passten. Michi nimmt sie ihr ab, trägt Xandra in den Bus aufs Bett, legt ihr Poppy in den Arm und entscheidet, das Thema erst mit ihr zu besprechen, nachdem sie ein wenig geschlafen hat.

Dann packt er die wenigen Kleidungsstücke, die Co-
mics, die Matchboxautos und Xandras Kram nochmals
neu, so eng er kann, und reduziert ihre Besitztümer damit auf drei Taschen. Die letzten Essensvorräte packt
er in den Rucksack. Sämtliche leere Flaschen von den
Abenden mit den anderen füllt er mit Wasser auf. Als
er dabei den Fluss hinaufschaut, sieht er, dass in einigen
Wohnwagen auf dem Campingplatz noch Licht brennt.
Erst jetzt erinnert er sich, dass Papa mal sagte, als sie
gemeinsam an dem Platz vorbeifuhren: »Wenn alle Stri-
cke reißen, hätte man hier immer noch ein Dach über
dem Kopf.«

Obwohl der Platz eigentlich viel zu weit entfernt ist,
wirkt er so heimelig wie damals, als Michi neben Papa
im Auto saß. Idyllisch liegt er zwischen Wiese und Wald
auf der anderen Seite des Tals, geschützt gegen den Wind.
Nach beiden Seiten der scheinbar endlose Blick das Tal
hinauf und hinab. Tja, wenn er schon achtzehn wäre,
wäre das vielleicht eine Option. Aber er ist vierzehn, und
gleich wird er einen Bus steuern, in der Hoffnung, dass er
damit durchkommt. Er und Xandra und Monika.

Sein Herz rast.

Fühlt sich an wie zwei Schläge pro Sekunde. Zu schnell.
Zu schnell … und je länger er darüber nachdenkt, desto
absurder kommt ihm der Plan vor. Über zwei Grenzen.
Zwei Jugendliche, ein Kind.

Zehn Minuten später weckt er Xandra.

»Wir fahren zu Mama und Papa.«

Xandra reibt sich den Schlaf aus den Augen und guckt
ihn entgeistert an.

»Gewissermaßen. Wir fahren nach Spanien.«

Xandra setzt sich auf, sieht das Tal vor sich liegen und starrt lange vor sich hin, bis sie antwortet:

»Mama und Papa sind tot. Hauptfriedhof Frankfurt, Reihe dreizehn, Parzelle acht.«

Ihr Magen knurrt. Für einen Moment hat Michi Angst. Dann sagt er:

»Wir bauen uns dort ein eigenes Haus, bald, wenn ich achtzehn bin. Du gehst zur Schule. Ich arbeite.«

»Wir können nicht mal Spanisch.«

»Das lernen wir.«

»Und wie kommen wir da hin?«

»Mit dem Bus hier.«

»Du hast doch gar keinen Führerschein.«

»Wir fahren nur bis Frankfurt. Da nehmen wir den Zug.«

»Von welchem Geld?«

»Das besorgt Monika. Sie kommt mit. Sie ist meine ...«, er meidet Xandras Blick, »Freundin.«

Fast scheint ihm, Xandra lächle ein wenig. Sie schüttelt den Kopf.

»Wir kommen nie über die Grenze. Wir sind drei Kinder. Wir haben keinen Erziehungsberechtigten dabei. Meinst du, die lassen uns in einem fremden Land wohnen? Wovon sollen wir überhaupt leben?«

»Glaub mir, wir schaffen das.«

Xandra starrt ihn mit einer seltsamen Mischung aus Unglaube und Vorwurf an.

»Ich habe Hunger.«

Er gibt ihr ein Stück Brot und Käse, seine letzten Vorräte.

Kurz scheint es, als würde Xandra noch was sagen wollen. Tut sie aber nicht. Sie beißt in das Brot, wendet sich von Michi ab und betrachtet das Tal, das auch ihre Heimat war.

Plötzlich lacht sie, schüttelt den Kopf so stark, dass ihre kurzen Haare fliegen, und guckt Michi wieder auf diese mitleidige Weise an. Ein verwirrendes Gefühl. Und noch bevor er einordnen kann, was gerade passiert, lächelt Xandra, erklimmt, nicht ohne zu zögern, den Beifahrersitz und ruft:

»Ab nach Spanien!«

Ein letztes Mal lässt Michi den Blick über das Tal schweifen. Ein letztes Mal atmen er und Xandra den Duft der Tannen, zwischen denen sie einst Verstecken spielten und vor den Eltern fortgerannt sind, die laut von zehn hinunterzählten bis zum obligatorischen: »Wir kommen!«

Dann setzt er sich hinters Steuer und sagt:

»Ab nach Spanien!«

33.

Im Club ist es still. Nur Jingos Atem ist zu hören. Die wenigen Sachen, die sie aus dem Loft mitgenommen haben, stehen herum. Der Lichtenstein lehnt an der Wand, und das Arbeitslicht stiehlt dem Laden jeglichen Glamour.

Das Koks pumpt durch seine Adern. Seine linke Hand zittert. Von irgendwoher überkommt ihn wieder ein Gefühl der Angst. Jingo lehnt an dem pinkfarbenen Sofa und wartet. Jetzt fängt auch noch Kings rechte Hand an zu zittern. Sollte er noch eine Line ziehen?

Der King schüttet ein wenig Koks aus seinem Röhrchen auf die Theke. Arrangiert zwei Lines. Zieht seine siebte, schiebt die andere zu Jingo. Der guckt ihn einfach nur an. Der King guckt auf die Uhr.

Es ist Zeit.

Bislang hat er sich noch nicht getraut nachzuschauen. Vorsichtig, ohne Jingo aus den Augen zu lassen, zieht er die Schublade unter der Theke auf. Tatsächlich, hinten im Geheimfach, liegt das kleine Plastikteil. Der scheiß Schlüssel zur Tür seines Sieges.

Der King dreht das Ding in den Händen, als sei es der Heilige Gral, gut geschützt vor Jingos Blick.

Er lacht.

Er kann regelrecht spüren, wie das Adrenalin durch seinen Körper pumpt.

276

Aber: kein Wort zu Jingo.

Schnell lässt er den Transponder in seiner Hosentasche verschwinden, nimmt ein Stück Schnur aus der Schublade daneben, geht auf Jingo zu und lächelt. Jingo grinst unsicher zurück. Zehn Zentimeter vor Jingos Gesicht hält der King an. Auge um Auge.

Er lässt seine Stirn vorschnellen, mit aller Kraft direkt in die Fresse. Das Blut spritzt aus Jingos Nase.

»Was ... Fuck!«

Jingo wischt sich das Blut ab.

»Du ... bist ... echt irre!«

Der King lacht und schlägt zu, ein paarmal tief in den Magen, und in weniger als einer halben Minute hat er Jingo, den Hänfling, an einen Stuhl gefesselt.

Der King nimmt seinen Aktenkoffer und Jingos Handy und schreitet gen Ausgang. Nur mühevoll hebt Jingo seinen blutenden Kopf, schüttelt ihn mit letzter Kraft und sagt kaum verständlich: »Pass auf Jana auf.«

Dann schaut er den King aus seiner unterwürfigen, auf dem Stuhl hängenden Position heraus an. Selbst über die Distanz erkennt der King, dass Jingo ihn mit neuen Augen zu sehen beginnt. Jingos kalter Blick frisst sich in sein Herz, und vor Kings innerem Auge ziehen ihre gemeinsamen Jahre vorbei. Wie er Jingo das erste Mal traf. Die gemeinsamen Kämpfe auf den Straßen. Das Kennenlernen von Mekki. Der erste Sex mit derselben Tänzerin. Das *Carstle*. Das erste Mal nach Kuba, Hawaii, Bolivien, Mexiko, die ersten Orgien, dann das letzte Mal nach Kolumbien und endlich – das *Kingdom*. Es wird ihre letzte Station sein.

34.

Für einen Moment vergisst Michi seine Hilflosigkeit der letzten Wochen und seine Angst vor dem, was kommt. Er beobachtet Monika, die geschickt die Rosen hinabgleitet. Ein warmer Schauer durchläuft ihn, als er ihre Hand greift, und geduckt schleichen sie über die Einfahrt am Wohnzimmerfenster vorbei, als Hermanns Stimme gedämpft durch die Scheiben tönt:

»Hast du meine Krawatte?«

Marianne beugt sich über die Couch, um die Krawatte von der Lehne zu nehmen, und schaut durch das Fenster direkt in ihre Gesichter.

»Hast du die Krawatte, Marianne?«

Schnell dreht sie sich um, als Hermann im Türrahmen erscheint. Für den Bruchteil einer Sekunde erhascht nun er Monikas Blick auf der anderen Seite des Fensters.

Sie preschen los.

Kurz darauf, hinter ihnen, schwere Schritte und Hermanns Befehl:

»Monika!«

Sie halten sich an den Händen. Sie rennen und schauen sich nicht um.

Noch zehn Meter bis zum Bus.

Beide Türen öffnen sich.

Auf Xandra ist Verlass.

Michi und Monika springen hinein. Xandra sitzt zwischen ihnen. Guckt von einem zum anderen. Michi startet den Motor und drückt aufs Gaspedal. Sein Herz schlägt bis zum Hals. Er hat das Gefühl, dass er nicht mehr atmen kann. Im Rückspiegel sieht er Hermann, der in seinem Morgenmantel rennt und rennt und immer kleiner wird.

Mit weit aufgerissenen Augen schaut Monika sich mehrmals um. Dann lacht sie, küsst Michi auf die Wange, und ihre Stimme überschlägt sich vor Triumph:

»Gib Gas, Baby, gib Gas! Ich gebe uns zehn Minuten, dann weiß ganz Deutschland Bescheid.«

35.

Bei Kessler, dem einzigen Metzger, der morgens um halb sechs schon aufhat, holt der King zwei fette Steaks und pumpt je eine Ladung Blausäure hinein. Auf der Fahrt von Rödelheim nach Kronberg mit den verdammten zweieinhalb Kilo im Aktenkoffer hat er ein wenig Zeit, alles noch mal Revue passieren zu lassen.

Irgendwie kann er sie verstehen. Die, die ihn nicht verstehen. Bei etlichen Kunden hat er sie selbst erlebt, die immer gleiche Story. Am Anfang putscht das Koks das Ego auf. Der Konsument fühlt sich geil, unbesiegbar, alles ist gut. Dann kommt die Sucht. Auf Turkey mutierst du zum Nichts und auf Koks zum Gott. Klar, was man da wählt. Und nach und nach läuft alles aus dem Ruder. Wenn du pleitegehst, dann kommst du notgedrungen los. Oder dir brennen die Nerven durch. Dann nimmt man immer mehr, bis auch die Birne brennt. Wenn du Glück hast, liefert dich an dem Punkt irgendjemand ein. Sonst verreckst du. Manche meinen, zum Beispiel Mekki und jetzt wohl auch Jingo, der King zähle zur zweiten Kategorie. Ja, im Grunde kann er sie verstehen.

Drei Blöcke vor Mekkis Villa lässt er den BMW auf der anderen Seite des Parks stehen. Die zweieinhalb Kilo trägt er in seinem Aktenkoffer quer hindurch. Der frei laufende Dackel einer Oma lechzt ihm durch den halben

Park hinterher, bis der King ihm hart auf die Pfote tritt. Wohl kaum wegen des weißen Pulvers, der will die Rinder.

In der Einfahrt der Villa zielt der King mit dem Transponder auf die Tastatur neben der Garage, drückt den Kontaktknopf, ein Piepen ertönt. Er tippt die Ziffern: drei, null, acht, eins, neun, sieben, null.

Das Garagentor öffnet sich.

Am liebsten würde er schreien vor Triumph.

Nie wieder wird er kriechen!

Nie wieder der fucking Schmerz über dieses fucking Leben!

Von fern bellt Nero. Die eine von Mekkis beiden Doggen.

Wieso ist Harry nicht mit ihr spazieren?

So schnell er kann, hastet der King in die Garage, öffnet den Kofferraum der Limo mit einem Draht und legt die zweieinhalb Kilo in den Ersatzreifen, den Jana präpariert hat.

Gott, Jana, du bist die Göttin!

Das Bellen kommt näher. Geräuschlos schließt der King den Kofferraum, jahrelange Übung, eilt aus der Garage und tippt auf der Tastatur den Code ein, der das Tor schließt.

Der Zaun zur Villa wackelt. Nero springt von innen dagegen.

Das Bellen schmerzt in Kings Ohren, und er geht auf die Knie und fleht: »Nero, alles gut, Nero, ich bin es.«

Der Zaun hört auf zu wackeln. Nero beginnt zu winseln.

»Ja, mein Guter, genau, ich bin es nur.«

Er kann dem Köter jetzt nicht das Fleisch geben. Dann frisst der alles allein, und der andere überlebt.

Ein Piepen. Die Tastatur leuchtet rot.

Er hat die scheiß Bestätigung vergessen!

»Nero?!«

Auf der anderen Seite des Zauns ertönt Harrys Stimme.

Wie ein Schwert hält der King den Transponder mit ausgestrecktem Arm Richtung Tastatur, rast mit dem Aktenkoffer in der Hand ins Gebüsch auf der gegenüberliegenden Straßenseite, während Neros Winseln verstummt. Die Tastatur piepst lauter.

Der King drückt.

BESTÄTIGEN.

Immer wieder.

BESTÄTIGEN.

Auf seinem Mikrolaserschwert.

Harry spricht mit Nero.

Das Piepsen hört einfach nicht auf.

Der King drückt ununterbrochen.

Das Zauntor öffnet sich. Harry läuft hinaus und geht zur Tastatur. Der King drückt zum gefühlt fünfzigsten Mal.

BESTÄTIGEN!

Und das beschissene Piepsen verstummt.

Harry prüft die Tastatur.

Schwarz, aufrecht, stolz hechelt Nero und blickt zum King.

Ein Mucks von dem Köter, ein Schritt, und der King ist tot. Oder Harry. Der King zieht seine Pistole, hört seinen Herzschlag im Ohr und betet.

Nero senkt den Kopf, wartet, schaut nochmals direkt in Kings Augen und läuft ins Haus.

Harry folgt Nero.

Dem King knicken die Knie ein.

Er flüstert: »Danke, Gott.« Falls es ihn gibt.

Wenige Minuten drauf wirft er die zwei Blausäure-Steaks über den Zaun, und bittet Gott, wenn es ihn denn gibt, für Nero und seinen Kumpel um Verzeihung, wenn sie sich die Teile später hoffentlich gerecht teilen, schleppt seinen Arsch mit seinem leeren Koffer zurück zum BMW und wählt die Nummer von Klaus.

36.

Das vertikale Stück ist fünfzig Zentimeter hoch, das horizontale dreißig lang. Zusammen ist es klein und schäbig, darauf in nachlässig geschnitzten Buchstaben:

HIER RUHEN IN FRIEDEN NORBERT UND ELIANE BERGER

Xandra laufen ein paar Tränen über die Wangen, als sie mit ihrer kleinen Hand das letzte Mal über den Schriftzug des Holzkreuzes fährt, das seit der Beerdigung nicht ersetzt worden ist. Sie wollte unbedingt noch mal zum Friedhof. Monika wollte lieber direkt zum Bahnhof. Aber Michi hat verstanden, dass es die letzte Möglichkeit ist, Abschied zu nehmen.

Xandra kniet sich auf die aufgehäufte Erde. Monika tritt von einem Bein aufs andere und stupst Michi an. Aber er wartet noch einen Moment. Nicht nur für Xandra. Dann küsst er das Kreuz und zieht seine Schwester hoch. Sie stemmt ihr Gewicht nur leicht gegen ihn. Letztlich gehorcht sie ihm. Oder sich selbst.

Kurz nachdem sie wieder im Bus sitzen, es sind nur noch drei Kilometer bis zum Bahnhof, trifft Monikas schriller Schrei Michi bis ins Mark.

»Da!«

Sie deutet auf die andere Straßenseite, wo ein Polizeiwagen im Schritttempo den Bürgersteig hochfährt. Michi bleibt nichts anderes übrig, als wieder Gas zu geben.

Einen Sekundenbruchteil später haben die Polizisten sie entdeckt und heften sich hinter sie. Sie kleben ihnen quasi am Arsch.

Michi drückt das Gaspedal bis zum Anschlag durch, der Bus macht einen Satz, und Monika und Xandra fliegen aus ihren Sitzen.

»Schnallt euch an!«, befiehlt er, aber Xandra hat nur Augen für das Auto, das ihnen folgt, und springt auf den Sitz, um durch die Heckscheibe zu gucken.

»Setz dich hin und schnall dich an!«

Xandra jault auf, als Monika sie zurückzieht und den Gurt gemeinsam um sich und Xandra spannt. Die morgendlichen Straßen sind noch leer, und Michi beschleunigt auf hundert km/h.

Wie soll das klappen? Die Gedanken in seinem Kopf rasen.

Ein Blick von Mama.

Ein Lachen von Papa.

Aber sein Fuß drückt einfach weiter, weiter, immer geradeaus.

»Wo hast du das gelernt?«

Monika schüttelt bewundernd den Kopf, und für eine Millisekunde ist Michi stolz, bis er den Bus scharf um die nächste Kurve lenkt, wo ein weiteres Polizeiauto auf sie zufährt.

»Wo kommt denn jetzt der her?«

»Ich habe es dir gesagt!«

Deprimiert schüttelt Monika den Kopf, und Xandra starrt mit aufgerissenen Augen auf die Fahrbahn, als das entgegenkommende Polizeiauto sich quer auf die leere Straße stellt.

Michi kann gerade noch bremsen, holpert den Bus mit siebzig über den Bürgersteig um das Auto herum. Trotz Gurt schiebt der Druck Xandra und Monika gegen ihn, er selbst klebt ohnehin schon an der Fensterscheibe.

Monika lächelt ihm zu, und in dieser Sekunde weiß er, er wird sie nicht durchbringen. Alle drei nicht. Nicht zum Bahnhof. Nicht nach Spanien. Nicht durchs Leben.

Danach verliert er jedes Zeitgefühl. Vielleicht sind es zehn Minuten, vielleicht nur zwanzig Sekunden, bis beide Fahrzeuge von hinten aufholen und ihn auf die Brücke jagen, über den Main, Richtung Süden, immer gen Süden, bis das erste Auto den Bus überholt und sich in fünfhundert Metern Entfernung quer auf die Brücke stellt, bis zwei Polizisten und Hermann herausspringen und das andere Auto sich hinter dem Bus quer stellt. Zwischen Autos und Brüstung links und rechts sind je nur ein paar Meter Platz. Menschen auf der Fahrbahn. Abrupt hält Michi an.

»Fahr den Wagen einfach um.«

Monikas Stimme klingt heiß. Sie hat nur Augen für ihren Vater, der mit den zwei Polizisten von vorne naht.

»Nein.«

In Xandras Hand, die sich um Michis Oberarm schließt, liegt vollkommene Ruhe. Sie fühlt sich stark an, während Monika immer hitziger zittert, bis sie schreit:

»Fahr den Wagen einfach um! Die springen zur Seite. Die springen immer weg!«

Michi dreht seinen Kopf vor und zurück, blickt vom ersten Wagen zum zweiten, zu Xandra mit ihrem klaren Blick und Monika mit ihrem entsetzten Gesichtsausdruck, als sei das das Ende der Welt.

»Michi, Monika. Steigt aus. Euch passiert nichts.«

Durch den verzerrten Lautsprecher klingt Hermanns Nordpolstimme fast beruhigend.

»Ich verspreche es euch.«

»Der lügt!«, Monika kreischt und fasst verzweifelt Michis Hand. »Glaub ihm kein Wort, der ... der ...« Sie verschluckt sich vor Aufregung. »Du weißt nicht, wozu der fähig ist.«

Michi sieht sie an, und sie schließt ihre Augen, atmet durch, öffnet sie wieder und guckt ihm erschreckend ruhig ins Gesicht:

»Wir schaffen das.«

»Nein, wir schaffen das nicht.«

Xandra guckt Monika nun fast wütend an. Aber Monika hat nur noch Augen für Michi.

»Bitte. Wir sind so weit gekommen.«

Sie flüstert. Von Spanien und ihrer gemeinsamen Zukunft und keiner Umkehr, während Hermann mit dem Megaphon in der Hand, flankiert von den beiden Polizisten, immer näher auf den Bus zumarschiert. Über den Rückspiegel sieht Michi die anderen Polizisten von hinten anrücken. Monika senkt den Kopf, und Michi will so gern alles ordnen, das Richtige tun, aber sein Herz klopft lauter, als das Megaphon dröhnt. Gelähmt starrt er Hermann an, der immer näher kommt.

Was tun?

Dreißig Meter.

Was tun?

Zwanzig Meter.

Bitte, Mama!

Papa?

Was war es noch mal, was er hier wollte?

Warum können sie nicht mehr vor und zurück? Monika wendet sich verzweifelt hin und her, von Xandra zu Michi zu ihrem Vater, links, rechts, bis sie sich schließlich über Xandra zu Michi beugt und ihm ins Ohr haucht: »Wir sehen uns im Paradies.«

Ihre Lippen umschließen weich seinen Mund, es wird das letzte Mal sein, das spürt er, dann ein Tritt, die Beifahrertür fliegt auf, und Monika hastet zum Brückengeländer.

Hermanns Schrei reißt ihn aus seiner Lähmung. Michi stößt die Fahrertür auf, will Monika nach, fällt direkt in die Arme eines Polizisten. Hermann und die anderen Bullen rennen hinter Monika her. Ihr letzter Blick gilt Michi. Dann springt sie über das Geländer.

»Wünsch dir was, Michi! Wünsch dir was!«

37

Fünf vor acht, und Klaus hat immer noch nicht zu-
rückgerufen. Das macht den King nervös, aber nur
ein bisschen. Wahrscheinlich trinkt Klaus schon einen
auf den von King ins Netz gespülten Hai mit seinen
Kumpels vom SEK. Vielleicht hat sich alles auch unerwartet hingezogen.

Fast zufrieden parkt er seinen BMW vor Janas Haus. Ein
paar der Rosen liegen noch vereinzelt herum. Ein letztes
Mal greift er nach seinem Koks im Handschuhfach. Er
streut es durch das offene Fenster auf die Straße. Er ist so
weit. Er öffnet die Tür, die Tür in sein neues Leben.

Und hält inne.

Irgendetwas stimmt nicht.

Er greift nach seiner Pistole. Mehr aus Gewohnheit, als
dass er glaubt, noch etwas ausrichten zu können. Wenn
er zu spät kommt, ist er zu spät.

Eine Nachbarin tritt aus der Haustür, er hastet vorbei,
die Treppen hinauf. Vier Stufen auf einmal. Je höher der
Stock, desto enger seine Kehle. Die Angst klettert mit
ihm hinauf. Oben ist es seltsam still. Die Tür zu Janas
Wohnung steht einen Spaltbreit offen. Er hält die Pistole
vor sein Gesicht. Geräuschlos schiebt er die Tür mit dem
Fuß auf.

Auch im Flur kein Geräusch. Kein Mensch. Kein
Mucks.

Er checkt alle Seiten. Drückt sich die Wand entlang bis ins Wohnzimmer. Vasen liegen zerbrochen auf dem Boden. Sämtliche Schubladen stehen offen. Das Bett liegt auf der Seite, die Matratze zerrissen. Von Jana keine Spur.

Der King rennt aus der Wohnung.

Brüllt durch das Treppenhaus.

Tritt gegen das Geländer, das unter seiner Wut zusammenkracht.

Im Auto wählt er wieder Klaus' Nummer.

»Läuft«, hört er endlich am anderen Ende. »Die Zielperson befindet sich im Club. Sobald sie rauskommt –«

Der King schmeißt das Handy auf den Beifahrersitz und gibt Gas. Wenn Mekki Jana auf dem Gewissen hat, darf er nicht mit dem Leben davonkommen.

Auch die Türen vom *Kingdom* stehen offen. Musik schallt heraus. Der King macht sich nicht mal die Mühe, nach Klaus' Männern Ausschau zu halten, die hier irgendwo lauern und seinen Club observieren. Wie betäubt zieht er seine Pistole, denkt nur noch an eins.

Im fernen Gewummer des Beats hastet er auf dem direktesten Weg zum Büro. Die Treppe hinauf. An der Tanzfläche vorbei, auf der kein gefesselter Jingo mehr liegt.

Die Tür zum Büro tritt er auf.

Die Pistole richtet er auf den Ersten, den er sieht.

Es ist Mekki.

Fett sitzt Fake-Caesar auf Kings Thron hinter Kings Schreibtisch aus Adlerholz. Auf dem liegen zwei leblose Körper. Nero und sein Kumpel. Über die beiden ist ein Tierarzt gebeugt.

Am liebsten würde King sofort abdrücken, aber sein Finger gehorcht ihm nicht.

»Wo ist Jana?!«

Drei Läufe richten sich auf ihn.

Zwei von Tonio und Harry. Sie flankieren ihren Don. Der dritte steht im Dunkeln. In der hinteren Ecke.

Es ist Jingo.

Blitzschnell zieht der King den Lauf von Jingo zurück zu Harry, zu Tony, zu Mekki.

»Was hast du mit Jana gemacht?«

»Drück ab, Jingo.«

Mekkis Stimme ist ruhig wie immer, wie es nur diesen beschissen selbstverliebten Itakern gelingt.

»Knall ihn ab.«

Und der King will lachen, so lächerlich ist sein Leben. Langer Schwanz, kurze Beine, große Klappe, Lederjacke, schießt es ihm durch den Kopf. Ihm bleibt sein Lachen im Hals stecken.

»Wo ist Jana?!«

Er brüllt so hysterisch, dass sich seine Stimme überschlägt. Und denkt wieder an den Bengel, den Schuljungen, den Teenager, der verzweifelt nach seiner Mama ruft. Seine Pistole zielt weiterhin auf Mekkis Dauergrinsen und die kalten Augen darüber, die jede Bewegung des Kings scannen. Jingo tritt endlich aus der ihn schützenden Dunkelheit hervor. Was er fühlt, kann der King nicht lesen.

Mekki zündet sich eine Zigarre an, verweilt mit seinem Blick ruhig auf dem zitternden King, beobachtet Jingo aus dem Augenwinkel, Tonios und Harrys Abzüge sind auf Anschlag. Doch Herrchen lässt die Wachhunde nicht los. Der neue Schoßhund soll es machen. Aber der will nicht. Jingo dreht seinen Kopf einen Millimeter nach rechts, als ob er flüstert: Gib auf.

Aber der King zieht nochmals den Zeigefinger am Abzug, die Pistole weiterhin auf Mekki gerichtet, und ein letztes, kurzes Mal guckt der King Jingo in die Augen. Was hat er noch zu verlieren?

»Knall ihn ab, verdammt!«

Zum ersten Mal hört der King Mekki schreien.

Aber …

Keiner schießt.

Und Kings Blick klebt an Mekkis.

Er denkt an Janas Lippen.

Und an den Tag, als er Xandra das letzte Mal gesehen hat.

Und dann ist der Moment vorbei.

Der Moment der größten Wut verpasst.

Seine Pistole zittert wie Sau.

Und er hört nur noch ein Krächzen aus der Kehle, die seine eigene ist, als er sagt:

»Warum hast du mich nicht einfach in Ruhe gelassen?«

Mekki lässt sich wie immer viel Zeit mit seiner Antwort. Dann sagt er, als sei es das Logischste der Welt:

»Weil du jemanden wie mich gesucht hast.«

Der King lässt seine Pistole sinken. Immer noch sind alle drei Läufe auf ihn gerichtet. Und Mekki bricht in schallendes Gelächter aus:

»Der ist nicht mal mehr die Kugel wert. Schmeißt ihn raus.«

Mekki weiß ja gar nicht, wie recht er hat, und der King setzt seine Pistole an seine eigene Schläfe. Jingo stürmt aus seiner Ecke hervor und schmeißt sich auf ihn. Zusammen poltern sie auf den Boden. Der Schuss geht ins Nirgendwo.

Als Klaus und seine Leute endlich zugreifen, finden sie in Mekkis Limo nur eineinhalb Kilo. Das andere Kilo liegt in Kings Kofferraum. Da staunt der King nicht schlecht. Und Klaus nicht weniger.

Auf der Wache erhascht der King einen kurzen Blick auf Jana, während er nach Strich und Faden gefilzt wird. Natürlich denkt er, dass sie abgeführt wird, direkt zum Flieger zurück nach Rivers, und er beginnt, wie wild zu schreien und um sich zu treten. Ein paar schwere Polizeibeamte schlagen ihn schließlich bewusstlos.

Als er zu sich kommt, sitzt er auf einem Stuhl in einem Verhörraum. Jana sitzt vor ihm und sagt drei Sätze, die er nie für möglich gehalten hätte:

»Wir vergessen das Kilo Koks in deinem Kofferraum und nehmen dich ins Zeugenschutzprogramm auf. Wenn du gegen Pablo aussagst. Und gegen Jenni und Juan.«

Er braucht ein paar Sekunden, um einigermaßen zu verstehen, was sie da sagt. Zum Glück erklärt sie es ihm.

Jahrelang haben Jana und ihre Kollegen darauf hingearbeitet, Mekki hochzunehmen. Deswegen ist Jana nicht von Mekkis Seite gewichen. Jeder ihrer Schachzüge war geplant. Und die, die es nicht waren, hat sie improvisiert. Wahrscheinlich war sie noch nie in ihrem Leben in Rivers. Und als der King mit seiner guten Beziehung zu Pablo geprahlt hat, witterte sie die ganz große Chance.

38.

Was mit Monika passiert ist, hat er nicht erfahren. Irgendjemand hat ihm gesagt, dass sie den Sprung von der Brücke überlebt hat, mit vielen Brüchen, und dass die Familie aus dem Taunus weggezogen ist.

Schneider führt ihn über den neuen Hof. »Schwere Jungs« stehen und sitzen herum. Sie tragen dunkle Klamotten, rauchen, klimpern mit Ketten, Messern und beobachten jeden seiner Schritte.

Auch wenn er Xandra aus »psychologischen« Gründen vorerst nicht mehr sehen darf, ist er wenigstens in ihrer Nähe. Landsberg hat sich erledigt. Er ist stattdessen in einem Heim für Schwererziehbare gelandet. In Darmstadt.

Schneider legt Michi eine Hand auf die Schulter. Sie soll ihn beruhigen. Aber er fühlt nicht mehr viel. Wie nach dem Unfall.

Plötzlich denkt Michi, dass er Schneider eigentlich mag. Seine heimelig wirkende Cordhose. Seine Stimme, die einem was verkaufen will und es doch nicht kann. Seine besorgte Art, die sich doch nicht wirklich sorgt. Bei all der Heuchelei hat er stets durchblitzen lassen, dass er Michi nicht wirklich helfen kann. Das hatte wenigstens einen Rest Ehrlichkeit.

Im Büro der Heimleitung wird Michi ein weiteres Mal erklärt, wie sein neuer Alltag aussehen wird. Im Wesentlichen unterscheidet sich nichts vom Übergangsheim. Nur strengerer Hausarrest und Arbeitsstunden, wenn er nochmals »querschießt«. Er hätte ohnehin »Glück gehabt«, dass der Richter ihn nicht gleich in die JVA geschickt hat. Der Verteidiger hat klug argumentiert, dass ihn »keine Schuld« trifft. Auch nicht am gestohlenen Mofa oder dem Bus. Der Richter hatte ein »Nachsehen« wegen des »Traumas« und so. »Dem Jungen fehlt der Vater.« Man müsse nur sichergehen, dass er in »starken Händen« ist.

Nach der Einweisung verabschiedet sich Schneider, und Michi geht allein in den Hof zurück. Die anderen schweren Fälle stehen und sitzen unverändert auf der Bank und drum herum. Inzwischen rauchen alle. Michi geht zu ihnen. Er mustert sie. Sie mustern ihn. Irgendwann hält ihm der Älteste die Hand hin.

»Ich bin Jingo. Und du?«

Epilog

Natürlich hat er seine Fresse gehalten. Das ist der Grund, warum er noch lebt. Pablos Leute haben ihn im Knast vor Mekkis beschützt. Der sitzt heute noch ein.

Als er selbst aus dem Knast kam, war er längst ein Wrack. Minimum eine Flasche Harten am Tag. Niemand interessierte sich mehr für ihn, und er fragte sich täglich, warum er Mekki nicht einfach hat Mekki sein lassen können. Warum er Jana nicht mehr gesucht hat, als er aus dem Knast kam. Warum er sich wegen der Heimgeschichte damals überhaupt so zur Wehr gesetzt hat. Er fragte sich die gleichen Fragen, immer und immer wieder, seit achtundzwanzig Jahren. Immer von vorn.

»Michi?«

Als es am Bus klopft, weiß er für einen Moment nicht, wo er ist. *Kein Mensch hört mir so gut zu wie du*, dröhnt es ihm durch den Kopf. Dann findet die warme Stimme ihren Weg durch das Dickicht. Diesmal erkennt er sie sofort.

Als wäre nichts passiert.

Als wäre alles noch wie vor dem Unfall.

Den Mazda, mit dem sie gekommen sein muss, hat er nicht gehört. Baujahr 2012. Schwarz, Alufelgen, Cabrio.

Luzi und Chichi springen an der Frau hoch, der er sich nicht stellen wollte. Vorsichtig schaut sie ihn an, sucht in seinem Blick nach seiner Haltung ihr gegenüber und fragt ein zweites Mal, bloß mit ihren Augen:

Erkennst du mich denn nicht? Immer noch nicht?

Dann sieht sie in seinem Blick, dass er sie längst erkannt hat, dass er wegen ihr aus der Klinik geflohen ist.

Traurig kramt sie in ihrer Tasche und hält ihm ein zerknittertes Foto entgegen. Die Ecken sind abgewetzt, Risse und Knicke durchziehen es, aber er erkennt auch das sofort. Er hatte es ihr selbst gegeben, im Tausch gegen Poppy, der wohlbehütet in einem kleinen Karton unter seinem Bett liegt. Sie wird ihn bestimmt später finden.

»Darf ich?«

Er sagt nichts, und Xandra kommt rein. Setzt sich auf den Boden. Seine kleine große Schwester. Er sitzt auf dem Bett.

Er spürt seine Hände nicht mehr.

Sein Herz schlägt nur noch leise.

Oder schlägt es nicht mehr?

Vorsichtig nähert er sich ihrem zarten Gesicht. Einst war es so zerbrechlich. Jetzt ist da vor allem so etwas wie … Er sucht, was es eigentlich ist, er hat es schon mal bei ihr gesehen, aber damals war es nur im Anflug da, heute steht es ihr breit übers Gesicht geschrieben: Es ist dieses tiefe Mitgefühl. Doch Xandras feine Züge, die klaren Augen, die gesamte zarte Gestalt sind unverändert. Als sei nichts passiert.

»Ich habe eine Wohnung für dich.«

Er weiß nicht, was er sagen soll.

»Und die Kasse hat einer Therapie zugestimmt, wenn du willst. Auch wenn du nicht in die Klinik kommst.«

Xandras wache Augen mustern traurig die Furchen in

seinem Gesicht. Sie scheint mit den Tränen zu kämpfen. Als sie den Mund wieder öffnet, nur noch ein Flüstern:

»Warum hast du mich nie besucht?«

Ein paar Jahre früher, und er hätte ihr vielleicht alles erzählt. Von seiner Suche nach ihr. Dass sie ihn von ihr ferngehalten haben, wegen seines schlechten Einflusses, anfangs, und dann wollte er sie wiedersehen und hat sie gesucht, aber nicht gefunden, sie war inzwischen adoptiert, und dann, viele Jahre später, hat er es nicht mehr versucht, er hat sich zu sehr geschämt.

»Wie hast du es überhaupt geschafft, so spurlos zu verschwinden? Ich habe überall nach dir –«

»Scheiße, Xandra! Du bist Therapeutin, dir brauche ich nichts zu erklären. Dir nicht!«

Erschrocken verstummt sie.

Eine ganze Weile schweigen sie vor sich hin.

Ihrem Blick hält er nicht mehr stand.

Was soll er noch sagen?

Dass er natürlich wieder angefangen hat zu saufen? Dass er nicht weiß, wo Sanni jetzt ist, weil sie mit Sack und Pack weg war, als er aus dem Suff erwacht ist?

Vielleicht bleibt nur noch die Wahrheit.

»Ich glaube, man kriegt im Leben zwei oder drei Chancen. Und wenn man die vermasselt, steht einem keine mehr zu.«

Xandra laufen Tränen über die Wangen.

Er selbst hat sich ausgeweint. Aber sein ganzes Gesicht schmerzt.

Xandra nickt still und sucht nach den Worten, den Worten, die ihn noch aufhalten können, denn dumm ist sie nicht.

»Michi. Du denkst, es ist zu spät, aber …«

Und dann sagt sie noch viele schöne Dinge. Erzählt davon, dass es nie zu spät ist, vielleicht werde es nicht mehr so, wie man sich das Leben gewünscht habe, aber es gäbe immer noch eine Chance, denn das Leben sei das schönste Geschenk – und ihre Stimme klingt, als wäre alles wahr, aber er hört nicht mehr zu.

Er hat nur eine letzte Frage.

Wodka oder Rum?

Er entscheidet sich für drei Flaschen Zaranoff.

Mein Dank gilt

Meinem filmdramaturgischen Berater Dieter Wardetzky und meinem Berater in allen Lebenslagen Bernhard Koch, ohne die ich dieses Buch nicht zu schreiben begonnen hätte.

Meinem Agenten Sebastian Richter vom Verlag der Autoren, der mich zum rechten Zeitpunkt ermutigt und daran erinnert hat, wie wichtig es ist, immer weiterzuschreiben. Ohne seine kluge Begleitung durch nicht enden wollende Überarbeitungen wäre der Roman nicht, wie er ist.

Meinem Verleger Daniel Kampa, dessen flammende und präzise Reaktion auf das ihm zur Prüfung überlassene Manuskript mir sofort das Gefühl gegeben hat, in besten Händen zu sein.

Meiner Lektorin Meike Stegkemper, deren Feingespür und leidenschaftliche Expertise ein großes Geschenk sind.

Dem gesamten Team des Kampa Verlags – Lektorat, Marketing und Werbung, Presse, Veranstaltung, Vertrieb, Herstellung und Außendienst –, das mit seinem beispiellosen Einsatz und Engagement jeden Tag bestätigt, dass ich mich tatsächlich in den besten Händen befinde.

Meinen Geschwistern Stefanie Krönung und Andreas Korn sowie meinen geschätzten FreundInnen Albrecht Kaltenhäuser, Alexandra Schmid und Christoph Schmid, die mich immer wieder auf die unterschiedlichsten Weisen unterstützen.

Und ganz besonders danke ich meinem Lebenspartner Marco, der mit mir die schwärzesten Täler durchschritten hat, entschlossen in seinem Glauben an mich.

Felicitas Korn

Wenn Ihnen dieses KAMPA POCKET
gefallen hat, gefällt Ihnen vielleicht auch der
Lesetipp auf der gegenüberliegenden Seite.

Schicken Sie uns bitte Ihren LIEBLINGSSATZ
aus einem Kampa Pocket, bei einer Veröffent-
lichung auf unseren Social-Media-Kanälen
bedanken wir uns mit einem Buchgeschenk:
lieblingssatz@kampaverlag.ch